हिन्द पॉकेट बुक्स

सफल पेरैंटिंग के 10 नियम

अपने बच्चों को चैंपियन बनाएं

स्टीवन रुडोल्फ का जन्म वेन, न्यू जर्सी, संयुक्त राज्य अमेरिका में हुआ था, लेकिन लेखन के क्षेत्र में ये अपने देश की अपेक्षा भारत में अधिक लोकप्रिय हुए। भारत में इन्हें एक कुशल वक्ता के रूप में भी ख्याति मिली है। इन्होंने प्रेरणादायक विचारों से भरपूर कई पुस्तकें लिखी हैं। इनकी पुस्तकों का संसार की अनेक भाषाओं में अनुवाद हो चुका है।

सफल पेरैंटिंग के 10 नियम

अपने बच्चों को चैंपियन बनाएं

स्टीवन रुडोल्फ

हिन्द पॉकेट बुक्स
पेंगुइन रैंडम हाउस इम्प्रिंट

हिन्द पॉकेट बुक्स

यूएसए | कैनेडा | यूके | आयरलैंड | ऑस्ट्रेलिया
न्यू ज़ीलैंड | भारत | साउथ अफ़्रीका | चीन | सिंगापुर

हिन्द पॉकेट बुक्स, पेंगुइन रैंडम हाउस ग्रुप ऑफ़ कम्पनीज़ का हिस्सा है,
जिसका पता global.penguinrandomhouse.com पर मिलेगा

पेंगुइन रैंडम हाउस इंडिया प्रा. लि.,
चौथी मंजिल, कैपिटल टावर -1, एम जी रोड,
गुड़गांव 122 002, हरियाणा, भारत

पेंगुइन
रैंडम हाउस
इंडिया

प्रथम हिन्दी संस्करण हिन्द पॉकेट बुक्स द्वारा 2012 में प्रकाशित
यह हिन्दी संस्करण हिन्द पॉकेट बुक्स में पेंगुइन रैंडम हाउस द्वारा 2022 में प्रकाशित

10 9 8 7 6 5 4 3 2

ISBN 9789353494391

मुद्रकः रेप्रो इंडिया लिमिटेड

www.penguin.co.in

FSC www.fsc.org MIX Paper from responsible sources FSC® C047271

This is a legitimate digitally printed version of the book and therefore might not have certain extra finishing on the cover.

भारत के बच्चों के लिए

क्रम

प्राक्कथन

इस पुस्तक के लेखन में जिन लोगों का मुझे सहयोग मिला, मैं उन सबका आभार व्यक्त करता हूं –

अपने काम के हर पड़ाव पर प्रेरणा और हरसंभव सहायता देने वाले ऋषिपाल चौहान का। वह उन दुर्लभ लोगों में से एक हैं, जो दस नियमों को आत्मसात करते हैं।

जीवा पब्लिक स्कूल की प्रधानाचार्या, लता चौहान का, जिन्होंने इस किताब को लिखने और शोध करने के दौरान मुझे विद्यार्थियों, अभिभावकों और शिक्षकों से मिलवाया।

सत्य नारायण दास का, जिन्होंने अपने वैदिक ज्ञान को मेरे लिए उपलब्ध कराया, जिससे मैं हर नियम को गहराई से प्रस्तुत कर पाया।

डॉ. प्रताप चौहान का, उनके मूल्यवान निर्देशों के लिए कि आयुर्वेद की मदद से बच्चे ख़ुद का ध्यान रख सकते हैं।

नीरजा चौहान का, जिन्होंने जीवा स्कूल में मेरी दिनचर्या को आसान किया, जिससे मैं अपने लेखन पर ध्यान केंद्रित कर सका।

रंजीत शर्मा का, जिन्होंने मुझे शोध और तथ्यों की पड़ताल में मदद की।

बर्त स्टॉब का जिनके साथ हुए मेरे वार्तालाप से मुझे अपनी किताब में लिखे नियमों को उनके वर्तमान रूप में लिखने की प्रेरणा मिली।

मेरे भाई जोनाथन रूडोल्फ का, जो मेरी लिखी पंक्तियों को पहले पढ़ लेते थे और मुझे खेल व दूसरे विषयों पर आधारित मामले को स्पष्ट करने में मदद मिली।

मेरे अभिभावकों और दादा जी का, जिन्होंने मुझे उदाहरणों से समझाया और मुझे नियमों की वास्तविकता को समझने में मदद की।

मीनाक्षी, नीरजा, मधुसूदन, भारत, अंकिता और आत्मन का, जो मेरे बच्चों की तरह हैं, और उनकी उन्नति से मैं सौभाग्यशाली हुआ कि इसमें भाग लिया और सीखा।

प्राइमरी प्लस के मनबीर बेदी का, जिन्होंने दो वर्षों से भी अधिक समय से मेरे लॉज ऑफ लर्निंग के वर्कशॉप्स को पूरे देश में प्रचलित करवाया जिससे मेरा शोध मजबूत हो गया।

शिक्षकों और मार्गदर्शकों का, कई वर्षों तक मुझे प्रेरणा देते रहे, खासकर एंजेल मारकेना, रॉबर्ट ई स्टूहर्क और रॉउ एलिस का।

मेरे प्रकाशक का, जिन्होंने मुझे यह अवसर दिया और संपादक का, जिसने संपादन और किताब की पंक्तियों की पुनर्संरचना करने में मुख्य भूमिका निभायी, जिससे इसमें प्रवाह आ पाया।

अंत में मैं अनेक अभिभावकों, बच्चों, शिक्षकों और प्रधानाचार्यों का धन्यवाद करता हूं, जिनके साथ मैंने इतने वर्षों तक काम किया, जिन्होंने मुझे अनेक जानकारियां और दृश्य दिए, जिनका उपयोग मैंने अपने काम में किया।

भूमिका

कोई भी व्यक्ति बच्चों को शिक्षित करने के काम से जुड़ा हुआ हो, चाहे वह शिक्षक हो, प्रिंसिपल हो, अभिभावक या फिर खुद बच्चा ही क्यों न हो, सीखने के दस नियम अपने आप उसके लिए महत्वपूर्ण हो जाते हैं। वास्तव में एक ही समय में घर के मालिक, कुशल शिक्षक और प्रिंसिपल और जिंदगी भर सीखने वाले के रूप में मैंने पाया कि यह किताब बच्चे की शिक्षा में उपयोगी उदाहरणों की मदद से उसे कई बातों को समझाने, प्रायोगिक सलाहों, और एक खास तरह की शैली अपनाने में महत्वपूर्ण भूमिका निभा सकती है।

मैं और स्टीव, दोनों ने कई बार सफलता के इस आयाम के बारे में बातें की। हम दोनों के लिए सफलता लक्ष्य प्राप्ति से अधिक, उच्च वेतनमान पाने, किसी बड़ी कंपनी में सीईओ बनने, लंबी पारी खेलने से अधिक की यात्रा होती है। और यह हमारी शिक्षा ही होती है, जो हमें इस यात्रा के लायक बनाती है।

फिर उसके बाद शिक्षा का लक्ष्य क्या है? मेरे विचार से शिक्षा के लक्ष्य को पांच भागों में बांटा जा सकता है, पहला और सबसे महत्वपूर्ण है, बतौर मनुष्य शिक्षा हमारी आंतरिक क्षमता का बोध कराती है। स्टीव का दूसरा नियम है, अपने बच्चों को खुद पर भरोसा रखने के बारे में शिक्षा दें, जो इस क्षमता को खोजने और पोषण करने के बारे में है। हमें अपने बच्चों को खुद पर भरोसा रखने के लिए जरूर तैयार कराना चाहिए, उनकी कमजोरी और मज़बूती, उनकी पसंद और नापसंद के बारे में, ताकि वह अपने जीवन में अधिकाधिक काम करने के लिए सक्षम हो सकें।

दूसरी तरफ हमारी शिक्षा पद्धति से हमें विश्व के आश्चर्यों के बारे में

जानकारी देने का प्रावधान करना चाहिए। हमारे जीवन में करने के लिए बहुत कुछ है, देखने के लिए, महसूस करने के लिए, अनुभव के लिए और हमें इन पर काबू पाने के तरीकों के बारे में सीखने की ज़रूरत होती है। हमें अपने बच्चों को जीवन के सदुपयोग के बारे में बताने की ज़रूरत है, ताकि वह जीवन के हर क्षण को स्वीकार करते हुए उसका आनंद उठा पाएं। दुर्भाग्यवश, किसी बच्चे की प्राकृतिक जिज्ञासा को विकसित करने और उसे संतुष्ट करने और जीवन व अपने चारों ओर की परिस्थिति को समझने लायक क्षमता को विकसित करने में हमारे विद्यालय कोई खास भूमिका नहीं निभा रहे हैं। इसलिए इस मामले में यह किताब बिल्कुल सटीक ठहरती है।

इस किताब के माध्यम से स्टीव ने एक बार फिर शिक्षा के उद्देश्य को छूने का प्रयास किया है, ताकि बच्चे अपनी बेहतर पसंद का चुनाव कर सकें। जिन लोगों ने पढ़ाई नहीं की है, उनमें पढ़ने वाले लोगों के मुकाबले निर्णय लेने की क्षमता कम होती है और यही बात उन्हें उनसे अलग करती है, इस बात को मैं भी स्वीकार करता हूं। जब हम बच्चों को उनके जीवन में सक्रिय चुनाव करने का मौक़ा देते हैं, ताकि उन्हें अच्छे एवं बुरे निर्णयों का पता चल सके, जिससे उनके दिमाग एवं अंत में सफलता पर भी इसका प्रभाव पड़े।

शिक्षा का चौथा लक्ष्य प्रकृति के साथ सामंजस्य बिठाने की सीख देना है। मेरे कहने का क्या मतलब है? आज हमारी अधिकांश समस्याएं ग्लोबल वार्मिंग से लेकर ग्लेशियर पिघलने तक है, जो प्रकृति से चुनौती लेने सरीखा है। इसलिए यह हम पर है कि हम अपने बच्चों को अपने चारों ओर के वातावरण से मनोरंजक एवं खुशनुमा रिश्ते बनाना सिखाएं।

अंततः शिक्षा का पांचवां उद्देश्य यह सिखाना है कि अच्छा इंसान कैसे बना जाए? दलाई लामा के अनुसार, एक अच्छा शैक्षणिक तंत्र जानकारी प्राप्त करने से अधिक है, जो मनुष्य में आधारभूत ज्ञान का संचार करता है। मैं दृढ़ता से यह विश्वास करता हूं कि कोई भी एक अच्छा वैज्ञानिक, अच्छा सीईओ, अच्छा पत्रकार, और यहां तक कि अच्छा राजनेता नहीं बन सकता है, जब तक कि वह एक अच्छा इंसान न हो।

मैं महसूस करता हूं कि इन लक्ष्यों को स्कूल की दीवारों के अंदर भी हासिल किया जा सकता है और बाहर भी। आज हमारे बच्चे स्कूल या घर पर सिखाई जाने वाली बातों की अपेक्षा स्कूल से घर लौटने के बाद टेलीविजन पर जो देखते हैं या किसी दुकान में हो रही बातचीत को सुनते हैं या फिर घर पर कंप्यूटर पर खेले जाने वाले खेलों से ज़्यादा प्रभावित हैं। और यह मज़बूती से मानने वाली बात है। हममें से अधिकांश लोग अब भी मानते हैं कि स्कूल खत्म तो शिक्षा भी समाप्त।

पर यह बात सच से काफ़ी दूर है। वास्तव में परिणामस्वरूप हम स्कूल से कुछ ज़्यादा ही पढ़ लेते हैं, लेकिन यह एक शैक्षिक समाज के अंतर्गत होता है।

स्टीव की किताब इसी महत्वपूर्ण विचार के बारे में बातें करती है कि हम अपने बच्चों को पढ़ाने की प्रक्रिया में कंधे से कंधा मिलाकर काम करें और तभी हम उन्हें मदद करने के संबंध में सक्रिय कदम उठा सकेंगे, जिससे वह चैंपियन बन सकें, जिसे मैं और स्टीव दोनों मानते हैं।

अरुण कुमार
निदेशक,
वसंत वैली स्कूल

परिचय

हर अभिभावक अपने बच्चों के लिए अच्छा करना चाहते हैं। वे उन्हें स्वस्थ, खुश और अनुशासित देखना चाहते हैं। और उनमें से अधिकतर अपने बच्चों को कुछ प्रसिद्धि पाते देखना चाहते हैं। लेकिन बचपन से लेकर बड़े होने के दौरान कई बार अभिभावक परेशानी महसूस करते हैं, और काफ़ी तल्लीनता से हर समस्या के समाधान के लिए नीतियां ढूंढ़ते हैं। वह कई बार यह देखने में गलती कर जाते हैं कि जब उनके बच्चे का मन पढ़ाई में न लगे, तो उस समय क्या करना चाहिए या फिर जब उनके दोनों बच्चे आपस में लड़ पड़ते हैं, तो उस परिस्थिति से कैसे निपटें?

अभिभावकों को अपने पिछले अनुभवों की ओर देखना चाहिए, उनकी अपनी क्षमताओं को, लेकिन उसी समय बदलते समय को भी पहचानने का प्रयास करना चाहिए, क्योंकि यह दुनिया उस दुनिया से काफ़ी अलग है, जिसमें वह बड़े हुए हैं। मेरे पिता को क्या करना चाहिए, अगर मैं अपने दोस्तों के साथ ऑनलाइन बातचीत कर रहा हूं, जबकि मुझे पढ़ाई करनी चाहिए। संक्षेप में, वे अनिश्चितता की स्थिति से गुजरते हैं, जबकि उनके अभिभावकों की तकनीक एवं तरीका सैटेलाइट, टेलीविजन, कंप्यूटर गेम और जंक फूड के जमाने में भी उतनी ही सही उतरती है, जितनी पहले थी। पर असमंजस में पड़े हुए अभिभावक किताबों और इंटरनेट का सहारा लेते हैं, सलाह पाने के लिए या फिर वह उच्च श्रेणी के मनोवैज्ञानिक एवं विशेषज्ञों की मदद भी लेते हैं। हालांकि वह कई बार अधूरे, टुकड़ों में बंटे हुए, अव्यक्तिगत या अपूर्ण परिणाम प्राप्त भी कर लेते हैं। जब एक मां अपने बच्चे के साथ बाजार जाती है, जो रो एवं चिल्ला रहा होता है, क्योंकि उसे दुकान में दिखा खिलौना चाहिए होता है, जबकि मां को उससे निपटने

के लिए ढेरों प्रपंच करने के लिए समय नहीं होता है। आज अभिभावकों को किस बात की ज़रूरत होती है, पर इसके स्थान पर नियमों के आसान सेट से वह हर कदम पर अपने बच्चों का मार्गदर्शन कर सकते हैं, इसलिए वे किस तरह की चुनौती का सामना करते हैं और वह जानते हैं कि क्या करना है? इन नियमों को याद करना भी काफ़ी आसान है। उन्हें इन नियमों को समझने की भी ज़रूरत होती है। इसलिए वह सात वर्ष के बच्चे के साथ-साथ 15 वर्ष के बच्चों के लिए भी अच्छा उदाहरण बनती है, जिन्हें मैं इस किताब में शामिल कर रहा हूं।

दो दशकों से भी अधिक समय से शिक्षा के क्षेत्र में हजारों छात्रों, शिक्षकों और अभिभावकों के साथ काम करने के बाद और करीब सौ किताबों व आलेखों (प्राचीन वेदों से लेकर वर्तमान न्यूरोसाइंस तक) को पढ़ने के बाद मैंने सिद्धांतों का एक सेट तैयार किया है, जिसे 10 लॉज ऑफ लर्निंग नाम दिया है। जिसका अर्थ होता है, सीखने के दस सिद्धांत। इन्हीं सिद्धांतों को मैं इस पुस्तक में प्रस्तुत करता हूं। मैंने इन सिद्धांतों को विभिन्न भौगोलिक सिद्धांतों को साबित करने के बाद प्राप्त किया है, जिसमें समय के आधार पर परीक्षण किया गया है और जिन सिद्धांतों ने एक ऐसा आसान ढांचा तैयार कर दिया है, जिसे समझना और उपयोग में लाना दोनों आसान हैं। एक बार आप इन सिद्धांतों का अनुभव ले लेंगे, तो आपको तुरंत इनकी साधारण बातें नजर आ जाएंगी और साथ ही आप बड़ी आसानी के साथ यह सीख लेंगे कि इनमें से हर एक को कैसे हर समय उपयोग में लाकर अपने बच्चों के पाठ्यक्रम को आगे बढ़ा पाएंगे।

सीखने के दस सिद्धांत

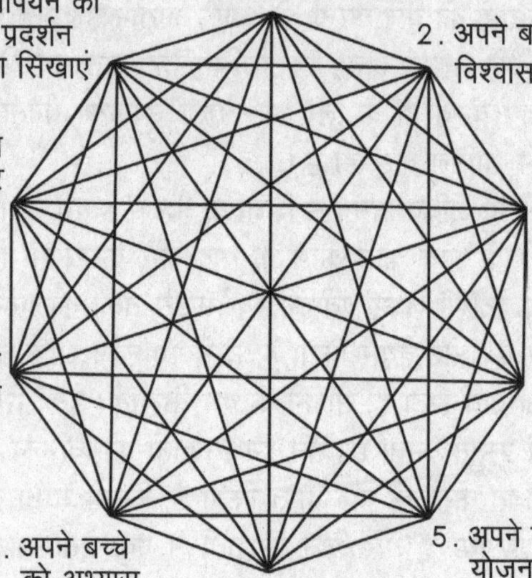

जैसे ही आप सीखने के दस सिद्धांतों के माध्यम से देखेंगे, तो आप पाएंगे कि यहां एक प्राकृतिक उन्नति है, जिनका पालन करना आवश्यक है और साथ ही साथ जो एक आदेश है, वह उन्हें एक क्रम में प्रदर्शित करने का काम करता है। (कहने का मतलब है कि सबसे पहले आप स्वयं की देखभाल करना सीखें, उसके बाद अपने आप पर विश्वास करना सीखें, इसके बाद आपको स्वयं को इस दुनिया में प्रस्तुत करना सीखना होगा, फिर लक्ष्य बनाना आदि)। यद्यपि इन सिद्धांतों में आपस में काफ़ी कम संबंध भी है

यानी आपको स्वयं की देखभाल करना सीखना चाहिए, जब आप खेल रहे हों, आपको अपने आप पर भरोसा करना सीखना चाहिए, जब आप खुद को कहीं प्रस्तुत कर रहे हों आदि। इससे पहले पृष्ठ पर दिया गया चार्ट इन दसों नियमों के बीच के संबंध को दिखाता है।

प्रशिक्षण

हम सभी अपनी सफलता का श्रेय अपने प्रशिक्षक एवं मार्गदर्शक को देते रहे हैं। दरअसल उन लोगों को जो शीर्ष क्रम के निवेशक, ओलंपिक विजेता या संगीत की दुनिया के महारथी नहीं बन सके हैं और उनके अच्छे प्रशिक्षक, सही प्रशिक्षक या किसी भी तरह के प्रशिक्षक नहीं बन पाने में उनकी अपनी असफलता की भी कुछ भागीदारी है। जैसा कि आप इस किताब के माध्यम से पढ़ते हैं, उसे दिमाग में रखें, कि बतौर अभिभावक के रूप में आप पहले प्रशिक्षक हैं, जब आपका बच्चा आपके सामने आएगा। और एक अच्छे प्रशिक्षक के रूप में आपको इन कामों को अंजाम देना होगा –

- ☞ अपने खिलाड़ियों को जानें, ताकि उनमें से सर्वश्रेष्ठ की पहचान कर सकें।
- ☞ धैर्य एवं वचनबद्धता का प्रदर्शन करें।
- ☞ एक अच्छे प्रेरणास्रोत बनें।
- ☞ स्पष्टवादी बनें।
- ☞ यह जानें कि कैसे सौम्य एवं सख्त दोनों बना जा सकता है, यह परिस्थिति पर निर्भर करता है।
- ☞ कम-से-कम सफलता एवं असफलता के लिए अलग-अलग जिम्मेदारी जरूर लेने का प्रयास करें।
- ☞ उदाहरणों की मदद से प्रशिक्षण देने का प्रयास करें। (सीखने के दस नियमों का अनुपालन करें)

यह अंतिम बिंदु अन्य बिंदुओं से सबसे ज़्यादा अलग है। आपको अपने बच्चों के लिए एक रोल मॉडल बनना होगा, क्योंकि वे अंत में वैसा ही करते हैं, जैसा आपने किसी काम को अंजाम दिया होगा, न कि आपके कहने से वह उस काम को करेंगे। अगर आप किताब की मदद लेते हैं, तब आपको स्वयं यह कहते हुए सुनेंगे कि एक मिनट रूको, इसे मैं अपने बच्चों को सिखा दूं, क्योंकि इसे मैं अपने लिए नहीं कर पाया हूं। हमेशा यह बात अपने दिमाग में रखें कि अगर आप अभ्यास नहीं करते हैं, तो इस बात की अपेक्षा भी न करें कि आपके बच्चे इसे जादुई ढंग से पूरा कर लेंगे। यदि आप जंक फूड खाते हैं, तो कल्पना करें? आपके बच्चे भी आपके लाख मना करने के बावजूद वहीं खाना खाएंगे।

कैसे पढ़ें यह किताब

आप इस किताब को हर अध्याय के अनुसार पढ़ सकते हैं, यह आम तरीक़ा है। भले ही, आपको एक त्वरित परिणाम की ज़रूरत हो और समय की कमी हो, तब आप इस समस्या के बने बनाए नियमों का चुनाव कर लेते हैं, जो आपके लिए मौके के अनुसार भी होता है। नियमों के बीच में क्रम एवं संबंध बनाने के दौरान हर अध्याय का दूसरे अध्याय के साथ परिचय एवं संवर्ग का उल्लेख किया है, जिसे आप बढ़ते हुए क्रम में पालन कर सकते हैं या फिर जब आप उन्हें बाद में पढ़ेंगे, तो महसूस करेंगे। आप चाहें जिस विधि से किताब पढ़ सकते हैं और मैं निश्चित रूप से कह सकता हूं कि आप इसे काफ़ी मनोरंजक एवं लाभप्रद पाएंगे।

इस किताब के भाग

जैसा कि आप इस किताब को पूरा पढ़ेंगे, आपको दसों नियमों को समझने और उनका प्रयोग करने में विशेष जानकारी मिलेगी।

☞ घटनाक्रम का अध्ययन : इसमें जीवन की सच्ची घटनाओं के परिदृश्यों से आप रूबरू होंगे, जिसे मैंने एक बुद्धिजीवी की तरह कई वर्षों तक अभिभावकों का साक्षात्कार लेते हुए अध्ययन किया है।

- ☞ प्रशिक्षण टिप्स : इन बॉक्स में प्रायोगिक, उपयोगी आइडिया मिलता है, जिससे आपके प्रशिक्षण की तकनीक मजबूत होगी। साथ ही प्रशिक्षकों को भी प्रशिक्षण की ज़रूरत होती है।
- ☞ ऐसी 25 परेशानियों की एक सूची जिनका सामना अभिभावकों ने किया हो और उन्हें सुलझाने का प्रयास किया हो।

10 नियमों को लागू करना

हमेशा यह बात दिमाग़ में रखें कि 10 नियम जीवन के रास्ते हैं। इसके अलावा इन नियमों को लागू करने के बदले उन परिस्थितियों का आकलन कर लें, जो परिस्थितियों के मुताबिक सही हों और उसके बाद धीरे-धीरे दूसरे नियमों का उपयोग करना आरंभ करें।

मेरे एक दोस्त ने बताया कि एक बार वह पैरेंटिंग पर एक किताब खरीद लाया, ताकि अपने पांच साल के बच्चे की व्यावहारिक परेशानियों को दूर कर सके। उसने तुरंत अपनी पत्नी से किताब में दिए हुए तकनीकी तथ्यों के बारे में चर्चा की और यह भी नहीं सोचा कि उनका बच्चा उनकी बातों को ध्यान से सुन रहा था। एक दिन उसके बेटे ने अपने कंप्यूटर से तार खींचकर बाहर कर दिया। जब मेरे दोस्त ने उससे ऐसा करने की वजह पूछी, तो उसके बेटे ने जवाब दिया कि मैं आपको यह सिखा रहा हूं कि मुझे कैसे संभालें। इसलिए अपने बच्चे के सामने ही इस तरह के नियमों की चर्चा करने से सावधान हो जाएं, यह ठीक ऐसा हो जाएगा कि आप उनके साथ कुछ कर रहे हैं, न कि उनके लिए।

आज बच्चों को इंटरनेट एवं टीवी की वजह से काफ़ी ज़्यादा जानकारी मिलने लगी है और वह उस समय अपने अभिभावकों का विरोध भी कर देते हैं, जब वह बिना तर्क के आधार पर कोई बात कहते हैं या फिर जब वयस्क हर चीज़ के अपने नियंत्रण में होने की बात कहते हैं, जब वह खुद ही जवाब पाने के लिए बेचैन दिखते हैं। इस तरह आपके विकास पर संदेह के बादल रहते हैं, जिसमें स्पष्टता और आपके वर्षों के अनुभवों पर

आधारित दयालुता रहती है और यह आपके अभिभावक होने की बात को बेहतर बनाती है।

अंत में चूंकि आप इन नियमों को प्रयोग में लाते हैं, इसलिए चारों ओर इसके प्रभाव को देखने के लिए अपनी आंखों को खोलकर रखें, जो इस बात पर निर्भर करता है कि आपका बच्चा कितनी बेहतर प्रतिक्रिया दे सकता है।

आपके पास नई तकनीकों का विकास करने के लिए मेरा पूरा समर्थन है, जो आपको नियमों से व्यक्तिगत तौर पर जोड़ेंगे और आपके बच्चे के भविष्य को अर्थपूर्ण बनाएंगे। और यदि आप कुछ आविष्कार करना चाहते हैं, तो यह सोचें कि वह बात मूल्यवान एवं दूसरों के उपयोग लायक भी हो, कृपया इसे हमारी वेबसाइट –

http://www.lawsoflearning.com पर भी बांटें।

– स्टीवन रूडोल्फ

नियम - 1

बच्चों को ख़ुद का ध्यान रखना सिखाएं

हाल ही में मैं उत्तर भारत के एक हिल स्टेशन पर छुट्टियां मनाने गया था। वहां मेरी मुलाक़ात एक परिवार से हुई, जिसमें छह साल की एक बच्ची भी थी, जो काफ़ी ज़िद्दी थी और दुर्व्यवहार करती थी। भोजन से पहले ही वह अपने माता-पिता और दादा-दादी से चॉकलेट, बिस्कुट, चिप्स और इसी तरह के अन्य जंक फूड की मांग करने लगी और कहने लगी कि मुझे जोरों की भूख लगी है। अपनी बात को मज़बूती देने के लिए उसने कई बार खाने की प्लेट तक फेंक दी। उसकी जिद उसके अभिभावकों ने पूरी कर दी। इसके कुछ देर बाद खाना परोसा गया, जब तक वह जंक फूड खा चुकी थी। और उसने यह कहते हुए कि उसका पेट भरा हुआ है, रोटी, दाल या सब्जी जैसे खाने को छूने से भी मना कर दिया। थोड़ी देर पहले मैं जंक फूड परोसने के लिए उसके अभिभावकों पर आश्चर्यचकित था, पर उससे भी ज़्यादा हैरानी मुझे तब हुई जब उन्होंने अपनी बेटी को सुबह के नाश्ते से पहले 7.45 पर उसे शीतल पेय पीने को दिया।

जब उसके अभिभावकों को पता चला कि मैं एजुकेशन काउंसलर हूं, तो उन्होंने तुरंत अपनी बेटी की शिकायतों की झड़ी मेरे सामने लगा दी कि वह आदर नहीं करती है, जिद्दी है, हमसे जबान लड़ाती है, कभी भी हमारा कहना नहीं मानती है। और वह ठीक से खाना भी नहीं खाती है। हम लोगों को क्या करना चाहिए? वे दोनों पूरी तरह इस बात से अनभिज्ञ थे कि वे अपनी बच्ची को बाहर का बना खाना खिला रहे हैं, जिसमें चीनी की मात्रा

काफ़ी अधिक है और यही उसकी परेशानी की वजह थी। इससे बुरा और क्या हो सकता है कि उनकी अज्ञानता के कारण एक छोटी सी बच्ची को बचपन में ही मधुमेह रोग हो जाए।

आज अभिभावकों के लिए अपने बच्चों को ख़ुद ही अपनी देखभाल करने की शिक्षा देना काफ़ी चुनौतीपूर्ण हो गया है। अब लोगों की जीवन पद्धति कई मायनों में अप्राकृतिक हो गई है और इसके नकारात्मक प्रभाव के कारण ही बच्चों का स्वास्थ्य प्रभावित होता है, जिसके परिणामस्वरूप उन्हें गंभीर व्यावहारिक परेशानियों से जूझना पड़ता है। यद्यपि अधिकांश अभिभावकों ने पाया है कि उनके बच्चे बहुत ज़्यादा स्वास्थ्यकर जीवन नहीं जीते हैं और उनमें खराब आदतें भी तेजी से पनप रही हैं। इसके अलावा वह परिस्थितियों को स्थिर करने के मसले को लेकर भी असमंजस की स्थिति में रहते हैं। इस अध्याय में मैंने जीवन को संतुलित करने वाले पांच महत्वपूर्ण बातों को चिन्हित किया है, जिनका संबंध खाना खाने, श्वास लेने, व्यायाम, आराम और सुस्ताने व हाइजीन से है, जो आपके बच्चे को सकारात्मक, ऊर्जावान, उत्साहवर्द्धक बनाने में मदद करते हैं और इसके परिणामस्वरूप आपके बच्चे अच्छे छात्र बन जाते हैं, जो किसी भी चीज़ को काफ़ी जल्दी सीख जाते हैं।

खाना

जंक फूड की कमी

आज हमारे चारों ओर ऐसा खाना ज़्यादा मात्रा में परोसा जाने लगा है, जो केवल हमारा स्वाद बढ़ाता है और पौष्टिकता के नाम पर इसमें कुछ नहीं होता, जिससे हमें काम करने, खेलने और जीने के लिए पर्याप्त ऊर्जा मिल सके। अक्सर हम टेलीविजन एवं होर्डिंग्स पर खाने-पीने की चीजों के प्रकाशित विज्ञापन देखते हैं, जिनमें चीनी से बनी सस्ती चीजों, मैदे, बनावटी रंगों और संरक्षक रसायनों को मिलाकर बनाई हुई चीजों का विज्ञापन होता है। हालांकि उनमें किसी भी तरह की पौष्टिकता वाली बात नहीं होती है, फिर भी उनकी आकर्षक पैकेजिंग, जीभ को ललचाने वाला स्वाद और

सेलिब्रिटी द्वारा किया जाने वाला विज्ञापन बच्चों में इनके प्रति लालसा उत्पन्न कर देता है।

यदि आप भी दूसरे अभिभावकों की तरह हैं, तो आप भी अपने बच्चों को ऐसी चीज़ें दिलाने से परहेज नहीं करते हैं, जो पौष्टिक न हों और स्वास्थ्य के लिए नुकसानदायक हों। और अगर आप सही हैं, तो न केवल इनका आपके बच्चे के स्वास्थ्य पर बुरा प्रभाव पड़ता है, बल्कि उनमें किसी चीज़ को सीखने की इच्छा भी कम होती जाती है।

चीनी, तुम ज़रूरत से ज़्यादा मीठी हो

बच्चे किसी भी रूप में चीनी ग्रहण करते हैं, टॉफी, बिस्किट, पेय पदार्थों आदि। और यह आश्चर्य नहीं है कि चीनी रॉकेट के ऐसे ईंधन की तरह है, जो हमारे शरीर में जाते ही काफ़ी जल्दी रक्त में मिल जाती है। चीनी की अधिकतम मात्रा के साथ हम काफ़ी ऊर्जावान हो जाते हैं और बिल्कुल एक सुपर हीरो की तरह अनुभव करने लगते हैं। हालांकि हमारे शरीर में चीनी की ज़रूरत से ज़्यादा मात्रा का प्रवेश ठीक नहीं कहा जाता है। जब कभी भी आपका बच्चा परिष्कृत चीनी ग्रहण करता है, तो रक्त में चीनी की मात्रा बढ़ जाती है, जो शरीर के लिए खतरे की घंटी है। इससे शरीर रोगग्रस्त हो जाता है और कई रूपों में यह संकेत देता है कि रक्त में ज़रूरत से ज़्यादा चीनी है। इसे बाहर निकालने की ज़रूरत है। उसके बाद आंतें प्रतिक्रिया करती हैं, जो रक्त से शेष चीनी बाहर निकालती हैं और उसे वसा के रूप में परिणत कर एकत्र कर देती हैं।

इसके दो नकारात्मक प्रभाव हैं। पहला यह कि रक्त से चीनी की अधिकतम मात्रा को बाहर निकालने की प्रक्रिया के दौरान रक्त में चीनी की मात्रा या ऊर्जा का स्तर काफ़ी कम हो जाता है। उसके बाद बच्चे ऊर्जा में काफ़ी कमी महसूस करते हैं। इस प्रक्रिया के बाद चीनी में सांद्रता का स्तर भी काफ़ी कम हो जाता है, जिससे उन्हें पढ़ने या सीखने में तकलीफ होती है। इसके बाद बच्चे ऊर्जा का स्तर बढ़ाने के लिए चीनी के दूसरे विकल्पों की ओर जाते हैं और इस दौरान एक जटिल चक्र बनता है, जो बिल्कुल

एक आदत सरीखी होती है। इसी तरह चीनी की मात्रा को बार-बार अधिक या कम मात्रा में लेने से आंतों पर नकारात्मक प्रभाव पड़ता है और उसके परिणामस्वरूप बचपन में ही मधुमेह रोग हो सकता है। दूसरे हर समय रक्त में इंसुलिन घुलता रहता है और वह वसा के रूप में एकत्रित होता जाता है, जिससे शरीर मोटा होने लगता है, जिससे बच्चे कम उम्र में ही मोटापे के शिकार हो जाते हैं, वह शारीरिक रूप से सुस्त हो जाते हैं और मानसिक रूप से शिथिल।

चूंकि अपने बच्चे के भोजन से पूरी तरह चीनी को बाहर निकालना आसान नहीं है, इसलिए आप इसमें कुछ सामान ऊपर से मिला सकते हैं, ताकि उसका प्रभाव कुछ कम हो जाए। फलों में तो प्राकृतिक रूप से ही चीनी मौजूद होती है, जिससे बिना ग्लूकोज की मात्रा बढ़े, शरीर मीठेपन से संतुष्ट हो जाता है।

सफेद आटे एवं खूब तले हुए भोजन को कहें ना

बिस्किट, क्रैकर, व्हाइट ब्रेड, पिज्जा एवं पास्ता जैसे खाद्य पदार्थ उजले आटे यानी मैदे से बनाए जाते हैं। आप जितना हो सके इनका प्रयोग कम-से-कम करने का प्रयास करें। इसके स्थान पर आप आटे का प्रयोग करें, जो धीरे-धीरे ग्लूकोज में परिवर्तित हो जाता है।

जब कभी भी आप तेल में कुछ तलते हैं, तो उच्च तापमान के कारण उस भोज्य पदार्थ की पोषकता खत्म होती जाती है। इसलिए चिप्स और दूसरे तले हुए खाद्य पदार्थों को हानिकारक माना जाता है। फिर ऐसी चीजों का सेवन क्यों करना, जो आपको जीवन नहीं दे सकते हैं?

दूसरी चीज़ जो आपको देखने की ज़रूरत होती है, वह है हाइड्रोजेनेटेड तेल, जो बिस्किट एवं विभिन्न स्नैक्स में मौजूद रहने वाला उत्पाद है। पैकेज्ड खाने का जीवन बढ़ाने के लिए खाद्य सामग्री निर्माता कंपनियां तेल में हाइड्रोजन मिला देती हैं। हाइड्रोजेनेटेड तेल, जिसे ट्रांसफैट भी कहते हैं, से शरीर को काफ़ी परेशानी होती है और यह शरीर में कोलेस्ट्रॉल बढ़ा देता है, जो वसायुक्त कोशिकाओं में जमा होता रहता है। ऐसा माना जाता है

कि एक समय के बाद शरीर में ज़रूरत से ज़्यादा ट्रांसफैट जाने के कारण धमनियों के कठोर होने से लेकर, दिल के दौरे और कैंसर जैसी बीमारियां हो सकती हैं।

> प्रशिक्षण टिप्स : अपने बच्चे के साथ उस उत्पाद के पैकेट को पढ़िए और उन्हें उस उत्पाद में मौजूद हानिकारक तत्वों की पहचान करने के बारे में बताइए, जिनसे वह भी कम-से-कम मात्रा में हाइड्रोजेनेटेड तेल अपने शरीर में जाने से बच सके।

चीजे़ं जिन्हें कम किया जा सके

खाने में कुछ चीज़ें ऐसी होती हैं, जिनके प्रति आपको सावधान होने की ज़रूरत होती है, क्योंकि उनसे आपके बच्चे के स्वास्थ्य पर गंभीर प्रभाव पड़ते हैं। कृत्रिम फ्लेवर, रंग और प्रीजरवेटिव को सॉस, कैंडी, सॉफ्ट ड्रिंक आदि खाद्य पदार्थों में मिलाया जाता है, जिससे इनका स्वाद भी बेहतर हो जाए और साथ ही वह लंबे समय तक टिक भी सकें। हालांकि इनका संबंध विभिन्न प्रकार की स्वास्थ्य समस्याएं जैसे एलर्जी, हाइपर एक्टिविटी, अस्थमा, खुजली, एग्जीमा, किडनी खराब होना, उच्च रक्त चाप और यहां तक कि कैंसर जैसी बीमारियां होने की आशंका रहती है। मोनोसोडियम ग्लूटामेट यानी एमएसजी, एक फ्लेवर है, जो कुछ चिप्स, सूप पैकेटों और फास्ट फूड उत्पादों में मौजूद होता है, जिसका बुरा प्रभाव मस्तिष्क की कोशिकाओं पर पड़ता है, जिससे उनके जल जाने और अंततः मृत्यु की स्थिति आ सकती है। इससे शरीर में पानी की कमी भी हो सकती है। इसी तरह एस्पार्टेम भी एक कृत्रिम चीनी है, जिसे चीनी के स्थान पर प्रयोग में लाया जाता है और आमतौर पर यह कोल्ड ड्रिंक, लो कैलोरी वाले खाद्य पदार्थों और कुछ विटामिन में पाया जाता है। एस्पार्टेम से तंत्रिका तंत्र को नुकसान होने की आशंका रहती है और यह एपिलेप्सी, मल्टीपल सिलरोसिस, अल्झाइमर जैसे रोगों का जनक माना जाता है और शरीर में इसकी ज़्यादा मात्रा से व्यक्ति कोमा में जा सकता है और उसकी मृत्यु भी हो सकती है।

कोल्ड ड्रिंक से आपको सर्दी लग सकती है

ज्यादातर ठंडे पेय पदार्थों में ज़्यादा मात्रा में चीनी, प्रीजरवेटिव और कृत्रिम रंग मौजूद होते हैं। इन्हें पीने के स्थान पर एक महंगा जूसर लेना लाभप्रद रहता है। आप अपने बच्चों को उनकी पसंद के मुताबिक फलों एवं सब्जियों का जूस निकालकर उन्हें पिला सकते हैं। अपने घर में प्राकृतिक फल या सब्जियों का एक ग्लास बनाए गए जूस की कीमत ठंडे पेय की कीमत के मुकाबले आधी ही होगी।

जंक फूड को कैसे कहें ना

जंक फूड से निपटने के तरीक़े एवं प्रक्रिया निश्चित एवं कठोर है, इसके सिवा कोई दूसरा विकल्प भी नहीं है। नियम बनाएं और उसके बाद उन्हें कड़ाई से लागू करें। यह केवल बचाव का ही मामला है और यदि आप इसका पालन करते हैं, तो आप विजेता हैं और आपके बच्चे भी पौष्टिक भोजन करेंगे। इसके लिए आपको परिवार के दूसरे सदस्यों की मदद की भी ज़रूरत होगी, मसलन आपकी पत्नी, दादा-दादी, चाचा और चाची आदि। अपने लक्ष्य एवं नियमों के बारे में उन्हें बताएं, ताकि उन पर अमल किया जा सके और उन्हें यह भी कहें कि बच्चे की जिद को न मानें। कुछ दिनों या सप्ताह तक इस प्रक्रिया को चलने दें। यहां कुछ दूसरे उपायों के बारे में भी बताया जा रहा है।

उन्हें बादाम के बारे में बताएं

स्वास्थ्यकर स्नैक्स में संभवतः बादाम बेहतर विकल्प हो सकते हैं, खासकर काग़ज़ी बादाम और अखरोट। ये तुरंत ऊर्जा देते हैं और साथ ही साथ इनमें विटामिन ए, सी और ई पाया जाता है, जो मस्तिष्क के लिए लाभप्रद माने जाते हैं। सूखे मेवे जैसे खजूर, मुनक्का और अंजीर भी प्राकृतिक ऊर्जा के अच्छे स्रोत माने जाते हैं।

मैंने देखा है कि सभी बच्चे बादाम की तरह ही सूखे मेवे को पसंद करते हैं। हालांकि जब वह स्नैक्स खाने की सोच रहे होते हैं, तो इन चीजों को मुश्किल से ही पसंद करते हैं। मेरा सुझाव यह है कि आप विभिन्न तरह के

सूखे मेवे एवं बादाम को ढेर सारी मात्रा में खरीद लें और बच्चों के स्कूल जाने से पहले उनकी जेब में इन्हें डाल दें। जब उन्हें भूख लगेगी, तब वे स्वयं ही इन प्राकृतिक उत्पादों का सेवन करेंगे और न चाहते हुए भी इन पोषक तत्वों को ग्रहण कर लेंगे, जिससे उन्हें ऊर्जा मिलेगी। आप अपने बच्चों को बादाम या सूखे मेवों का चुनाव करने के काम में संलग्न कर सकते हैं कि उन्हें हर दिन क्या चाहिए और इस तरह उन्हें भी अपनी मनपसंद चीज़ खाने को मिल जाएगी। आप अपने बच्चों को इस तरह के खाद्य पदार्थ कम मात्रा में ही दें, क्योंकि इनमें कैलोरी काफ़ी अधिक मात्रा में होती है। आमतौर पर एक बार में एक मुट्ठी मेवा उचित मात्रा हो सकती है।

> प्रशिक्षण टिप्स : सबसे पहले बादाम या सूखे मेवों को ताजे पानी से धो दें। यह इनका उपयोग करने का स्वास्थ्यकर तरीका है, जिससे ये सुपाच्य हो जाते हैं और इनसे शरीर में पानी की कमी नहीं होती है।

इससे आगे की योजना

अपने दिमाग़ में हमेशा यह बात बिठाकर रखें कि आप ही हैं, जो यह तय करेंगे कि आपके बच्चे को किस तरह का खाना चाहिए। इससे आगे की योजना ढेर सारे फलों, सूखे मेवों, बादामों और दूसरी सभी चीजों के साथ बनाएं, जिन्हें खाया जा सकता है। यदि आप सिनेमा, पिकनिक या दूर की यात्रा पर जा रहे हैं, तो अपने स्वास्थ्य के लिए लाभप्रद स्नैक्स एवं शीतल पेय पदार्थों को साथ रखने की बात को सुनिश्चित कर लें। जब आप घर से बाहर होंगे, तो आपके बच्चों को भूख लगेगी और उस समय आपको केवल जंक फूड ही उपलब्ध होंगे और आप मजबूरन वही खाना अपने बच्चों को देंगे।

खाने की सूची बनाएं

कई बार बच्चे खाने की टेबल पर लाए जाने वाले भोजन के पीछे के दृश्य व उसके बारे में बनाई गई योजना एवं प्रयासों को समझ नहीं पाते हैं। उनके लिए विरोध करना एवं परेशानी खड़ी करना आसान हो जाता है, ओह, फिर

पत्ता गोभी नहीं चाहिए। जब उनकी खाने की बिल्कुल कम इच्छा रहती है। खाने में उनकी रूचि बढ़ाने के लिए एक काम आप यह कर सकते हैं कि उन्हें साप्ताहिक खाने की सूची बनाने में शामिल करें। अपनी पसंद की सूची बनाने से उनमें योजना बनाने की कुशलता उत्पन्न होने के साथ-साथ उन्हें अपना मनपसंद खाना खाने को भी मिलेगा। और यदि वे बाद में खाने को लेकर किसी तरह की अनिच्छा जाहिर करते हैं कि आपने क्या बनाया है, तो आप खाने की सूची को लेकर बात कर सकते हैं कि आख़िर सूची भी तो उन्होंने ही बनाई है।

अपने बच्चों को बाजार ले जाएं

अगली बार जब भी आप खाने-पीने की चीज़ें खरीदने के लिए सब्जी बाजार, किराने की दुकान या सुपरमार्केट जाएं, तो अपने बच्चे को भी साथ लेकर जाएं और उन्हें भी सामान पसंद करने से लेकर खरीदारी की सारी प्रक्रिया में शामिल करें। इससे न सिर्फ़ उनमें जिज्ञासा बढ़ेगी, बल्कि खाने-पीने की कई चीजों के साथ भी उनका परिचय बढ़ेगा। क्यों नहीं आप उन्हें पैसे संभालने देते हैं और खरीदारी के बाद बिल चुकाने का मौक़ा देते हैं? इससे उनकी गणितीय कुशलता में भी बढ़ोतरी होगी और उन्हें बजट के बारे में भी जानकारी मिलेगी। अंततः उनकी उम्र एवं क्षमता के आधार पर उन्हें बाजार से लौटते समय थैला भी उठाने दें। इन सारी प्रक्रियाओं में बच्चों को शामिल करने से वह महत्वपूर्ण सबक सीखने का प्रयास करेंगे, साथ ही इससे इतर उन्हें एक अच्छा अनुभव भी मिलेगा।

बच्चों के साथ पकाएं

खाना पकाने के दौरान अपने बच्चों को उनकी उम्र के अनुसार छोटी-मोटी जिम्मेदारियां दें, सब्जियां साफ करने से लेकर रायता बनाने तक। उनकी भागीदारी बहुत ज़्यादा थकाऊ और ज़्यादा समय तक न हो। जब वह खाना बनाने की प्रक्रिया में भागीदारी करेंगे, तो वह इसमें उपयोग में आने वाली सामग्रियों को ज़्यादा अच्छी तरह संभाल पाएंगे और इससे भी अधिक उन्हें नई खाद्य सामग्रियां बनाने एवं खाने का अवसर मिलेगा।

एक साथ टेबल पर खाना खाएं

बच्चों को अकेले खाने देने के बजाय उन्हें टेबल पर परिवार के सभी सदस्यों के साथ स्वादिष्ट भोजन परोसें। यह लड़के एवं लड़कियों के साथ समान रूप से लागू करने का प्रयास करें। इससे न केवल उन्हें परोसने की आदत का पता चलेगा, बल्कि बच्चों को परिवार एवं खाने के साथ रिश्ता जोड़ने में मदद मिलेगी।

भोजन से पहले प्रार्थना की आदत डालें

खाना शुरू करने से पहले बच्चों को भोजन की उदारता को स्वीकार करते हुए, भूख मिटाने के लिए धन्यवाद कहने की आदत डालें। आप चाहें तो भगवान की प्रार्थना कर सकते हैं या फिर पर्याप्त भोजन होने के लिए प्रशंसा कर सकते हैं, जबकि दूसरे इतने भाग्यशाली नहीं हैं, प्रशंसा का एक शब्द उन्हें स्वाद चखने को प्रेरित कर देगा, पर यह ज़रूरी नहीं है कि उनका जंक फूड का स्वाद बदल जाएगा, पर बिना किसी संदेह के यह खाना उनके स्वास्थ्य के लिए लाभप्रद होगा।

अपने खाने का नाम रखें

यदि अपने खाने का लुत्फ लेना चाहते हैं, तो एक और उपाय का इस्तेमाल कर सकते हैं कि अपने खाने का मनोरंजक नाम रखें। प्री-प्राइमरी स्कूल के बच्चों के साथ हाल ही में किए गए एक प्रयोग में यह बात सामने आई है कि जब सब्जियों को एक्स रे विजन कैरोट्स, टोमैटो बर्स्ट्स, पावर पीज, या डायनोसोर बोरोकली ट्रीज आदि नाम दिए जाएं, तो एक दिन ऐसा आएगा कि लोग सब्जियों के साधारण नामों को भूल जाएंगे। इसके परिणाम में यह बात सामने आई है कि मनोरंजक नामों से बच्चों में यह विश्वास घर कर जाता है कि ऐसे खाद्य पदार्थों को खाने में और अधिक आनंद आएगा।

अपने बटुए पर काबू रखें

आमतौर पर बच्चे अपने जेब खर्च का इस्तेमाल ऐसे खाद्य पदार्थों को खरीदने में करते हैं, जो स्वास्थ्य के लिए लाभप्रद नहीं होते हैं। यदि आप भी अपने

बच्चों को जेब खर्च देते हैं, तो यह भी नियम बनाएं कि वह इसे कैसे खर्च कर सकते हैं। आप उनके लिए खाद्य पदार्थों की सीमा बना सकते हैं कि वह किन चीजों को ही खरीद सकते हैं। साथ ही उन्हें इस बात के लिए भी जिम्मेदार बनाएं कि वह किस तरह अपने पैसे को खर्च करें। साथ ही नियमों का पालन हो रहा है या नहीं, इस आधार पर जेब खर्च बढ़ाएं या घटाएं। जेब खर्च पर और अधिक जानकारी के लिए अध्याय छह देखें।

कैंटीन से बचें

आजकल बच्चों को जंक फूड मुहैया कराने में कैंटीन काफ़ी बड़ी भूमिका अदा कर रहे हैं। इसके लिए स्कूल के हेडमास्टर और कैंटीन संचालकों से बात करें, ताकि वह बच्चों को स्वास्थ्यवर्द्धक फलों का चाट, ताजे फल, सूखे मेवे, नारियल, पॉपकार्न, प्राकृतिक जूस, लस्सी, दूध, नारियल पानी आदि मुहैया कराएं। हमने इसे जीवा पब्लिक स्कूल में उपयोग में लाया है, इसलिए मैं इस बारे में आश्वस्त हूं कि यह संभव है।

जंक फूड पर लगाएं लगाम

अगर बच्चे के खाने से आपको सारे जंक फूड को हटाना असंभव लगता है, तो कुछ नियम बना दें। मसलन उन्हें कहें कि हर दिन एक ही जंक फूड मिलेगा। यदि उनके पास कोल्ड ड्रिंक है, तो उन्हें कैंडी बार यानी चॉकलेट नहीं मिलेगी। या फिर यदि उन्होंने चिप्स का पैकेट ले लिया है, तो उसी दिन वह बिस्किट का पैकेट नहीं ले पाएंगे। साथ ही उन्हें भी नियमों को बनाने में शामिल करें।

तय समय में ही खाएं खाना

हमारा शरीर कई तंत्रों से बना है, जो एक-दूसरे के साथ क्रमबद्ध रूप से कार्य करते हैं। जब वह एक क्रम में काम करते हैं, तो हमें अच्छा लगता है। हालांकि जब वह अपने नियम या क्रम से बाहर होते हैं, तो हमें शारीरिक व्याधियां होने लगती हैं। इसलिए यह महत्वपूर्ण है कि बच्चे नियमित रूप से एवं तय समय में खाना सीखें।

पहले, उन्हें कभी भी खाना नहीं छोड़ना चाहिए। कई बार बच्चे सुबह के समय नींद में होते हैं और उन्हें भूख का अहसास नहीं होता है। लेकिन उसके एक या दो घंटे बाद उन्हें भूख सताने लगती है और वह परेशानी से कुछ भी खाने की तलाश करने लगते हैं। आमतौर पर उन्हें अपने पेट की क्षुधा शांत करने के लिए जंक फूड ही मिल जाता है, वहीं दूसरी ओर दूसरे वही खाना खाते हैं, जो उनके दोपहर के भोजन में मौजूद होता है। उसके बाद दोपहर के खाने के दौरान उनके पास कुछ नहीं रह जाता है और अब भी उन्हें भूख लगी रहती है, इसलिए एक बार फिर वह जंक फूड ही लेते हैं। इस तरह के मुश्किल चक्र से बचने के लिए अपने बच्चे को स्कूल जाने से पहले अच्छा नाश्ता करने की आदत डालें। उन्हें दोपहर के भोजन के समय तक ऊर्जावान बने रहने की ज़रूरत होती है।

रात के भोजन को सोने से दो घंटे पहले लेना चाहिए। बच्चों को देर से खाने की सलाह नहीं दी जाती है और उसके बाद खाने के तुरंत बाद सोना भी अच्छा नहीं होता है।

यह सुनिश्चित करें कि आपके बच्चे तय समय पर अपना रात का खाना खाएं। इससे उनके शरीर का एक निश्चित प्रक्रिया में विकास होगा और साथ ही उनके पेट में कब्जियत जैसी समस्या नहीं होगी। जब बच्चे कब्ज या अपच का शिकार होते हैं, तो शरीर में ज़रूरत से ज़्यादा अवशिष्ट पदार्थ रह जाता है। इसमें टॉक्सिन होता है, जो रक्त तंतुओं में चला जाता है और शरीर के दूसरे भागों के अलावा मस्तिष्क में भी चला जाता है। इससे मस्तिष्क की प्रक्रिया धीमी हो जाती है और यहां तक कि सिरदर्द भी होने लगता है। आयुर्वेद के मुताबिक हममें से सभी को सुबह में आवश्यक रूप से नित्य क्रिया से निपटना चाहिए, ताकि हमारे शरीर की सारी प्रक्रिया आराम से पूरी हो और इससे हमारा मस्तिष्क ठीक रहे।

तब क्या करें अगर आपका बच्चा प्राकृतिक दूध नहीं पीता है?

हम सभी जानते हैं कि दूध बढ़ते बच्चों के लिए काफ़ी अच्छा होता है। इसमें केवल हड्डियों के लिए ज़रूरी कैल्शियम नहीं होता, बल्कि यह विटामिन

ए और डी तथा कैलापीन नाम का प्रोटीन भी होता है, जो हमें अच्छी तरह बातचीत करने की क्षमता देता है। लेकिन कितने भारतीय बच्चे आपको मिल जाएंगे, जो दूध से प्यार करते होंगे? यहां कुछ ऐसे टिप्स हैं, जिससे आपका बच्चा पौष्टिक रूप से कमज़ोर जंक फूड के मुकाबले दूध के प्रति आकर्षित होगा –

☞ बच्चे के दूध के गिलास में कुछ पेय मिक्स कर सकते हैं, जैसे चॉकलेट आदि। उसके बाद धीरे-धीरे इसकी मात्रा कम करते जाएं, जब वह दूध पीने के आदी हो जाएं।

☞ यह सुनिश्चित करें कि वह दूसरे डेयरी उत्पाद जैसे योगर्ट, लस्सी या पनीर जैसी चीज़ें भी लेता हो।

☞ मिल्क शेक बनाएं। फलों को बर्फ के साथ मिलाने का प्रयास करें, जिसे आपका बच्चा पसंद करे, जैसे केला, आम, स्ट्रॉबेरी आदि।

☞ उन्हें चॉकलेट दें, क्योंकि बच्चे हमेशा चॉकलेट पसंद करते हैं। यह प्रयास करें कि उन्हें कम मीठे चॉकलेट दिए जाएं, ताकि उनमें चीनी की मात्रा भी कम जाए।

☞ आप चाहें तो सीरियल्स, या गर्म सीरियल्स और ओटमील आदि में दूध मिलाकर दें। बाजार में उपलब्ध सीरियल्स का चुनाव करें, जो विशेषकर जानवरों, खिलौनों आदि के आकार में बनाएं गए हों। इससे बच्चे इसका सेवन करने के प्रति आकर्षित होंगे।

☞ कई डेजर्ट जैसे खीर, आइसक्रीम और फ्रूट क्रीम आदि में दूध मिला होता है। निःसंदेह ऐसे खाद्य पदार्थ निश्चित मात्रा में दिए जाने चाहिए और एक दिन में एक बार ही देना चाहिए।

☞ दूध के विकल्पों के रूप में बनाए जाने वाले खाद्य पदार्थों को बनाने या उनका चुनाव करने में अपने बच्चों को शामिल करें। ऐसा करने से उनमें इन्हें खाने की इच्छा जाग्रत होगी।

खाने के प्रति एकाग्रता

लोग जब भी खाना खा रहे होते हैं, तो एक आदत सभी में देखी जाती है। खाने के दौरान बातचीत करना या टीवी देखना। अगर आप खाने के दौरान किसी और चीज़ पर ध्यान देते हैं, तो इससे आपकी पाचन क्रिया प्रभावित हो सकती है, जिससे आपके स्वास्थ्य एवं सीखने की क्षमता दोनों पर असर पड़ेगा। आपके पेट को खाना पचाने के लिए रक्त की आवश्यकता होती है। लेकिन जब वह रक्त की मात्रा टीवी देखने के दौरान मस्तिष्क में प्रवाहित हो जाती है, या बातचीत के दौरान हाथों में, तो उस स्थिति में भोजन का पाचन काफ़ी धीमी गति से होता है। इस दौरान आप भटक जाते हैं और आपको यह पता ही नहीं चलता कि कब आपका पेट भर चुका है और आपमें ज़्यादा खाने की आदत भी पनप जाती है।

अपने बच्चों को अपने खाने पर एकाग्र होने की शिक्षा दें। जब वह खाना खा रहे हों, तो उन्हें एक तरह का मेडिटेशन करने को कहें। इससे उनमें भोजन का पाचन आसानी से होगा और भोजन से उन्हें काफ़ी अधिक ऊर्जा भी मिल पाएगी। यहां मेरे दस नियम हैं, जिन्हें आप अपने बच्चे के साथ बांट सकते हैं –

1. खाने से पहले अपने हाथ धोएं।
2. एकांत स्थान में भोजन ग्रहण करें।
3. खाना शुरू करने से पहले प्रार्थना करें या भगवान को धन्यवाद दें।
4. खाने के दौरान टीवी देखने या बातचीत करने से बचें।
5. यह देखें कि आप क्या खा रहे हैं और हर कौर को महसूस करने का प्रयास करें।
6. धीरे-धीरे एवं काफ़ी सावधानी से भोजन को चबाएं।
7. अपनी प्लेट में उसी खाद्य पदार्थ को लें, जिसे आपने समाप्त किया है।
8. अपने पेट में कुछ खाली जगह रखें। भरपेट खाना कभी न करें।

9. खाने के बाद अपना मुंह साफ पानी से धो लें।
10. खाने के बाद करीब 20 मिनट तक आराम करें, ताकि आपका खाना पच जाए।

लोगों को खाने के समय पानी की भी ज़रूरत होती है

आपके बच्चे के जीवन के हर क्षेत्र को विकसित करने में पानी का महत्वपूर्ण योगदान होता है। यदि इनमें से कोई सर्वश्रेष्ठ विचार देने की ज़रूरत है, तो मैं यह कहना चाहूंगा कि आपके बच्चे को खूब पानी पीना चाहिए। पानी आपके मस्तिष्क की कोशिकाओं को ऑक्सीजन देता है और शरीर से हानिकारक टॉक्सिन को बाहर निकाल देता है, जिससे शरीर का हर तंत्र अच्छी तरह कार्य करता है। यदि आपको नींद आ रही है, तो यह आपको जगा सकता है। साथ ही यह पाचन में भी सहायक होता है, जिससे आपको भोजन से अत्यधिक ऊर्जा मिलती है।

> कोचिंग टिप : यह सुनिश्चित करें कि आपका बच्चा प्रतिदिन आठ से दस ग्लास पानी पिए। गर्मियों में और जब वह व्यायाम करते हैं, तो ऐसे में उन्हें ज़्यादा पानी की ज़रूरत होती है।

बार-बार बच्चे यह नहीं समझ पाते हैं कि वह ज़रूरत के मुताबिक पानी नहीं पी रहे हैं। वह विभिन्न कार्यों, खेलकूद आदि में व्यस्त हो जाते हैं, जिसमें कई बार वह पानी पीना तक भूल जाते हैं, जिससे उनके शरीर में पानी की कमी हो जाती है। इस प्रक्रिया में मस्तिष्क तक पतला एवं ऑक्सीजन की कम मात्र वाला रक्त ही पहुंच पाता है, जिसके परिणामस्वरूप पढ़ाई में एकाग्रता की कमी आती है। इसी तरह पर्याप्त मात्रा में पानी नहीं पीने से अपच, जैसी शिकायतें भी होती हैं।

यह सुनिश्चित करें कि आपका बच्चा ज़्यादा-से-ज़्यादा पानी पिए और अपने पास हमेशा एक पानी की बोतल रखे। साथ उनके पानी को हमेशा चेक भी करते रहें। आप चाहें तो ड्रिंक मोर वाटर जैसे स्लोगन लिखे पोस्टर या चार्ट भी लगा सकते हैं।

ज़्यादा-से-ज़्यादा पानी पीने से प्राकृतिक रूप से आपके बच्चे को बार-बार मूत्र त्याग करना होगा। इससे उनके मूत्र का रंग भी साफ हो जाता है। यह एक अच्छा संकेत है, क्योंकि इससे पता चलता है कि उनके शरीर से टॉक्सिन बाहर निकल रहे हैं। उन्हें यह जानकारी दें कि यदि उनके मूत्र का रंग गहरा पीला होता है और यदि इसमें कठोरपन है, तो यह इस बात की चेतावनी है कि वह पर्याप्त मात्रा में पानी नहीं पी रहे हैं।

श्वास लेने की तरह व्यायाम भी महत्वपूर्ण है

क्या बच्चे पहले से नहीं जानते कि श्वास कैसे लिया जाता है?

जिस तरह जीवन के लिए श्वास लेना ज़रूरी है, उसी तरह एक बात और है जो श्वसन प्रक्रिया को ठीक या गलत कर सकती है। आप इसके लिए अपनी अप्राकृतिक दिनचर्या को दोषी ठहरा सकते हैं, मसलन कुर्सी पर बैठना, डेस्क पर झुककर काम करना और कंप्यूटर पर काम करना आदि ऐसी प्रक्रियाएं हैं, जिनके लिए हमारा शरीर अभ्यस्त नहीं होता। इसके परिणामस्वरूप हमारी श्वसन प्रक्रिया पहले के मुकाबले धीमी होती जाती है, फेफड़ों में ऑक्सीजन रूक-रूक कर जाता है और इस तरह हमारा मस्तिष्क और शरीर के दूसरे अंग प्रभावित होते हैं। अनियमित रूप से श्वास लेने से तनाव भी बढ़ता है और इससे हमारा आंतरिक तंत्र कमज़ोर होता जाता है।

जब हम बच्चों को अच्छी तरह श्वास लेने के बारे में बताते हैं, तो पहले कदम में उन्हें नाक से अच्छी तरह श्वास लेने एवं छोड़ने के बारे में बताना चाहिए। दूसरे भाग में उन्हें यह बताना चाहिए कि फेफड़ों के बजाय पेट से ज़्यादा-से-ज़्यादा श्वास लेने की प्रक्रिया करें। यदि आप किसी को सोते हुए देखेंगे, तो पाएंगे कि उनका पेट ऊपर एवं नीचे हो रहा है, वह श्वास ले रहे हैं और यह श्वास लेने की बेहतरीन प्रक्रिया है।

श्वास का परीक्षण करने की परीक्षा?

क्या आप देखना चाहते हैं कि मेरा मतलब क्या है? यहां एक चुनौती है, आगे दाहिनी ओर जाएं और एक गहरी श्वास लें। एक लंबी, गहरी श्वास...

क्या आपने देखा कि आपकी छाती फैल गई थी? यदि हां, तो अब आप उन लोगों में से एक हैं, जिन्होंने श्वास लेने की अप्राकृतिक तकनीक अपनायी है। फिर से प्रयास करें, इस दौरान आप देखेंगे कि आपकी छाती में कोई हलचल नहीं हो रही है, लेकिन आपका पेट फूल रहा है, जैसे ही आप श्वास लेते हैं और पिचक जाता है, जब आप श्वास छोड़ते हैं। यह ऐसा लगता है जैसे किसी गुब्बारे में हवा भरते ही वह फूल जाता है और हवा निकालते ही पिचक जाता है। यह उतना आसान नहीं है, जितना महसूस होता है। यदि आपको कुछ मदद चाहिए, तो अपने हाथ को नाभी पर रखिए। धीरे-धीरे हाथ हटाइए, आप देखेंगे कि आपका पेट हाथ के पीछे आ रहा है।

जब आप इस तरह श्वास लेते हैं कि आपका पेट बाहर की तरफ फूल जाता है, उस समय क्या होता है, उस समय आपके तंतु और दूसरे अंग बाहर की ओर जाते हैं, और डायफ्रॉम के लिए जगह बनाते हैं, ताकि फेफड़े अपनी पूरी ताकत के साथ नीचे की ओर आएं। इसके परिणामस्वरूप आप ज़्यादा-से-ज़्यादा मात्रा में हवा बाहर निकाल पाते हैं। फेफड़े में ज़्यादा हवा का मतलब है, रक्त कोशिकाओं में ज़्यादा ऑक्सीजन, जिसका अर्थ है कि शरीर के अंगों में ज़्यादा ऑक्सीजन जा रहा है और अंततोगत्वा मस्तिष्क भी बेहतर तरीक़े से काम कर सकता है।

गहरा श्वास लेने से कई तरह की तकलीफें दूर हो जाती हैं। उनमें से एक है निराशा को नियंत्रित कर लेना। जब कभी लोग तनाव में आते हैं, मसलन जब उन्हें श्रोता या जनता के सामने कुछ बोलना होता है, तब वह

तनाव में आ जाते हैं और छाती से लंबी-लंबी सांसें लेने लगते हैं। ऑक्सीजन की कमी के कारण मनोवैज्ञानिक डर के साथ मिल जाता है और मस्तिष्क में ऑक्सीजन की कमी हो जाती है तथा इसकी वजह से सेरेब्रल कॉर्टेक्स यानी लंबे समय तक याददाश्त बनाए रखना मुश्किल हो जाता है। जब आप भाषण देते समय या परीक्षा देने के दौरान, कुछ याद करने का प्रयास करेंगे, तो आपका मस्तिष्क पूरी तरह खाली हो जाएगा। यही वह स्थिति है, जिससे आप गुजर सकते हैं।

भविष्य में जब कभी भी आपके बच्चे को ऐसी परिस्थिति से गुजरना पड़े कि उन्हें बेहतर प्रदर्शन की आवश्यकता हो और वे तनाव, परेशानी या निराशा से घिर जाएं, तो उनका ध्यान श्वास लेने की प्रक्रिया पर केंद्रित करें। उन्हें अपने पेट से धीमी, क्रम से एवं गहरी सांसें लेने को कहें। कुछ ही बार सांस लेने में तनाव कम हो जाएगा और सोच में स्पष्टता आ जाएगी। इसके लिए प्रयास करें और यह बहुत कठिन नहीं है। वास्तव में एक छोटा बच्चा भी इसे आसानी से कर सकता है।

व्यायाम के लिए जागरूक हों

आपने जरूर सुना होगा कि व्यायाम आपके और बच्चों के लिए बहुत लाभदायक है। लेकिन आपने निश्चित रूप से यह महसूस नहीं किया होगा कि इसका कितना प्रभाव आपके बच्चे या उसके स्वास्थ्य के साथ-साथ उनकी शैक्षणिक क्षमता पर पड़ सकता है। मांएं हमेशा से अपने बच्चों को असफल होने से बचाने के लिए संघर्षरत रहती हैं। क्या आप जानते हैं कि जो बच्चे नियमित रूप से व्यायाम करते हैं, वह एलर्जी एवं ठंड तथा बुखार से काफ़ी हद तक बचे रहते हैं, जिससे उनका स्कूल भी नहीं छूटता है। इसी तरह का मामला मोटापे के साथ जुड़ा है, जिससे मधुमेह नाम की बीमारी बढ़ती है। एरोबिक क्रियाएं करते रहने से रक्त के प्रवाह में वृद्धि होती है और उससे ज़्यादा-से-ज़्यादा ऑक्सीजन और पोषक पदार्थ सारे शरीर में जाते हैं, खासकर मस्तिष्क में। इससे टॉक्सिंस और अवशिष्ट पदार्थ भी बाहर निकलते हैं, जिससे बच्चों को ताजगी एवं ऊर्जा का अहसास होता

है। इसमें कोई आश्चर्य नहीं है कि व्यायाम करने से एकाग्रता एवं याददाश्त में वृद्धि होती है।

इससे अधिक कई बच्चे लगातार पढ़ाई के दबाव के तनाव से प्रभावित रहे हैं और आंतरिक बोझ के कारण वह दिन के ज्यादातर समय तक पढ़ते रहे हैं। प्रकृति ने व्यायाम के रूप में हमें तनाव को दूर करने का बेहतर विकल्प प्रदान किया है, जिससे शरीर में फील गुड रसायन यानी एंडोरफिन निकलता है और यह चिंता एवं अवसाद को कम करता है। कई बार अभिभावकों को यह देखकर परेशानी होती है कि क्यों उनके बच्चे मूडी हैं और दुर्भाग्यवश वह मनोवैज्ञानिकों और दवाईयों की ओर चले जाते हैं, जबकि बाहर के परिदृश्यों के अनुसार उनके अंदर आत्मविश्वास जगाने की ज़रूरत होती है।

इसलिए पहले सुनिश्चित कर लें कि आपका बच्चा कम-से-कम एक घंटा रोज कड़ी शारीरिक सक्रियताओं में बिताए, जबकि जो बच्चे स्कूल नहीं जाते हैं, उनके लिए यह समय-सीमा दो घंटे तक है। अध्याय 8 में आप खेल की ताकत के बारे में ज़्यादा जानकारी हासिल कर पाएंगे, जिसका सीधा संबंध व्यायाम के फायदों से है। लेकिन अब के लिए यह कहना सही होगा कि व्यायाम में किसी भी तरह की शारीरिक सक्रियता को शामिल किया जा सकता है, जिससे फेफड़ें और दिल अच्छी तरह काम करते रहें। इसके लिए रस्सी कूदना, क्रिकेट, बैडमिंटन, फुटबॉल, नृत्य, स्वीमिंग, स्केटिंग, दौड़, टेनिस सहित कई खेल-कूद के विकल्प हो सकते हैं, जिनकी कोई सीमा नहीं है। बस आपको यह देखना है कि किस विकल्प को आपका बच्चा ज़्यादा पसंद करता है और वह उपाय हो सकता है।

> प्रशिक्षण टिप्स : व्यायाम केवल आपके बच्चे के लिए ही लाभप्रद नहीं होता, यह आपके लिए भी बेहतर है। यदि आप शारीरिक अभियोग्यता में उनके साथ भाग लेते हैं, तो इससे आप उन्हें व्यायाम को जीवन में नियमित तौर पर अपनाने के लिए प्रेरित कर सकते हैं, जैसे मुंह धोते या नहाने के समय हम ब्रश या सफाई का काम करते हैं।

केस स्टडी

दिल्ली में एक हेल्थ क्लब चलाने वाली महिला अपने पंद्रह वर्ष के बेटे विवेक के साथ मुझसे आकर मिली, जो स्कूल में अच्छा नहीं कर रहा था। पढ़ाई से अलग, वह अपना ज्यादातर समय टीवी देखने या इंटरनेट सर्फिंग में लगाता था। इस तरह की अव्यवस्था भरी जिंदगी के परिणामस्वरूप वह बच्चा मोटा हो गया और उसका चेहरा मुंहासों से भर गया, जिनका कारण अवसाद था। वह महिला अपने बेटे की हालत देखकर परेशान हो गई। उसका स्वास्थ्य, उसके अंक, उसकी उपस्थिति आदि चिंता का कारण बन गए। लेकिन वह इस बात से भी ज़्यादा परेशान थी कि लोग उस पर यह ताने मारते थे कि एक ओर तो वह शहर में हेल्थ क्लब चलाती है, दूसरे उसी का बेटा मोटापे का शिकार है।

उसके बच्चे से बातचीत करने के बाद मैंने पाया कि न तो वह बच्चा ज़्यादा प्रतियोगी है और न ही जिम जाकर कसरत करने की बातें उसे अच्छी लगती हैं। पर सौभाग्य से उसने नृत्य कला में अपनी अभिरूचि के बारे में बताया। इसलिए मैंने उसे एक नृत्य स्कूल में दाखिला दिलाने के लिए उसकी मां को मना लिया। यह घटना उसके लिए पूरी तरह जागरूक करने सरीखी थी। आप कल्पना नहीं कर सकते हैं कि उसे इस तरह की सक्रियता में कितनी खुशी मिलती थी। कुछ ही सप्ताह में टीवी के सामने घंटों बिताया जाने वाला समय प्रतिदिन दो घंटे में परिवर्तित हो गया। इसमें कोई आश्चर्य नहीं है कि उसका वजन कम हो गया, उसकी त्वचा मुलायम हो गई और साथ ही उसके आत्मविश्वास का स्तर भी बढ़ गया। इससे भी ज़्यादा खुशी की बात यह है कि उसके अंक भी अच्छे आने लगे। यद्यपि आज भी उसने अपनी मां के हेल्थ क्लब में जाकर समय बिताने की इच्छा नहीं जतायी है और उसकी मां को बुरा भी नहीं लगा, क्योंकि उसने वह पा लिया था जिसकी कामना उसकी मां करती थी। एक स्वस्थ बच्चा! और यह उन मां-बेटों के बारे में कोई भी बुरी बात नहीं कहता है।

स्ट्रेचिंग करें

हमारी अप्राकृतिक जीवन प्रक्रिया की वजह से हमारा शरीर आश्चर्यजनक अवस्था प्राप्त करता है, जिन्हें बदलना कभी आसान नहीं रहा। इसके परिणामस्वरूप नसों में खिंचाव आता है और रक्त का संचार धीमा होता जाता है। इस कारण हमारे शरीर में काफ़ी कम ऑक्सीजन का बहाव होता है, जिनके लिए करोड़ों कोशिकाएं इंतजार करती रहती हैं, क्योंकि यही उनके लिए जीवन रक्षक ईंधन का काम करता है। इसलिए अपने बच्चों को रोज स्ट्रेचिंग का अभ्यास करने को कहें, ताकि स्कूल जाने के दिनों में ही उन्हें इसका लाभ मिल सके और उनका युवापन भी अच्छा हो जाए। यह अनिद्रा को दूर करता है, एकाग्रता बढ़ाता है और तनाव व टेंशन को कम करता है।

योग की शक्ति

साधारण, आधारभूत स्ट्रेचिंग जिन्हें आप कभी भी कर सकते हैं :

1. अपनी बांहों को आसमान की ओर उठाकर स्ट्रेचिंग करें
2. आपके कंधे आपके कानों को छूते रहे
3. सिर को घुमाएं
4. नाक को
5. अपने हाथों को पीछे की ओर ले जाकर बजाएं और ऊपर देखें
6. अपने पंजों को छुएं
7. पंजों पर खड़े हो जाएं

हमारे शरीर को आराम भी चाहिए

सोना और आराम करना सीखने की प्रक्रिया में सबसे महत्वपूर्ण है। कुछ बच्चे यह मानते हैं कि अध्ययन की अवधि में समय बढ़ाने से वह ज़्यादा सीखने के लायक हो जाएंगे। पर सच तो यह है कि कई मामलों में कुछ ही निवेश योजनाओं पर निश्चित लाभ मिलता है और पढ़ाई उनमें से एक है।

अध्ययन की प्रक्रिया के दौरान हमारा मस्तिष्क नयी सूचनाओं से व्यस्त रहता है, जिसमें से विभिन्न प्रकार के छोटे-छोटे न्यूरोट्रांसमीट्र्स का उत्सर्जन होता है। शेष भाग मस्तिष्क को समय के साथ ही नई सूचनाओं की पड़ताल करने और उनके निर्माण में लगता है और साथ ही नए न्यूरोट्रांसमीटर्स के उत्सर्जन का भी काम करता है। अपने स्कूल के दिनों को याद कीजिए। जब आप पढ़ाई में मशगूल रहते थे, तो एक निश्चित समय अंतराल के बाद क्या आपका मस्तिष्क काम करना नहीं बंद कर देता था और रूक जाता था। लेकिन जब आप कुछ देर तक आराम कर लेते थे, तो एक बार फिर आप ताजगी महसूस करने लगते थे।

केस स्टडी

कक्षा 9 के एक छात्र राहुल ने मुझसे पूछा कि वह जो पढ़ रहा है, उसे कैसे याद कर सकता है। उसने मुझे बताया कि स्कूल के बाद वह हर दिन कुल आठ घंटे तक पढ़ता है और हर रात करीब पांच-छह घंटे ही सोता है।

मैंने उसे सलाह दी कि अपने पढ़ाई के 2-3 घंटे कम कर दे और सोने की अवधि में इतने ही घंटों की बढ़ोतरी कर दे। कुछ ही दिनों में उसने पाया कि उसकी एकाग्रचित्त होने की शक्ति में बढ़ोतरी हो गई है और कुछ ही सप्ताह में उसकी याददाश्त और स्कूल में उसके प्रदर्शन में आश्चर्यजनक रूप से विकास हो गया है।

कितनी देर सोना लाभप्रद है?

यहां एक सारणी है, जिससे यह पता चल सकेगा कि आपके बच्चे के लिए कितनी देर सोना लाभप्रद होता है –

उम्र	सोने के लिए ज़रूरी घंटे
12 माह के बच्चे के लिए	14.5 घंटे
2 साल के बच्चे के लिए	13 घंटे

5 साल के बच्चे के लिए	11 घंटे
10 साल के बच्चे के लिए	10 घंटे
16 साल के बच्चे के लिए	8.5 घंटे

प्रशिक्षण टिप्स : अत्यंत छोटे बच्चों के लिए एक घंटे लगातार सोना भी हालांकि सही माना जाता है, वैसे छह साल से अधिक आयु के बच्चे ज़्यादा-से-ज़्यादा दिन के समय सोने से परहेज करते हैं।

केस स्टडी

हाल ही में एक अभिभावक मेरे पास अपने छह वर्षीय बेटे आर्यन के साथ आए और पढ़ाई में उसके खराब प्रदर्शन, खराब व्यवहार एवं एकाग्रता में कमी की शिकायत करने लगे। पिछले कुछ महीनों में वह हिंसक और बदमाश हो गया था और दोनों उसके व्यवहार में अचानक आए इस बदलाव को नहीं समझ पा रहे थे। इससे अधिक पूछताछ से पता चला कि उसके पिता ने हाल ही में एक नई नौकरी पकड़ी है, जिससे अक्सर वह रात को 10.30 बजे वापस घर आते हैं। उसके बेटे को हर दिन शाम को अपने पिता के साथ समय बिताने की आदत थी, जिससे वह तब तक जगा रहता था, जब तक उसके पिता वापस न आ जाएं। उसके बाद वह उनके साथ रात का खाना खाता था और रात को 11.30 बजे या आधी रात को सोने जाता था। अगले दिन सुबह उसकी मां उसे 6.00 बजे ही उठा देती थी और उसे स्कूल के लिए तैयार करती थी।

मेरे लिए उसके व्यवहार में आने वाले बदलाव के लिए यह कारण बहुत था कि वह बच्चा पर्याप्त नींद नहीं ले रहा था। मैंने उसके पिता को समझाया कि वह घर जल्दी आ जाया करें और यह सुनिश्चित करें कि उनका बच्चा 8.5 से 10 बजे रात तक सो जाए। ऐसा करने के बाद उनके बच्चे के व्यवहार और एकाग्रता संबंधी परेशानियां स्वतः ही दूर हो जाएंगी।

यहां अच्छी नींद लेने के दस टिप्स हैं –

1. बच्चों को बिस्तर में जाने से पहले टीवी न देखने दें।
2. यह सुनिश्चित करें कि सोने से कम-से-कम दो घंटे पहले उन्होंने खाना खा लिया हो।
3. एक नियमित सोने के नियम का पालन करें।
4. यह सुनिश्चित कर लें कि उनके कमरे की बिजली पूरी तरह बंद हो।
5. सोने के दौरान बच्चों को ढीले-ढाले कपड़े पहनाएं।
6. यदि उन्हें नींद न आती हो, तो सोने से पहले उन्हें गर्म दूध पिलाएं।
7. बच्चों को चीनी युक्त या मैदे से बनी चीज़ें न खिलाएं, क्योंकि इससे उनमें रक्त ग्लूकोज की मात्रा बढ़ जाएगी और उन्हें अनिद्रा की शिकायत हो जाएगी।
8. उन्हें रात को ऐसे पेय पदार्थ न दें जिनमें कैफीन जैसे पदार्थ हों, जिसकी वजह से उनमें नींद की कमी हो जाएगी।
9. उन्हें इस बात के लिए उत्साहित करें कि दिन के समय वह नहीं सोएं। हालांकि यदि उन्हें दिन के समय नींद आती हो, तो उस हालत में भी 20 मिनट से अधिक उन्हें न सोने दें। वरना उन्हें गहरी नींद आ जाएगी और जब आप उन्हें उठाएंगे, तो उनमें आलसपन होगा।
10. बच्चों को बिस्तर पर जाने से पहले आराम से अपने काम पूरे करने की शिक्षा दें। इसमें पढ़ाई, स्नान, किताब पढ़ना और अच्छा संगीत सुनने जैसी बातें शामिल हैं।

हाइजीन पर दें ज़्यादा ध्यान

कई बार मैं एक स्कूल के वर्ग में गया और कमरे में काफ़ी तेज़ सुगंध के फैले होने के कारण मुझे लगभग चक्कर सा आ गया था। उस दिन वाकई मैं आश्चर्यचकित रह गया कि आख़िर अभिभावक अपने बच्चों को हाइजीन के बारे में क्या शिक्षा देते हैं? इसका कारण आसान है कि कोई भी व्यक्ति उसके पास नहीं जाना चाहता है, जो गंदा दिखाई देता है और उसके शरीर से

बदबू भी आ रही हो। आप चाहें तो अपने बच्चे में ऐसी आदतों का विकास कर सकते हैं, जिससे उसे वर्ग में सहपाठियों एवं शिक्षकों द्वारा स्वीकार कर लिया जाए, जो उन्हें खुद को साफ रखने की शिक्षा देते हैं। खुद को चमकाने के लिए जानें पांच टिप्स, जिन्हें बच्चों को भी जानना चाहिए :

1. नियमित रूप से कपड़े बदलें

चूंकि बच्चे शारीरिक रूप से क्रियाशील होते हैं, इसलिए उन्हें हर पल पसीना आता रहता है। इसलिए यह सुनिश्चित करें कि उनके कपड़ों को नियमपूर्वक बदला जाए और साथ ही अंदर पहने जाने वाले कपड़ों सहित मोजों को भी नियम से बदलना चाहिए। जब आपके बच्चे स्कूल से वापस आ जाएं, तो जितनी जल्दी हो सके उनके यूनिफॉर्म को उतार कर साफ कपड़े पहना देने चाहिए। इसलिए उनके पास कम-से-कम दो स्कूल यूनिफॉर्म होने चाहिए, ताकि आपका बच्चा प्रतिदिन साफ धुले हुए कपड़े पहन सके।

2. अपने जूतों एवं पैरों को हवा लगने दें

अपने बच्चों के लिए जूतों का अलग जोड़ा रखें और यह सुनिश्चित करें कि आपका बच्चा स्कूल से वापस घर आने के बाद जूते निकाल दें, ताकि अगली सुबह तक उसकी दुर्गंध दूर हो जाए। साथ ही उनके जूतों एवं मोजों को प्रतिदिन नियमित रूप से धोएं। आप यह सुनिश्चित करें कि आपका बच्चा प्रतिदिन अपने पैर धोए और उसके बाद एड़ियों और उंगलियों के बीच के स्थान को सावधानी से सुखा ले, जहां ढेर सारे बैक्टिरिया जमा होते हैं और पैरों से बदबू आने लगती है। वह चाहें तो जूतों के अंदर पसीने और अवांछित दुर्गंध को दूर करने के लिए पाउडर का प्रयोग भी कर सकते हैं।

3. नियमित रूप से स्नान करें, खासकर गर्मी के मौसम में

एक बार आपके बच्चे बारह या तेरह वर्ष की उम्र तक पहुंच जाएं, तो उनके शरीर से विशेषकर गर्मी के मौसम में विशेष प्रकार के हार्मोन निकलते हैं, जिससे उनके पसीने से बदबू आने लगती है।

इसलिए उन्हें नियमित तौर पर स्नान करने के लिए प्रोत्साहित करें और एंटी-बैक्टिरियल पाउडर का इस्तेमाल करें या उनके कंधों एवं कांख में ऐसे ही खुशबूदार चीजों का प्रयोग करें।

4. बालों का ख्याल

यह सुनिश्चित करें कि आपका बच्चा अपने बालों में नियमित रूप से शैंपू लगाता रहे, ताकि उसके बालों से मृत कोशिकाएं, रूसी और गंदगी निकलती रहे। बालों को मुलायम एवं खुशबूदार बनाए रखने के लिए प्राकृतिक रूप से सिर में मालिश करना ज़रूरी होता है।

5. दिन में दो बार ब्रश करें

यह भी सुनिश्चित करें कि आपका बच्चा अपने दांतों को प्रतिदिन दो बार ब्रश करे। पहली बार सुबह उठने पर और दूसरी बार रात को सोने से पहले। उन्हें हर रात को ब्रश करने से पहले दांतों की मालिश करने के लिए भी प्रोत्साहित करें। साथ ही यह सुनिश्चित करें कि कुछ भी खाने के बाद वह कुल्ली करके मुंह को साफ रखें।

> प्रशिक्षण टिप्स : हाइजीन न तो उबाऊ शीर्षक है और न ही खराब। मैंने एक कार्टून किरदार हाई-जेनी का निर्माण किया है, जिसे आप अपने बच्चे को हाइजीन के बारे में समझाने के लिए इस्तेमाल में ला सकते हैं। आप उसे इस वेबसाइट www.jiva.com/hi-genie से भी पता कर सकते हैं।

सफाई के लिए आयुर्वेदिक प्रयास

यह प्रयास हमें सुबह उठने, बिना सोचे-समझे अपने दांतों की सफाई करने और स्नान करने से अलग ले जाता है। यहां सुबह के अभ्यास को जीवन के गहरे अभ्यास में परिवर्तित कर दिया गया है। अपने बच्चों को इस प्रयास का अनुसरण करने को कहें। वे स्वयं को गंभीर एवं जिम्मेदार समझने लगेंगे, जो पांच माध्यमों से दुनिया से जुड़ेंगे, इनमें से सभी को सावधानी

बरतने की ज़रूरत होती है और इसलिए वे सभी सर्वश्रेष्ठ प्रयास करते हैं। जो इस तरह हैं –

1. **आंखें :** सुबह उठने के बाद क्या आपके बच्चे आंखों में पानी के छींटें मारते हैं।
2. **नाक :** बच्चों को कहें कि अपनी नाक की अच्छी तरह नियमित रूप से सफाई करते रहे। साथ ही सोने से पहले दोनों नासिका छिद्रों एक-एक बूंद बादाम का तेल डालें और उसे अंदर तक खींचें। नाक के अंदर के स्थान में यह तेल जाकर बंद जगह को खोल देगा।
3. **जीभ :** दांतों की सफाई करने के बाद वह जीभ की सफाई कर सकते हैं। इससे जीभ के ऊपर जमी गंदगी यानी टॉक्सिस दूर हो जाती है।
4. **कान :** रात में वे रूई लेकर उसे शीशम या सरसों के तेल में डुबा दें और इसे कानों में लगाकर रातभर छोड़ दें। अगली सुबह में वे अपने कानों को ईयर बड्स से साफ कर सकते हैं।
5. **त्वचा :** अपने बच्चों को न तो ज़्यादा गर्म और न ही अधिक ठंड़े पानी में स्नान कराएं। साथ ही प्राकृतिक, हर्बल सामांनों का इस्तेमाल करें। रसायनयुक्त उत्पादों से दूर ही रहना बेहतर है।

बच्चों को स्वयं ही अपनी देखभाल करना सिखाएं

इस अध्याय का आखिरकार उद्देश्य है कि प्रशिक्षण का पहला उसूल है बच्चों को स्वावलंबी बनाएं यानी उन्हें ऐसी शिक्षा दें, ताकि वे ख़ुद ही अपना ख्याल रख सकें। अभिभावकों को बच्चों के सामने आधारभूत बातों को बताने की ज़रूरत होती है और उन्हें यह याद दिलाने की आवश्यकता होती है कि कैसे अपने आपको फिट रखा जा सकता है, जब तक वे स्वयं इस बात का अनुसरण न करने लगें।

अपने बच्चों को मदद करने का एक रास्ता यह भी है कि उन्हें स्वावलंबी बनाने की शिक्षा देकर स्वतंत्रता की ओर अग्रसर किया जाए। मेरा सामना इस सिद्धांत से हुआ और मैंने इसे जीवा पब्लिक स्कूल में अपने छात्रों पर आजमाया, जिन्होंने इसे काफ़ी महत्वपूर्ण पाया। मैंने उन्हें विस्तार से बताया

कि हम तापमान मापने के लिए थर्मामीटर का प्रयोग करते हैं और गति को मापने के लिए स्पीडोमीटर का। लेकिन हमें कैसा महसूस हो रहा है, इसे मापने के लिए किसी तरह का यंत्र नहीं है। इसलिए मैंने उन्हें बताया कि एक ऐसी मशीन की कल्पना करो जिसका नाम है सेल्फ-ओ-मीटर, जिससे वह समय-समय पर अपनी भावनाओं को माप सकें, ताकि यह पता चल सके कि क्या वह ज़्यादा ठंडे हैं या गर्म हैं, थके हुए हैं या भूखे हैं, दुखी हैं या असंतुष्ट हैं। सेल्फ-ओ-मीटर इसके बाद उन्हें सही माप करके जानकारी देगा। प्यासे हो, पानी पियो। नींद आ रही है, टहल लो। असंतुष्ट महसूस कर रहे हो, स्ट्रेच करो और स्थिति बदलो आदि।

जीवा पब्लिक स्कूल में मैंने बच्चों को इस बात के लिए प्रोत्साहित किया। उनमें से कुछ ने ताश के पत्तों के आकार के कागज के टुकड़े पर चित्रकारी भी बनाई और उसे टेबल पर रखा। समय समय पर जब वे अपनी किताबों से उब जाते, वे अपने सेल्फ-ओ-मीटर को देखते, एक कल्पना करते और संतुलन बनाने के लिए क्रिया करते। यह एक रोमांचक एवं मनोरंजक क्षण है, अपना ख्याल रखने का। इसे अपने बच्चों के साथ करने का प्रयास करें।

इस सेक्शन में हमने क्या सीखा?

- अपने बच्चों को खाने, श्वसन, व्यायाम, आराम और हाइजीन से संबंधित पांच महत्वपूर्ण क्रियाएं बताएं, जिससे उन्हें सकारात्मक, ऊर्जावान और उत्साहवर्द्धक बातें सोचने का मौक़ा मिले।
- जंक फूड पर एकदम से रोक लगाने के स्थान पर उसके खाने से होने वाली बीमारियों के बारे में अपने बच्चों को जानकारी दें। मसलन चीनी, आटा, तले-भुने खाद्य पदार्थ, और ठंडे पेय पदार्थ आदि, जिससे उन्हें इसे छोड़ने का पुष्ट कारण भी पता चल सके।
- अपने बच्चों के खाने की आदत में परिवर्तन लाएं और विकल्प के रूप में उन्हें स्वास्थ्यवर्द्धक खाना परोसें। साथ ही आप ऐसे खाने के फायदे और समय पर बन जाने जैसी बातों की जानकारी भी दें। साथ ही उन्हें भोजन बनाने की प्रक्रिया और परोसने की जानकारी भी दें।

- आप अपने बच्चों को अच्छी आदतों और जीवन पद्धति, जिसमें वह अच्छी तरह सांस ले सकें, समय पर व्यायाम करें और दिनचर्या के अनुसार आराम करें और हाइजीन का भी संतुलन करें आदि बातों के साथ ही स्वास्थ्यवर्द्धक और संतुलित स्कूली जीवन देने का प्रयास करें।

नियम - 2

अपने बच्चों को ख़ुद पर विश्वास करने की शिक्षा दें

अपनी हर परेशानी से निजात पाने के लिए अभिभावक हर रोज अपने बच्चों के साथ आते हैं और मदद करने का आग्रह करते हैं। कई बार वह बच्चा तीन वर्ष का होता है, जो खिलौनों से भी ठीक से नहीं खेल सकता है। वहीं कई बार वह 19 वर्षीय लड़का होता है, जो दो बार दसवीं अनुत्तीर्ण हो चुका होता है। लेकिन इन सबमें एक बात सामान्य रूप से पाई जाती है कि हर घटना में बच्चे अपने माता-पिता की अपेक्षाओं पर खरे नहीं उतरते हैं। हालांकि मैं सोचता हूं कि अभिभावकों के लिए यह ज़रूरी होता है कि वह अपने बच्चों से काफ़ी ज़्यादा उम्मीदें लगाएं, लेकिन समस्या यह होती है कि उन्हें अपने बच्चों की क्षमताओं को लेकर असमंजस की स्थिति हो जाती है या वह अपने बच्चों की क्षमता को देखते हुए उसकी मदद करने को लेकर जागरूक नहीं होते हैं।

इस अध्याय में मैंने तीन ऐसे प्रभावशाली कारकों का उल्लेख किया है, जिससे आप अपने बच्चों को समझ पाएंगे कि आख़िर आपका बच्चा कितना क्षमतावान है और तब आप उसके विकास में मदद करें, ताकि उसमें आत्मविश्वास का संचार हो और वह अपने आप पर भरोसा कर सके।

अपने बच्चे के स्वभाव को समझने का प्रयास करें

एक बार की बात है, तीन किसान भाई थे। एक दिन उन्हें एक खूबसूरत

बीज मिला और वे उसे बोने के लिए अपने खेतों की ओर गए। पहले भाई ने उसे जमीन पर रखा, लेकिन कुछ भी नहीं हुआ। दूसरा भाई उस पर चिल्लाया, मूर्ख तुम्हें ऐसा नहीं लगता कि इस पर पानी देना चाहिए, वरना यह बढ़ेगा नहीं। इसलिए इस भाई ने इसमें पानी डाल दिया और बीज को पूरी तरह डुबो दिया। तीनों भाईयों ने कुछ दिनों तक इंतजार किया, लेकिन कुछ नहीं हुआ। तीसरे भाई ने अपने दोनों भाईयों से कहा, लगता है इतने वर्षों में आप लोगों ने खेती के बारे में कुछ भी नहीं सीखा है। तुम्हें इस बीज में खाद भी डालना चाहिए था, ताकि इसका विकास हो सके। इसलिए वह गाय का गोबर लेकर आया और इसे बीज पर डाल दिया। फिर भी कुछ दिनों में कुछ भी नहीं हुआ।

एक विनम्र बुजुर्ग, जो उनकी बगल में बैठा था और एक सप्ताह से इस पूरे प्रकरण को देख रहा था। अंततः वह बूढ़ा आदमी तीनों पर चिल्ला उठा और उनसे कहा, तुम क्या कर रहे हो? इस पर भाईयों ने जवाब दिया, हम इस बीज का विकास करने की सोच रहे हैं। इसके बाद उस बूढ़े ने पूछा, यह किस पौधे का बीज है? वे तीनों एक-दूसरे का मुंह देखने लगे, उनके पास कोई जवाब नहीं था, हमें नहीं पता। वह बूढ़ा आश्चर्यचकित हो गया और बोला, तब निश्चित ही यह नहीं बढ़ेगा। हर बीज अलग होता है और इसे अलग तरह से व्यवहार की ज़रूरत पड़ती है। सबसे पहले जाओ और यह पता करो कि यह बीज किस पौधे का है? इसके बाद ही तुम इसका विकास ठीक तरह से कर पाओगे और आगे चलकर यह खूबसूरत पौधा बन जाएगा।

इन तीन किसानों की इस कहानी का संबंध उन अभिभावकों से है, जिनसे मेरी मुलाकात हुई है। वे अपने बच्चों को स्कूल में भर्ती कराने को लेकर काफ़ी जागरूक रहते हैं, पर उन्होंने यह जानने की कभी कोशिश नहीं की कि उनके बच्चे में किस तरह की विशेषता है। इसी समय कई लोग इस बात में दिलचस्पी लेते हैं, पर उन्हें पता नहीं होता कि इसके लिए क्या किया जाए? यहां कुछ ऐसे ही रास्ते हैं, जिनसे आप अपने बच्चे के स्वभाव को समझ सकते हैं।

गुणात्मक विशेषता क्या है?

गुणात्मक विशेषता एक ऐसी विधि है, जिसे हॉर्वर्ड यूनिवर्सिटी में शिक्षण कार्य कर रहे हॉवर्ड गार्डनर नाम के एक अमेरिकी शिक्षाविद ने इस दावे के साथ प्रस्तुत किया था कि बच्चे में एक से ज़्यादा विशेषता होती है। वास्तव में उन्होंने आठ तरह की गुणात्मक विशेषताओं का उल्लेख किया, जो इस प्रकार हैं –

1. **शारीरिक विशेषता** - अच्छे व्यवहार के साथ शरीर का प्रयोग करना, बॉडी लैंग्वेज को प्रभावपूर्ण ढंग से उपयोग में लाना, खेलना और हाथों की हरकत से चीजों को समझना।
2. **आंतरिक विशेषता** - दूसरों के साथ प्रभावपूर्ण ढंग से बातचीत करना, सामाजिक कार्यों में भागीदारी करना, लोगों को ध्यान से सुनना और किसी मुद्दे पर उनके विचार जानना, और दूसरों की भावनाओं का ख्याल रखना।
3. **तार्किक विशेषता** - अंकों एवं संकेतों में सोचने की क्षमता, चीजों को पहचानने और उनका नामांकन करने की क्षमता, चीजों को एकत्रित एवं सजाने की कला और तार्किक अंदाज़ में प्रश्न पूछना।
4. **वैज्ञानिक विशेषता** - अच्छी तरह पढ़ने और लिखने की क्षमता, शब्दों की सही तरीक़े से व्याख्या करना, प्रभावशाली ढंग से बहस एवं भाषण करना और इस दौरान नामचीन लोगों की सूक्तियां उपयोग करना, लिखने या पढ़ने के दौरान मुहावरों और कहावतों का प्रयोग करना।
5. **दृश्य विशेषता** - तस्वीरों को देखकर कुछ सोचने की क्षमता, रंग भरना, रेखाचित्र खींचना, मॉडल बनाना और चीजों की कल्पना व देखने की क्षमता।
6. **संगीतमय विशेषता** - विभिन्न संगीतमय उपकरणों का उपयोग सीखना, पिच, टोन और गाने की लय को अलग-अलग करना सीखना और गाने में विभिन्न वाद्य यंत्रों को पहचानने की क्षमता।

7. **अंतःकरणीय विशेषता** - एकांत में समय व्यतीत करने की क्षमता, मजबूत विश्वास एवं आंतरिक मूल्यों को सही ढंग से प्रस्तुत करने की क्षमता, जीवन के मामलों के बारे में बहस करना और किसी की क्षमता और कमजोरी की पहचान करना।
8. **प्राकृतिक विशेषता** - पालतू एवं जंगली जानवरों की देखभाल करने की क्षमता, चीजों को पहचानने एवं एकत्रित करना और प्रकृति में साथ समय व्यतीत करने की क्षमता और बाहर के कार्यों को करने की क्षमता।

यह जानना महत्वपूर्ण है कि आपके बच्चे में आठों तरह की विशेषताएं हो सकती हैं, यद्यपि ये अलग-अलग रूपों में होंगी। कुछ विशेषताएं दूसरी विशेषताओं से मजबूत होती हैं, जो यह बताने में मददगार होती हैं कि क्यों बच्चे कोई भाषा जल्दी सीख जाते हैं, लेकिन काम करने की क्षमता में कमी का असर अंकों पर पड़ता है। या क्यों कुछ बच्चे एथलीट बनते हैं, जबकि उनकी सामाजिक क्षमता में कमी होती है।

कई बार अभिभावकों से इसका संबंध होता है, क्योंकि उनके बच्चे किसी खास क्षेत्र में पिछड़ जाते हैं और किसी एक क्षेत्र में दूसरों को किनारे करते हुए आगे बढ़ जाते हैं। हालांकि हमेशा याद रखें कि हर बुद्धिमान का स्कूल के साथ-साथ कार्य स्थल पर भी महत्व होता है और उनके अभिभावक इस पूर्वाग्रह से ग्रस्त रहते हैं कि क्यों उनका बेटा अंग्रेज़ी के वर्ग में संघर्ष करता नजर आता है और उसे बिना कारण के किसी उपलब्धि को पाने के लिए दबाव डालते हैं, इसके बजाय वे अपने बेटे की क्षमताओं को भली-भांति पहचान सकते हैं और उसका पोषण कर सकते हैं। अपने बच्चे के जीवन प्रशिक्षक के तौर पर आपके सामने चुनौती है कि आप उसके अंदर के श्रेष्ठ गुण को ढूंढ़ निकाले। यदि आप अपने बच्चे के अंदर स्थित किसी एक प्रतिभा को पहचान लेते हैं, तो आपको उसे सींचने के लिए हर काम करना चाहिए। वहीं दूसरी ओर आपको अपने बच्चे से स्पष्ट एवं न्यायोचित

अपेक्षाएं होनी चाहिए, जब आप यह देखें कि वह किसी एक खास क्षेत्र में कमतर है।

प्रशिक्षण टिप्स : गुणात्मक विशेषताओं यानी मल्टीपल इंटेलीजेंस का विचार फिल्म 'तारे जमीन पर' में बेहतरीन रूप में प्रदर्शित किया गया है। अपने बच्चे के साथ इस फिल्म को देखें और ईशान के अंदर मौजूद मजबूत एवं कमज़ोर पहलूओं पर चर्चा करें।

अपने बच्चे की विशेषता को कैसे पहचानें?

अब आप गुणात्मक विशेषता के बारे में काफ़ी कुछ जान गए हैं, यह समय कुछ अनुसंधान करने का है और एक परीक्षा के माध्यम से यह देखने की ज़रूरत है कि इन आठों विशेषताओं में से कौन-सा गुण आपके बच्चे के अंदर है।

इस तरह की परीक्षाएं विद्यालय, काउंसलर और यहां तक कि शैक्षणिक वेबसाइट्स भी आयोजित करवाती हैं। इसी तरह की एक वेबसाइट है www.jiva.com/mitest है। हालांकि एमआई टेस्ट हमेशा कामयाब नहीं होते हैं, पर इनसे पहचान करने की क्षमता आ जाती है, जिससे आपको अपने बच्चे की क्षमताओं को पहचानने की समझ आ सकती है। हालांकि यह सलाह दी जाती है कि कुछ वर्षों के अंतराल पर ऐसे टेस्ट करवाएं, जब आपका बच्चा लगातार विकास कर रहा है और कई बार कुछ निश्चित विशेषताएं समय के साथ और ज़्यादा प्रमुख हो जाती हैं।

एक बौद्धिक सूत्र स्थापित करें

अपने बच्चे के एमआई को जानने से एक और लाभ उसके सीखने से मिलता है। आप सीखने के दौरान अपने बच्चे की इच्छाओं, समझ और नए शीर्षकों को याद करने में उनके मजबूत गुणों से सामंजस्य करवाकर उसकी मदद कर सकते हैं। इसलिए उदाहरण के लिए यदि आपकी बेटी में दृश्य विशेषता काफ़ी अधिक है और चित्रकारी में उसका मन लगता है, तो उसे नए ऐतिहासिक शीर्षकों को चित्र बनाकर समझाएं या फिर विभिन्न रंगीन

पेंसिल और कलम से यह काम करें। यदि आपके बेटे की शब्दों पर पकड़ अच्छी है, तो उसे भौतिकी के वर्ग में सीखी गई बातों को डायरी में लिखने या कविता के रूप में लिखने के लिए प्रोत्साहित करें। मजबूत तार्किक विशेषताओं वाले बच्चों को सामाजिक अध्ययन से जुड़े शीर्षकों की जानकारी दें और फ्लो चार्ट बनाएं। यहां तक कि इतिहास में घटित हुई घटनाओं जैसे द्वितीय विश्वयुद्ध में संयोजित एवं विघटित ताकतों के बारे में ऐसे जानकारी दें – अमेरिका + ब्रिटेन + रूस + जर्मनी + इटली + जापान

केस स्टडी

एक बार एक निराश पिता अपनी तेरह वर्षीय पुत्री सिमरन, के साथ मेरी मदद की अपेक्षा में आया। इससे कोई फ़र्क़ नहीं पड़ता कि सिमरन ने कितना प्रयास किया, पर वह गणित में अच्छा नहीं कर सकती थी। इससे न सिर्फ़ उसके अंकों पर बुरा प्रभाव पड़ रहा था, बल्कि उसका आत्म-विश्वास भी कम हो रहा था। अभिभावक निराश थे और उन्हें सूझ नहीं रहा था कि क्या करें?

मैंने पिता को बताया कि सिमरन को गणित विषय में अधिक अंक लाने के पीछे बिना वजह धकेलने से कुछ नहीं मिलेगा, क्योंकि हो सकता है कि उसका तार्किक ज्ञान कमज़ोर हो। और दुखद है कि उससे गणित में अच्छे अंक लाने की अपेक्षा करने से उस पर निराशा हावी हो जाएगी। इसके स्थान पर बेहतर यह होगा कि सिमरन की क्षमताओं के साथ सामंजस्य बिठाया जाए, गणित में उससे अच्छे अंक लाने की योजना बनाई जाए, लेकिन किसी दूसरे क्षेत्र में बेहतर प्रदर्शन करने की ओर ध्यान दिया जाए, जिसमें वह क्षमतावान हो। मैं खुश हूं कि सिमरन के अभिभावक ने तुरंत उस पर गणित में उच्च अंक लाने का दबाव कम कर दिया और उसकी अंग्रेज़ी व क्रिएटिव आर्ट्स विशेषकर चित्रकारी में अच्छे प्रदर्शन से खुश हो गए।

मल्टीपल नेचर्स क्या है?

बच्चे के अंदर छिपे गुणों को समझने के लिए मेरे द्वारा बनाई एक दूसरी विधि है मल्टीपल नेचर्स। मल्टीपल नेचर्स यानी एमएन एक ऐसी विधि है, जिससे पता चलता है कि लोग अपनी विशेषता के साथ क्या कर रहे हैं? नीचे मैंने यह विस्तार से नौ अनोखे स्वरूपों का वर्णन किया है, जिसमें हर व्यक्ति की विशेषताएं शामिल हैं। ठीक एमआई की तरह कहा जा सकता है कि हममें मौजूद कुछ गुण मजबूत होते हैं और कुछ कमजोर।

1. **बचाव** - स्वयं को बचाने का गुण, जानवरों, पर्यावरण, संस्कृति आदि।
2. **बुद्धिजीवी** - दूसरों तक पहुंचने की लालसा।
3. **प्रशासनिक** - काम को समय पर पूरा करने की प्रवृत्ति।
4. **क्रियात्मक** - नए-नए विचारों के साथ सामने आना।
5. **उपचार** - संतुलन की अवस्था और स्वास्थ्य के साथ दूसरों की मदद करने की प्रवृत्ति।
6. **मनोरंजक** - दूसरों का मनोरंजन करने की प्रवृत्ति
7. **उपलब्धता** - दूसरों की सेवा करने की प्रवृत्ति
8. **उद्यमी** - स्वयं अपने दम पर महत्व एवं धन उत्पन्न करने की प्रवृत्ति
9. **रोमांचक** - सीमाओं को लांघने और बढ़ाने की प्रवृत्ति।

मल्टीपल नेचर्स विशेषकर दूसरों को मदद करने में सकारात्मक होती है, जिसमें आपके बच्चे का कैरियर सुरक्षित हो सकता है। उदाहरण के लिए जिन बच्चों में दूसरों का उपचार करने की मज़बूत इच्छाशक्ति होती है, उन्हें डॉक्टर, नर्स या थेरापिस्ट बनाया जा सकता है। हालांकि यदि उनमें दूसरों के स्वास्थ्य को लेकर संजीदापन नहीं है, तो उन्हें इस तरह के व्यवसाय में डालने से वह जिंदगी भर निराशा में गुजार सकते हैं। इसी समय यदि आप यह पाते हैं कि आपके बच्चे में स्वाभाविक रूप से दूसरों को भोजन परोसने या मदद करने की प्रवृत्ति है, तो उनके लिए कस्टमर केयर जैसे रोजगार सही

हो सकते हैं, जैसे फ्लाइट अटेंडेंट, होटल गेस्ट मैनेजर, शेफ, मानव संसाधन आदि। ऐसे बच्चों को दिशा-निर्देश देकर क्रिमिनल लॉयर, जिसमें बचाव का स्वभाव ज़रूरी है, बनाने से उनका कैरियर संतोषप्रद नहीं रहता है।

> प्रशिक्षण टिप्स : आपके बच्चे में आठों तरह की बुद्धिमत्ता है और नौ तरह की भी। हर स्वभाव की मज़बूती से आपके बच्चे की अलग छवि बनती है। जीवा कैरियर टेस्ट से केवल बच्चों का एमआई या एमएन ही पता नहीं चलता है, बल्कि उनके कैरियर के लिए सलाह भी मिल सकती है कि वास्तव में उनके लिए कौन सा कैरियर विकल्प सही रहेगा।

कई बार अभिभावक मेरे पास केवल इसलिए आते हैं, क्योंकि उनकी इच्छा होती है कि उनका बच्चा पारंपरिक कैरियर विकल्पों जैसे – डॉक्टर, वकील, इंजीनियर, अकाउंटेंट आदि का चुनाव करे। यद्यपि उनके बच्चे के पास कुछ दूसरे विचार होते हैं और कई बार वह फैशन डिजाइनर, एनिमेटर, मीडिया प्रोफ़ेशनल या एक्टर और गायक बनना चाहते हैं। वे मुझसे इसी बारे में बात करने को कहते हैं।

हमारे सत्र के दौरान मैं न तो बच्चों का पक्ष लेता हूं और न ही अभिभावकों का। मैं सीधे बच्चे का एमआई या एमएन टेस्ट ले लेता हूं। उसके बाद मैं बच्चे से यह कहता हूं कि वह ऐसे विकल्प का नाम ले, जो उसके स्वभाव से मिलता हो। कई बार वह ऐसा करते हैं और कई बार ऐसा नहीं कर पाते हैं। एमआई और एमएन के माध्यम से उसके व्यक्तित्व का परीक्षण करने के दौरान मैं पाता हूं कि उसमें संगीत की बौद्धिकता काफ़ी ज़्यादा भरी हुई है, लेकिन साथ ही मनोरंजन करने का भी गुण उसमें है। एक्टर और गायकों को लगातार परफॉर्म करना होता है और अगर उस बच्चे में लगातार मनोरंजन करने की क्षमता है, तो वह मंच तक पहुंचने में अपना जोर लगाएगा, बार-बार प्रयासरत रहेगा। ऐसे में यह बात करने का औचित्य नहीं रह जाता है कि वह बच्चा इंजीनियर बनेगा या नहीं। यह विधि उसके निर्णय लेने की क्षमता में से ईर्ष्या का भाव कर देगी और इसे और वैज्ञानिक और वैकल्पिक बनाएगी। एमआई और एमएन ऐसे माध्यम

हैं, जिनसे बच्चे के बारे में यह पता किया जा सकता है कि उसका स्वभाव उस रोजगार को करने योग्य है या नहीं।

केस स्टडी

तीन साल पहले चेन्नई में एक बड़ी आईटी कंपनी के वित्तीय नियंत्रक अपने सोलह वर्षीय पुत्र कार्तिक के संबंध में मेरे पास आए, जिसे वह एक चार्टर्ड अकाउंटेंट बनाना चाहते थे। बिल्कुल क्रोधित मुद्रा में उन्होंने कहा कि कैसे बच्चे का गणित में प्राप्तांक कम होता जा रहा है, क्योंकि उनके बेटे का सपना डिजाइनर बनने का है।

मैंने कार्तिक का एमआई टेस्ट लिया और उसके बाद यह पाया कि भले ही बच्चे की तार्किक योग्यता औसत, पर उसकी दृश्य योग्यता और क्रिएटिव स्वभाव काफ़ी अधिक ऊंचे हैं। मेरे सामने यह स्पष्ट हो गया कि पिता अपने बच्चे से अपना सपना पूरा कराना चाहता है, जबकि बेटा अपनी सोच के आधार पर अपना कैरियर चुनना चाहता है। कुछ देर की बहस के बाद मैंने पिता को मना ही लिया कि वह अपनी सोच छोड़ दे और अपने बेटे को ग्राफिक डिजाइनर बनने का एक मौक़ा दे। वह मान गया। आज उसका बेटा खुशी से भारत के शीर्ष डिजाइन स्कूलों में से एक में पढ़ाई कर रहा है और साथ ही साथ वह स्वतंत्र रूप से प्रोफ़ेशनल काम भी कर रहा है।

सेव नारंगी कैसे हो सकते हैं?

मेरा मानना है कि आजकल तनाव के सबसे ज़्यादा केस अगर हैं, तो वह स्कूलों में हैं, जिसका परिणाम है कि काफ़ी बड़ी संख्या में छात्र आत्महत्या कर रहे हैं, जिसकी एक बड़ी वजह यह है कि अभिभावक सेव को केरल में उपजाना चाहते हैं और नारंगी को हिमाचल में। और इससे भी ज़्यादा खराब बात क्या होगी कि माता-पिता एक छोटे पौधे को फलदार वृक्ष बनाना चाहते हैं। आप भले ही किसी का उपयोग

करने में प्रमुखता देते हैं, पर सच तो यह है कि आपका बेटा तभी ज़्यादा खुश एवं संतुष्ट नजर आएगा, जब वह अपने स्वभाव और अपने अनुसार काम करेंगे।

केस स्टडी

मेरठ की एक महिला एक बार मेरे पास अपनी ग्यारह वर्ष की पुत्री अंकिता के साथ आई। वह महिला एक गृहिणी थी, जिसने अपना पूरा जीवन परिवार में समर्पित कर दिया था, उस महिला ने सारी औपचारिकताएं पूरी की और सीधे मतलब की बात पर आ गई और कहा, वह अच्छी विद्यार्थी नहीं है। उसकी बहन लगभग हर विषय में बेहतर परिणाम लाती है। मैंने उससे कहा – नारंगी और सेव की तुलना करने का कोई औचित्य नहीं होता। मेरा पूरा विश्वास है कि अंकिता में भी गुण हैं। वह महिला मेरी बात से सहमत हो गई और अपनी बेटी के सकारात्मक पक्ष को गिनाने लगी। उसने बताया कि अंकिता में मदद करने का गुण है और वह हमेशा भोजन परोसने के काम में मदद करती है, साथ ही वह सफाई और घर के रख-रखाव का काम भी बखूबी करती है। अब मां ने अपनी बेटी के नृत्य कौशल, गायन, चुटकुले सुनाने, मिलनसार आदि गुणों का बखान करना आरंभ कर दिया और यह बताया कि वह दूसरों के साथ कितनी अच्छी तरह पेश आती है। कुछ ही पलों में उन्हें उनका जवाब मिल गया था कि दोनों बेटियों में अलग-अलग गुण हैं और दोनों को प्रकृति ने विभिन्न गुणों से सुशोभित किया है।

प्रशिक्षण टिप्स : हमेशा यह दिमाग़ में रखें कि जब आप बच्चों के बीच तुलना करना आरंभ करते हैं, तो आप उनमें जलन, ईर्ष्या और प्रतिद्वंद्विता की भावना भी पैदा करते हैं। बच्चों के बीच अंतर करने के स्थान पर उनकी क्षमताओं को पहचानने और उन्हें प्रोत्साहित करने का काम करें।

बच्चे की एमआई और एमएन को जानना लाभप्रद रहता है –

1. यह जानने का प्रयास करें कि किस शैक्षणिक एवं एक्स्ट्रा करिकुलर एक्टिविटी में उसका ज़्यादा मन लगता है।
2. मजबूत योग्यता के साथ उसके सीखने की क्षमता को बढ़ाएं।
3. उसके लिए सही राह चुनें, खासकर अकादमिक स्तर पर।
4. उन्हें हमेशा कैरियर व रोजगार की सही राह बताएं।

एकल गुण और प्रशिक्षण?

बार-बार अभिभावक मुझसे पूछते हैं, क्या मेरे बच्चे एकल या सर्वगुण सम्पन्न जैसी विशेषताओं के साथ पैदा हुए हैं या इन विशेषताओं को बढ़ाया जा सकता है? इन दोनों प्रश्नों का उत्तर हां है। दोनों आधुनिक वैज्ञानिक रिसर्च और प्राचीन जानकारी से यह पता चलता है कि बच्चे निश्चित विशेषताओं के साथ पैदा होते हैं, जिन्हें संस्कृत में गुण कहा जाता है। इसी दौरान पर्यावरण भी इन गुणों का विकास करने में अहम भूमिका निभाता है।

उदाहरण के लिए यदि बच्चा संगीत की मजबूत बौद्धिकता के साथ उत्पन्न हुआ है और उसे यदि संगीत के वाद्य यंत्रों को बजाने का प्रशिक्षण दिया जाए या शुरुआती प्रशिक्षण दिया जाए, तो उसके बाद उसके संगीतज्ञ बनने की क्षमता में विकास होता जाएगा। इसमें बच्चे का एटीट्यूड यानी उसकी इच्छा भी प्रभाव डालती है। उदाहरण के लिए एक बच्चा जो गाने लिखने का सपना देखता है, जिससे भूखमरी समाप्त हो जाए, तो वह अपने इस कारण के प्रति समर्पण भावना के कारण संगीतमय क्षमता और दूसरी क्षमताओं का विकास कर सकता है।

हम लोग अध्याय 3 में अपने शौक की ताक़त के बारे में ज़्यादा विस्तार से पढ़ेंगे।

अपना चुनाव करें

अपने बच्चों के विकास में मदद करने का दूसरा भाग यह है कि उनके

आत्म-विश्वास को बढ़ाया जाए, ताकि वह अपनी इच्छा से चुनाव कर सकें। जब अभिभावक बच्चे के बचपन का भार वहन करने में बेहतर अनुभव करते हैं, तो बाद में वही अपने बच्चे को स्वतंत्र देखना चाहते हैं, वह यह चाहते हैं कि उनका बच्चा अपनी पढ़ाई, अपने खाने और दिनचर्या के बारे में जिम्मेदारीपूर्वक निर्णय ले सके और इसके लिए उसे बार-बार न तो बताया जाए और न ही याद दिलाया जाए। बच्चे भी स्वतंत्र होना चाहते हैं और अपनी ज़िंदगी के फैसले स्वयं करना चाहते हैं। वास्तव में जब वे स्वयं कुछ काम करते हैं, तो वह एक तरह की खुशी एवं गर्व की अनुभूति करते हैं।

यद्यपि वास्तविक जीवन में आमतौर पर अभिभावक या शिक्षक जो अधिकांश बार यह कहते हैं कि उठो, ये कपड़े पहनो, यह खाना खाओ, इस अध्याय को पढ़ो आदि। इसके परिणामस्वरूप बच्चों के पास अपनी इच्छानुसार कोई भी निर्णय लेने या महत्वपूर्ण फैसले लेने का विकल्प नहीं रह जाता है। इसके दो नकारात्मक असर होते हैं। पहला तो यह कि बच्चों में निर्णय लेने की क्षमता का विकास नहीं हो पाएगा। दूसरे जब बच्चों को दूसरों के साथ सामंजस्य बिठाने का मौक़ा मिलेगा, तो वह दूसरों पर आश्रित हो जाएंगे। जैसे-जैसे वह विकास करते हैं, उन्हें छोटे-छोटे फैसले करने में भी दूसरों क़ी स्वीकृति लेने की आवश्यकता पड़ती है, मसलन कौन सी टाई पहननी चाहिए, कौन-सा साबुन खरीदना चाहिए या रात के भोजन में क्या बनाया जाए? वास्तव में निर्णय लेने की क्षमता कुछ लोगों के लिए डरावनी अनुभूति बन जाती है।

इसलिए मेरी अभिभावकों को पहली सलाह यह है कि अपने बच्चे को स्वयं चुनाव करने की आदत डालें। भले ही इसका संबंध दिनचर्या से हो या फिर कपड़ों अथवा मनोरंजन से, आप अपने बच्चे को हर महत्वपूर्ण मौके पर निर्णय लेने की आजादी दें। यहां हर दिन किए जाने वाले दस महत्वपूर्ण चुनाव दिए गए हैं, जो आप अपने बच्चों को दे सकते हैं –

1. खिलौने या गेम्स जो वे खेलना चाहते हों
2. खाना, जो वे रात के खाने में पकाना चाहते हों

3. स्वास्थ्यकर स्नैक, जो वे स्कूल ले जाना चाहते हों
4. खास कप, प्लेट और टिफिन जिसमें वे खाना पसंद करते हों
5. कपड़े जो वे पहनना चाहते हों
6. किताबें जो वे पढ़ना चाहते हों
7. दिनचर्या से जुड़े काम जो वे घर पर करना चाहते हों
8. टीवी शोज जो वे देखना चाहते हों
9. सजावट का तरीका, जिससे वे अपने घर को सजाना चाहते हों
10. खास मौकों पर खरीदे जाने वाले तोहफे, जो वे अपनी पसंद से खरीदना चाहते हों।

केस स्टडी

ज़्यादा समय नहीं बीता है, जब गुजरात का एक परिवार अपने पांच वर्षीय ऊर्जावान एवं तेजस्वी पुत्र देव के साथ मेरे पास मिलने के लिए आया। वह उसके जिद्दी एवं गुस्से वाले स्वभाव से निपटने का रास्ता चाहते थे, जो हमारी मुलाक़ात के पंद्रह मिनटों के अंदर शुरू हो गया। एक बंद कमरे में रुकने को तैयार नहीं होने के कारण उसने कमरे में ही दौड़ना शुरू कर दिया, कई किताबों और गेम्स को नीचे गिरा दिया, जबकि उसके पीछे-पीछे उसकी मां भी दौड़ रही थी और उसी व्यवहार को नियंत्रित करने का प्रयास कर रही थी, जिसके बारे में कुछ देर पहले बताया था। बच्चे का स्वभाव चंचल हो गया था और वह अपनी मां के साथ बाहर खेलने जाने को कह रहा था, पर अपने अभिभावकों की अस्वीकृति देखने के बाद उसने जोर-जोर से चिल्लाना शुरू कर दिया। माता-पिता दोनों निराश हो गए। यह महसूस होने पर कि कुछ करना होगा, मैं बच्चे की ओर मुड़ा और कहा, देव, ऐसा लग रहा है कि तुम बाहर खेलने के साथ-साथ पढ़ना चाहते हो। मैं तुम्हें एक विकल्प देता हूं, तुम या तो बाहर अपनी मां के साथ पांच मिनट तक खेल लो और उसके बाद पढ़ो या अभी पढ़

लो और उसके बाद बाहर खेलने चले जाना। वह बच्चा तुरंत शांत हो गया, विकल्पों पर सोचने लगा और बड़ी सावधानी से अपनी पसंद चुनी और पहले बाहर खेलने चला गया। 5-10 मिनट के बाद वह अपनी मां के साथ लौटा तो उसके चेहरे पर एक उद्देश्य साफ झलक रहा था। उसके बाद उसने एक किताब खोली, जिसे वह पहले फेंक चुका था और शांत होकर उसे पढ़ने लगा। जबकि उसके अभिभावकों ने पहले ही अपने बच्चे की पसंद को तय कर लिया था कि पहले पढ़ने बैठो या फिर उसे बाहर कर देंगे, इसके विपरीत बच्चे के दिमाग़ में काफ़ी शक्तिशाली विचार आया, जब उसके सामने विकल्प रखे गए। वास्तव में उसने हम सभी के लिए परिस्थितियों को काबू में कर लिया था और मेरा विश्वास था कि उसने उस निर्णय की गहराई और स्थिरता को महसूस किया। हालांकि मैंने पसंद का निर्माण किया, अंत में निर्णय उसी का रहा।

यदि आप अपने बच्चे को प्रतिदिन पसंद देते हैं, तो न केवल उनकी निर्णय लेने की क्षमता दिन-प्रतिदिन बढ़ेगी, बल्कि उनका अपने आप पर विश्वास भी बढ़ेगा। लेकिन यह एक नई आदत है, जिस पर आपको काम करना है।

आपको इस बात की भी ज़रूरत है कि अपने बच्चे को पसंद बताएं, जिससे अंततः वह ऐसे काम करे जो आप उससे करवाना चाहते हैं। अब आपके बच्चे को महसूस होना शुरू हो जाएगा कि उन्हें आत्मनिर्भर बनने की ज़रूरत है। वह अब आपके साथ बातचीत कर सकते हैं, पर यह पूरी तरह सही है। दरअसल लक्ष्य आपके लिए नहीं है कि आपके रास्ते में आ जाएं, पर आप दोनों के लिए है, ताकि दोनों को रास्ते मिल जाएं।

प्रशिक्षण टिप्स : उन विकल्पों से बच्चे को बचाने का प्रयास कीजिए, जहां कोई विकल्प ही न हो और वह किसी-न-किसी एक विकल्प को चुनने को मजबूर हो जाए। सारे विकल्प दर्शनीय एवं आकर्षक होते हैं।

क्या जीवन केवल रिश्तों के बारे में नहीं है?

आपके बच्चे को अपने आप पर विश्वास करना सिखाएं, यह आपके बच्चे के सीखने का तीसरा पहलू है, ताकि वह परिवार के दूसरे सदस्यों, दोस्तों एवं समाज के अन्य लोगों के साथ मज़बूत रिश्ते कायम कर सके। जब बच्चों में सामाजिक रिश्तों के साथ-साथ ख़ुद के बारे में सकारात्मक विचार होंगे, तो जीवन में तरक्की करने की उनकी क्षमता आश्चर्यजनक रूप से बढ़ जाएगी। अभिभावक एवं बच्चे के बीच रिश्ते बनाने में मुखिया की भूमिका महत्वपूर्ण होती है, जिसमें अभिभावक अपने बच्चे के साथ मुश्किल परिस्थितियों में भी प्यार दिखाते हैं।

हाल ही में एक अभिभावक ने मुझे यह पूछने के लिए बुलाया कि वह अपने बच्चे को कितना प्यार दे सकती हैं। यद्यपि मैं उन्हें निराश नहीं करना चाहता था, पर उन्होंने मुझसे पूछा कि क्या बच्चे को प्यार करने की कोई सीमा होनी चाहिए।

मेरा जवाब था, कोई सीमा नहीं है। आप उसे जितना चाहें प्यार कर सकते हैं। पर इसी दौरान मैंने उन्हें यह भी बताया कि प्यार को प्रदर्शित करने के कई तरीक़े हैं।

प्यार को प्रदर्शित करने के लिए सबसे मुख्य तरीक़ा गले लगाना, चुंबन लेना, हाथों को बांधना और इसी तरह की शारीरिक क्रियाएं हो सकती हैं। इस तरह के हावभावों का बच्चे के दिमाग़ पर गहरा असर पड़ता है। अनुसंधानों से पता चलता है कि जिन बच्चों को अपने शुरुआती वर्षों में अत्यधिक प्यार मिल जाता है, उनमें विकास करने और स्थायित्व प्राप्त करने की क्षमता भी बढ़ जाती है और भविष्य में वह अपने परिवार एवं बच्चों के साथ और ज़्यादा मजबूत रिश्ता बनाने में सफल रहते हैं।

बच्चे की तारीफ़ करें

प्यार को शारीरिक हावभावों के रूप में प्रदर्शित करने के साथ-साथ अभिभावक प्रार्थना से भी अपने प्यार का प्रदर्शन कर सकते हैं। उन्नति के हर पल के साथ वह अपने बच्चों की उत्सुकतावश यह तारीफ़ कर सकते हैं कि

तुम बहुत खूबसूरती से गाते हो या दौड़ो तान्या, तुम गेंद पकड़ सकती हो या बहुत अच्छा, मंजर तुम किताब पूरी पढ़ सकते हो। हालांकि अधिकांश अभिभावक यदि अपने बच्चों की प्रशंसा नहीं कर पाते हैं, तो यह उनके बच्चे पर नकारात्मक असर डाल सकता है।

आवाज़ चकित कर देगी? सबसे पहले जब आप अपने बच्चे को खूब ज़्यादा दुलार देंगे, तो हो सकता है कि उन्हें इसकी आदत पड़ जाए और फिर वह किसी काम की ओर ध्यान नहीं देंगे। बाद में जब आप या दूसरे उसे लगातार मनाएंगे नहीं या दुलार नहीं करेंगे, तो वह किसी भी काम की ओर ध्यान नहीं देंगे। इसलिए पहेली हल करने, स्कूल का काम करने और यहां तक कि सामाजिक कार्यों में भागीदारी को लेकर यह बात सही साबित हो सकती है। दरअसल उन्हें आपके दुलार की आदत पड़ चुकी है, इसलिए भविष्य में वह उसी काम पर ध्यान केंद्रित करेंगे, जिसके लिए आप उन्हें प्यार करेंगे, भले ही वह काम कितना भी ज़रूरी हो।

दूसरे, कई बार अभिभावक बच्चों से ऐसे प्यार करते हैं कि उनके बीच दूरियां बढ़ जाती हैं। उदाहरण के लिए एक बच्चा अपने पिता को एक तस्वीर दिखाने का प्रयास करता है, जबकि वह समाचार पत्र पढ़ने में व्यस्त है। बिना देखे वह कह देते हैं, बहुत अच्छा! जबकि ऐसा दिखता है कि वह बच्चे को बहला रहे हैं, और वास्तव में अप्रत्यक्ष रूप में वह कह रहे हैं कि मुझे अकेला छोड़ दो, मैं पढ़ रहा हूं। झूठा प्यार दरअसल अभिभावकों द्वारा बार-बार किया जाने वाला तरीक़ा है, जो अपने बच्चों से बातचीत करने या उससे दुलार करने में अपनी ऊर्जा बरबाद नहीं करना चाहते हैं, यद्यपि अभिभावकों द्वारा अनिच्छा से किया जाने वाला यह काम होता है, जो अगर इसके बारे में जानते होते, तो कभी ऐसा नहीं करते। वहीं दूसरी ओर अगर झूठा प्यार किसी आलसी या क्रियाशील अभिभावक द्वारा दिखाया जाता है, तो इसका बच्चों पर कोई सकारात्मक प्रभाव नहीं पड़ता है, क्योंकि बाद में इससे अगंभीरता ही दिखाई देगी।

अपने बच्चे के साथ समय बिताएं

लगातार या बार-बार अपने बच्चे को प्यार करने के स्थान पर यह जताने का प्रयास करें कि उस वक्त आपका उसके साथ होना ही उसके लिए महत्वपूर्ण है और इस दौरान उनके साथ काफ़ी अच्छी तरह बातचीत करें या खेलें। वास्तव में आप उन्हें संकेतों के साथ स्पष्ट रूप से यह बताने का प्रयास करें कि वह महत्वपूर्ण हैं और उस समय भी उनकी तारीफ़ करें, अगर आप उन्हें स्पष्ट रूप से समझ नहीं पा रहे हैं। संक्षेप में कहा जाए तो साथ रहने से उनमें आत्मविश्वास बढ़ेगा, केवल यह कहना कि बहुत अच्छा, लगे रहो! काफ़ी नहीं है, यहां पांच तरीक़े हैं, जिनसे आप अपने बच्चे के साथ व्यस्त रह सकते हैं :

1. **ध्यान दें** - मान लिया जाए कि आपका बच्चा एक तस्वीर बनाता है और आपको दिखाना चाहता है। आप उसी समय अपने काम को रोक दें और अपना पूरा ध्यान उस पर दें। यदि आप ऐसा करने में सक्षम नहीं हैं, तो उनसे कह दें कि आप इस वक्त उन पर ध्यान नहीं दे पाएंगे, लेकिन जब कभी भी आपको अपने काम से फुरसत मिल जाए, आप अपना पूरा ध्यान उसके काम पर दें।
2. **खास देखभाल करें** - बच्चे जो काम कर रहे हों, उसकी खास देखभाल करें। उदाहरण के लिए, तुमने अपने स्कूल के मैदान की तस्वीर बनाई है। मैंने तुम्हें स्कूल की बस का चित्र बनाते हुए देखा है या तुमने जिस तरह से बस को रंगों से भरा है, मुझे देखकर काफ़ी अच्छा लगा।
3. **उनसे प्रश्न पूछें** - उदाहरण ये बच्चे इस झरने के पास क्या कर रहे हैं? या इसे बनाने के बाद तुम कैसा महसूस कर रहे हो?
4. **विकास के लिए सलाह दें** - उदाहरण – ऐसा महसूस हो रहा है कि ये पक्तियां नहीं होनी चाहिए। क्या तुम इन्हें और सीधा बना सकते हो?
5. **सलाह दें** - तुम अपने स्कूल में झंडे का चित्र बनाने का प्रयास क्यों नहीं करते हो?

प्रशिक्षण टिप्स : अपने बच्चे को प्रभावपूर्ण ढंग से समझाने के लिए एक तरीक़ा है तुलना करना, मसलन बच्चे ने क्या किया है इसकी व्याख्या करना। उदाहरण के लिए इस तरह की बातें बोलें : मैं जब चिकित्सक से बातें कर रहा था, तो तुम काफ़ी अच्छी तरह पेश आए। या क्या तुमने सारी सीढ़ियां ख़ुद चढ़ ली। इस तरह के काम करने से आप उनमें अच्छे व्यवहार और उत्साह को बढ़ा सकते हैं, ताकि वह ख़ुद को अकेले क्षमतावान बनाने में सफल हो सके।

जब मामला आपकी उपस्थिति का होता है

जब आप अपने बच्चे के साथ समय व्यतीत करते हैं, तो आप प्राकृतिक रूप से उनमें ऐसे तत्वों को संचारित कर देते हैं कि उन्हें अच्छा महसूस होता है। बाद में आपके साथ रहते हुए और ज़्यादा सीखने का प्रयास करते हैं और इसी दौरान उनमें आत्मविश्वास के बारे में मजबूत समझ आ जाती है।

आश्चर्यजनक रूप से अनुसंधान कहते हैं कि दुनिया में अधिकतर लोगों की खुशी का कारण पैसा नहीं होता है, बल्कि जिनके पास मजबूत सामाजिक रिश्ते होते हैं, वह ज़्यादा खुश रहते हैं। यद्यपि कई अभिभावक इस बात को भूल जाते हैं, जब वह या तो थोड़ा पैसा कमा लेते हैं या अच्छा घर ले लेते हैं या नई गाड़ी ले लेते हैं या उनके बच्चे अच्छे स्कूल में जाने लगते हैं, उनकी ज़िंदगी अच्छी हो जाती है और वह खुश होने लगते हैं। इस सपने को पूरा करने के लिए वह खूब मेहनत करते हैं, सप्ताह के सात में से छह दिनों तक ऐसा होता है कि जब बच्चे सो चुके होते हैं, तो उनके पिता घर वापस आते हैं और वह बमुश्किल अपने पिता को देख पाते हैं। ऐसे में वह तोहफे खरीदकर इस कमी को पूरा करने का प्रयास करते हैं। इसके परिणामस्वरूप अभिभावकों के कम ध्यान देने के कारण बच्चे असुरक्षित महसूस करने लगते हैं और उनमें चीजों के प्रति आकर्षण बढ़ जाता है। इसलिए अभिभावकों के लिए मेरा सबसे अच्छा सुझाव यह है कि अपने बच्चों को भरपूर समय देने का प्रयास करें, भले ही आपको कम तनख्वाह पर संतोष करना पड़े, नियमित रूप से अपने बच्चे के साथ कीमती समय

व्यतीत करें। अब आप उनके साथ बिताए समय को एंज्वॉय कर पाएंगे और इसके परिणामस्वरूप जब आपके बच्चे का आत्मविश्वास और प्यार बढ़ेगा, तो यह सबसे अच्छा परिणाम होगा।

बच्चे छोटे होते हैं – उन्हें आदर भी देना चाहिए

मैंने कई बार देखा है कि अभिभावक अपने बच्चों से ऐसे पेश आते हैं, जैसे कि वह घर के नौकर, उससे भी बुरे या अपराधी हों। अभी तुरंत यहां आओ। मैंने कहा न कि चुप रहो। तुम मूर्ख हो और तुम कभी भी लायक नहीं बन सकते हो। कुछ अभिभावक ऐसे भी हैं, जिन्होंने स्वीकार किया है कि वह अपने बच्चों की किशोरावस्था में भी पिटाई करते हैं। जब आप उनके सामने होते हैं, तो वह आपसे कुछ बोलना चाहते हैं, यह उनके लिए लाभप्रद होता है। यद्यपि इस तरह के अनर्थपूर्ण व्यवहार से बच्चों में अच्छे व्यवहार करने की क्षमता उत्पन्न नहीं होती है, ठीक उसी तरह जैसे एक पौधे में एसिड डालने से वह विकास नहीं कर पाता है।

सबसे ज़्यादा महत्वपूर्ण बात यह है कि व्यवहार कुशल बनने और आदर के साथ बोलने व पेश आने जैसी बातों से आप अपने बच्चों को ख़ुद पर विश्वास करना सिखाते हैं। वैसे कुछ लोगों का मानना है कि आदर शब्द केवल वयस्कों, वृद्धजनों और अधिकार संपन्न लोगों के लिए ही उपयोग में लाया जाता है। यद्यपि कई बार अपने प्रियजनों के साथ व्यवहार करते समय हमें ध्यान नहीं रहता और हम उनके साथ भी गलत तरीक़े से बातें करने लगते हैं। जब अभिभावक अपने बच्चों को गैर अनुशासित ढंग से व्यवहार कुशलता की शिक्षा देते हैं, तो इसका परिणाम भयावह हो सकता है।

बच्चों का व्यवहार अच्छा नहीं होना, प्राकृतिक हो सकता है। साथ ही अभिभावकों का धैर्य खोना भी स्वाभाविक सी बात है। हालांकि इस दरम्यान यह ध्यान देना ज़रूरी है कि इससे कोई मतलब नहीं होता है कि कमरे से बाहर निकलने के बाद आप अपने बच्चों को पचासवीं बार लाइट बंद करने या बिना कुछ तोड़े खेलने की बात कहकर कितना परेशान हो गए हैं, अब भी आपको उनके साथ आदर से पेश आना चाहिए। यदि आप उन्हें बदमाश,

शैतान या परेशानी देने वाला जैसे नाम देंगे, तो सचमुच वह इन बातों पर ही भरोसा करने लगेंगे। और यदि आप उनसे खराब ढंग से बातें करते हैं या ग़लत तरीक़े से पेश आते हैं या उनकी पिटाई करते हैं, तो उन्हें ऐसा महसूस होगा कि उनके साथ कैसे इस तरह का व्यवहार किया जा सकता है? फिर आगे चलकर बदतमीजी या ग़लत व्यवहार उनकी आदत में शामिल हो जा सकता है और उनका मनोवैज्ञानिक तंत्र भी पेचीदा हो सकता है, जो कहता है कि जब लोग मेरा ध्यान रखते हैं, वह मुझे गाली देते हैं। इस तरह की सोच का प्राकृतिक प्रभाव यह होगा कि जब मैं किसी का ध्यान रखता हूं, तो मुझे उसे गालियां देनी चाहिए। यदि आप अपने बच्चे के द्वारा दूसरे बच्चे के साथ, उनके शिक्षकों या खुद आपके साथ दुर्व्यवहार पर आश्चर्य करते हैं, तो इस बात को जानने का प्रयास कीजिए कि वह आपको आसानी से स्वीकार करते हैं या नहीं। यहां कुछ तरीक़े हैं, जिनसे आप अपने बच्चे के व्यवहार का मूल्यांकन कर सकते हैं –

☞ उनके साथ विनम्रता की भाषा का प्रयोग करें, खासकर जब आप उनके व्यवहार से दुखी या परेशान हों। उदाहरण के लिए मैं जानता हूं कि आप गुस्से में हैं, लेकिन उसे पीटना कहीं से भी अपनी भावनाओं को प्रस्तुत करने का अच्छा माध्यम नहीं होगा।

☞ उनके साथ किसी परिपक्व व्यक्ति की तरह बात करें और बचपने या अपरिपक्व व्यक्ति की तरह व्यवहार न करें।

☞ जब वह आपकी अपेक्षा के अनुसार व्यवहार नहीं कर रहे हों, तब उन्हें इसके बारे में जानकारी दें, पर आदरपूर्वक। उदाहरण – आप अपने छोटे भाई को छेड़ रहे हैं और उससे वह परेशान हो रहा है। मैं जानता हूं कि आप काफ़ी अच्छी तरह व्यवहार कर रहे हैं।

☞ उन्हें कोई नाम देने से बचें। उदाहरण – तुम आलसी हो, तुम मूर्ख हो।

☞ यदि आप उन्हें किसी चीज़ के बारे में शिक्षा देना चाहते हों, उनके व्यवहार की आलोचना करना चाहते हैं, लेकिन सीधे नहीं कहना चाहते

हैं। उदाहरण – बिना मुझसे कहे तुम्हारा घर छोड़कर जाना ठीक नहीं है, कहां जा रहे हो, मुझे बताओ, यह जिम्मेदारीपूर्वक व्यवहार नहीं है।

☞ उनके अच्छे व्यवहार को भी नोट करें, जब वह सही करते हों। उदाहरण – आप अपने खिलौनों को अपने भाई के साथ बांटते हो और इससे वास्तव में वह खुश होता है।

रिश्ते बनाने का एक और पहलू है नियमों, दंड और पुरस्कार के साथ सामंजस्य स्थापित करना। इसे अध्याय 6 में दिया गया है।

किसे नाम रखा जाना पसंद है?

अमृतसर के एक श्रेष्ठतम विद्यालय में नए बच्चों के लिए आयोजित सभा में मेरे भाषण के बाद एक अभिभावक ने मुझसे संपर्क किया। मुझे अपने पहली कक्षा में पढ़ रहे बच्चे के बारे में कुछ सलाह लेने को उत्सुक उस पिता ने पूछा, मिस्टर रूडोल्फ, मेरे पास अपने बच्चे के बारे में एक सवाल है। मैं उसको तेज़ लिखने वाला कैसे बना सकता हूं? वह कक्षा में काफ़ी ध ीमा है और वह कक्षा में ली गई परीक्षा तथा प्रायोगिक कार्य उत्तीर्ण करने में असफल रहता है।

मुझे दिल्ली जाने के लिए देर हो रही थी, इसलिए हम पार्किंग क्षेत्र में आ गए, उसी दौरान मैंने उसे इस दिशा में कुछ सलाह दी। जैसे ही हम मुख्य द्वार तक पहुंचे, उसका बेटा काफ़ी उत्साहित होकर उससे मिलने के लिए आ गया। 'यह मेरा बेटा है', उसने कहा। 'धीमा लिखने वाल'। हमेशा की तरह उसके बेटे ने शर्माकर गर्दन झुका ली, जबकि मैं असहाय होकर उसे देखता रहा, जो अपने आत्मविश्वास को शर्मिंदगी की वजह से घुलते हुए देखता जा रहा था। उस बच्चे को उत्साहवर्द्धक कुछ बातें बोलने और उसकी ओर मुस्कुराकर देखने के बाद मैंने उसके पिता को किनारे बुलाया और उसके कान में फुसफुसाते हुए बोला, 'अगर आप उसे धीमा बोलते रहे, तो वह इस पर भरोसा करने लगेगा।'

इस सेक्शन में हमने क्या सीखा?

- अपने बच्चे को आत्मविश्वास का मजबूत पाठ पढ़ाते हुए और उसे उसकी क्षमताओं पर भरोसा करना सिखाते हुए आप उन्हें स्वस्थ, खुश और बेहतर प्रदर्शन करने में सक्षम बनाने में मदद कर सकते हैं।
- अपने बच्चे को विभिन्न तरह की बौद्धिक क्षमताओं और प्रकृति को पहचानने में मदद कीजिए, जिससे वह अकेडमिक एवं एक्स्ट्रा-करिकुलर एक्टिविटी में ज़्यादा सहज महसूस कर सके। वह जो नहीं करना चाहते हैं, इसके लिए उन पर दबाव डालने के स्थान पर यह प्रक्रिया उन्हें उनके सही मार्ग के चुनाव और सही दिशा चुनने में भी मदद करेगा।
- निंदा और तारीफ़ में संतुलन बनाकर रखना काफ़ी ज़रूरी होता है, जिससे उन्हें अपने आप पर भरोसा रखने में मदद मिल सके। बच्चों में विश्वास का संचार करने के लिए उन्हें कुछ अलग का अहसास कराना बहुत ज़रूरी होता है, क्योंकि जब बच्चे यह जानते हैं कि उनमें कुछ विशेषताएं हैं, तो यह उन्हें अलग बनाता है और वह ख़ुद पर भरोसा करने के लिए सकारात्मक सोच उत्पन्न करेंगे, जिससे उन्हें जीवन के उद्देश्य और मूल्यों को जानने का मौक़ा मिलेगा।

नियम - 3

अपने बच्चे को उन्नति करने की शिक्षा दें

कई साल पहले मुझसे एक प्रमुख शिक्षण संस्थान में अंग्रेज़ी साहित्य पढ़ाने को कहा गया। एक समर्पित शिक्षक की तरह मैंने अपनी क्षमताओं का इस्तेमाल करने में गर्व की अनुभूति की और हर छात्र मेरे पढ़ाने के तरीक़े की ओर आकर्षित होता था। यद्यपि एक कक्षा में एक लड़की ऐसी थी, जो मेरे दूसरे छात्रों से बिल्कुल अलग थी। वह आदेश न मानने वाली, भद्दे कपड़े पहनने वाली, चेहरे पर उसके हंसी नहीं थी और उसके दोनों हाथों और पैरों पर टैटू गुदे हुए थे। हर पीरियड में वह कमरे में सबसे पीछे बैठती थी, उसकी कुर्सी दोनों पैरों के सहारे दीवार से लगी होती थी, वह अपने चौड़े मुंह में हमेशा च्यूइंगम चबाती रहती थी और एक भी काम दिए जाने पर उसे करने से मना कर देती थी। उसमें दया नाम की एक भी चीज़ नहीं थी, हमेशा कड़ी प्रतिक्रिया देनी उसकी आदत थी और मैं सोचता रहता था कि आख़िर क्या करूं?

एक दिन मैं भी प्रतिक्रिया स्वरूप उसकी डेस्क की ओर गया और बीस सादे काग़ज़ के पन्ने उसकी डेस्क पर रख दिए और कहा, 'सुनो मुझे इससे मतलब नहीं है कि तुम क्या लिखती हो? तुम जिससे भी चाहो, इन काग़ज़ों को भरो। लेकिन सारी बातें अंग्रेज़ी में लिखनी हैं।' कुछ दिनों के बाद वह लड़की क्लास में मेरी ओर बिल्कुल चुनौती वाले अंदाज़ में आई, सारे काग़ज़ के टुकड़ों को मेरे सामने रख दिया। उसके बाद वह क्लास में फिर से अपने स्थान पर चली गई, कुर्सी पर हाथ मोड़कर बैठ गई और पूरे आत्मविश्वास

के साथ च्यूइंगम चबाने लगी। जब मैंने सारे काग़ज़ों को उठाया, तब मैंने देखा कि सारे पन्ने पूरी तरह पंक्तियों, शब्दों और रंगीन चित्रकारी से भरे हुए थे। जिसमें उसने अपने पसंदीदा सारे शीर्षक – फैशन, तेज संगीत, शारीरिक चित्रकारी एवं टैटू से भर रखे थे। यद्यपि उसके द्वारा चुने गए शीर्षकों का संबंध बौद्धिकता से कतई नहीं थी, जिन्हें मैं सिखाने का प्रयास कर रहा था, पर मैंने एक महत्वपूर्ण शिक्षा पाई कि जो लोग जिस विषय की ओर ज़्यादा आकर्षित होते हैं, उस ओर वह ज़्यादा मेहनत करते हैं। और अभिभावकों व शिक्षकों को उस दिशा में मेहनत करने की आवश्यकता होती है, जिसमें उनके बच्चों का आकर्षण हो।

वेदों के अनुसार मनुष्य में खुद ही सीखने की प्रवृत्ति आती है, चारों ओर की दुनिया को खुद ही समझने की प्राकृतिक समझ उसमें होती है। दुर्भाग्यवश वयस्क हमेशा बच्चों की इच्छा एवं जिज्ञासा को समझने का प्रयत्न नहीं करते हैं। शहरी एवं ग्रामीण परिवारों में बसे अभिभावकों के पास समय और ऊर्जा की कमी होती है, जिससे वह अपने बच्चों के सीखने की प्रवृत्ति पर ध्यान कम दे पाते हैं। जब बच्चे वहां मौजूद हर चीज़ को छूने या पकड़ने का प्रयास करते हैं, तो उनके मां-बाप प्रतिक्रियास्वरूप उन्हें कहते हैं, मत छुओ। जब बच्चे बड़े हो जाते हैं और ढेर सारे सवाल पूछने लगते हैं, तो वह उन्हें निर्देश देते हुए कहते हैं, चुप हो जाओ। यहां तक कि विद्यालय में भी परिदृश्य कुछ अच्छा नहीं होता है, बच्चों को कारखाने जैसे बने कमरों में बैठा दिया जाता है, जिनसे अपेक्षा की जाती है कि वह केवल देखें, सुने नहीं और इस बात के लिए भी उन पर ऐसी जानकारी हासिल करने का दबाव डाला जाता है, जो उपयोगी नहीं होती हैं, ताकि वह परीक्षा में उत्तीर्ण हो जाएं।

ऐसा माना जाता है कि बीस साल पुराने निर्देशों के इस्तेमाल से मनुष्य प्रभावपूर्ण बनते हैं, पर असल में इनके कारण बच्चों का विकास बाधित होता है और वह धीमे हो जाते हैं। ज्यादातर मामलों में बच्चों को घर एवं स्कूल दोनों जगह तनावपूर्ण वातावरण मिलता है। कुछ जानकारी हासिल करने की उनकी जिज्ञासा, पिंजरे में बंद जानवर की तरह विवश हो जाती

है, जिससे कई वर्षों के बाद उनकी आंखों से ताजगी नहीं दिखाई देती। इसलिए अच्छा यही होगा कि किसी तरह नौकरी प्राप्त कर लें और औसत दर्जे का जीवन जिएं या मेरे विद्रोही छात्रों की तरह सारे तंत्र का प्रबंधन करने का प्रयास करें। वह सुधारने की प्रक्रिया से परहेज करते हैं, पर वहीं पर असमंजस की स्थिति में आने, अनजान बनने और कई बार निराशा से बचते हैं। यहां तीसरे दुर्लभ किस्म के वैसे लोग भी होते हैं, जो भाग्य के बल पर इस तरह की परेशानियों का प्रबंधन करने में सफल हो जाते हैं और अपने जीवन की उन्नति की ओर अग्रसर हो जाते हैं तथा अपनी क्षमता प्राप्त कर लेते हैं

> प्रशिक्षण टिप्स : एक बार प्रसिद्ध वैज्ञानिक अल्बर्ट आइंस्टाइन ने कहा था, मैंने कभी अपनी शिक्षा में स्कूल का हस्तक्षेप सहन नहीं किया। इसलिए याद रखें कि आपके बच्चे के सीखने के लिए स्कूल ही एकमात्र जगह नहीं होती।

हालांकि मेरा मानना यह है कि तीसरी किस्म के लोगों को अपवाद नहीं, बल्कि आसान होना चाहिए। इस तरह की घटना होने के लिए शिक्षा (घर एवं स्कूल दोनों) को आंकड़े इकट्ठा करने वाला माध्यम से भी अधिक होना होगा या फिर इससे बुरा, यह कि अपने बच्चों को हम पूरी आजादी दें, जब हम कुछ दूसरे काम कर रहे हों। शिक्षा को आवश्यक रूप से छात्रों के हितार्थ, उनकी बातों के अनुसार और क्षमता के अनुसार बनाना होगा। यह उनकी इच्छा के अनुरूप होना चाहिए और उनकी अलग क्षमताओं के साथ भी यह सामंजस्य बिठा सके। यह तभी संभव होगा, जब वह अपने कार्य क्षेत्र में प्रतियोगिता का अनुभव करें और ऊर्जावान हों, ताकि यह अच्छा हो, और वह पूरी क्षमता के साथ कुछ अलग करके दिखा सकें।

आप अपने बच्चे की उन्नति में कैसे मदद करते हैं?

एक बार पांच वर्षीय बच्चे राहुल की मां ने अपने बच्चे के बारे में सलाह लेने के लिए मुझसे संपर्क किया कि उनका बेटा काफ़ी अलग है, वह हमेशा प्रयोग करता रहता है और नई चीज़ें बनाने का प्रयास करता है। वह किसी

अनहोनी की आशंका से डर रही थी और किसी भी तरह से अपने बच्चे को दुखी नहीं करना चाहती थी।

मैंने उनसे कहा कि उनका अपने बच्चे की सुरक्षा के बारे में सोचना प्राकृतिक स्वभाव है। यद्यपि वह कभी भी उसे किसी भी तरह के खतरे से बचाने में समर्थ नहीं हो पाएगी, जिनसे ज़िंदगी में सामना करना पड़ सकता है। इसलिए ज़रूरत से ज़्यादा सुरक्षित होने के बजाय बेहतर होगा कि आप राहुल को इस दुनिया में सामने आने और तरक़्क़ी करने की पूरी आज़ादी दें, जब तक कि बच्चा सावधान होने के लिए ख़ुद ही मानसिक रूप से तैयार न हो जाए।

ग़लतियां तो खेल का अंग हैं

सीखने की प्रक्रिया का एक अंग होती हैं ग़लतियां। यह आसान और सादा है, यदि आप ग़लतियां नहीं कर रहे हैं, तो आप सीख भी नहीं रहे हैं। बच्चों को ग़लतियां करने पर सजा देने या मारने से बचें, ख़ासकर जब उनका काम इस समाज में अपनी पहचान बनाने से संबंधित हो। यदि आपका बेटा साइकिल पर कोई करतब कर रहा है और उसकी टक्कर हो जाती है, ऐसे में उसे मारने या डांटने के स्थान पर उसे बताएं कि वह क्या ग़लती कर रहा है, कैसे वह इनसे बच सकता है और इस प्रक्रिया में उसने क्या सीखा? यदि आप उसे मारेंगे या डाटेंगे, तो वह बार-बार इस तरह का पागलपन अपनी मोटरसाइकिल पर करने लगेगा, लेकिन इनके बारे में आपसे कुछ नहीं कहेगा। (ग़लतियां करने पर अधिक जानकारी के लिए देखें अध्याय 8 और अध्याय 7 अधिकतम दंड देने के लिए)

न हंसी का पात्र बनाएं और न हास्यास्पद स्थिति

दुनिया में विकास करने की प्रक्रिया में कई बार बच्चे ऐसी बातें बोल जाते हैं, जिनसे उनकी स्थिति हास्यास्पद हो जाती है। हालांकि आपके लिए यह ऐसी स्थिति इसलिए होती है, क्योंकि आप उनसे कई वर्ष अधिक अनुभवी होते हैं। आपको उनके विकसित होते जा रहे दिमाग़ से निकली बातों की

पहचान करने की ज़रूरत होती है, ताकि आप यह समझ पाएं कि वह दुनिया को बेहतर तरीक़े से समझने के लिए उनकी समझ का कितना विकास हुआ है और यह आपके लिए एक अवसर है, जिससे आप उनकी ग़लतफहमियों को दूर करने में मदद कर सकते हैं।

जब वह किसी ग़लतफहमी के साथ आपके सामने आते हैं, तो उन्हें यह कहकर कि क्या तुम इसे नहीं जानते हो? या यह मूर्खता भरा सवाल है? उनका अपमान न करें या अपने आप को बचाने का प्रयास न करें। आपके द्वारा बोली गई इस तरह की बात उनकी कमी को लेकर उनमें घृणा ला सकती है और हो सकता है कि उनके आत्मविश्वास में भी कमी आ जाए, यहां तक कि उनमें कुछ जानने की क्षमता भी कम हो जाए। हर तरह की जानकारी में कुछ जोखिम भी होते हैं और बच्चों को कभी भी यह नहीं महसूस होना चाहिए कि उन्हें इससे बचा रहना होगा, बल्कि यह सोचना होगा कि मैं अच्छा हूं कि प्रश्न नहीं पूछता हूं या हो सकता है कुछ मूर्खतापूर्ण सवाल पूछने पर मैं हंसी का पात्र बन जाऊं। यदि बच्चों को कोई विषय समझ में नहीं आ रहा है, तो इसका मतलब है कि उसके बारे में उन्हें अच्छी तरह जानकारी नहीं है। इसलिए उनकी बुराई करने के स्थान पर उनसे प्रश्न पूछें कि उन्हें क्या समझ नहीं आया, जिससे आप जानकारी की इस दरार को भर सकें और उन्हें और बेहतर बातें बता सकें या और जानकारी दे सकें, जिससे वह ग़लतफहमियों से बाहर निकल सकें।

प्रशिक्षण टिप्स : जब आप स्वयं को ऐसी स्थिति में पाते हैं कि आपको कुछ समझ नहीं आ रहा है या आपको उस प्रश्न का उत्तर नहीं पता है, तो इस कमी को छुपाने का प्रयास न करें। आप इस बात को कहकर यह स्वीकार कर सकते हैं कि आप जानते हैं यह अच्छा प्रश्न है, लेकिन मुझे इसका उत्तर नहीं पता है। इसके बाद आपके बच्चों के लिए इसका उत्तर ढूंढ़ना चुनौती सरीखा हो जाएगा और वह पूछेंगे, हम इसका उत्तर कैसे ढूंढ़ सकते हैं? इस प्रक्रिया में वे यह सीख जाएंगे कि अगर उत्तर नहीं आता हो, तुम

कमज़ोर या हास्यास्पद नहीं बन जाओगे और तेज लोग उन्हें कहा जाता है, जो जानकारी के अभाव को कुछ नया सीखने के अवसर के रूप में परिणत कर सकें।

उन्हें अर्थ समझने में मदद करें

इन दिनों बच्चे वाकई तेज हो गए हैं। वे तब बड़े बन जाते हैं, जब बड़ों को टीवी, डीवीडी प्लेयर या कंप्यूटर ठीक करने में उनकी मदद की ज़रूरत होती है। इसकी वजह टीवी या इंटरनेट के प्रति उनकी जिज्ञासा कही जा सकती है, आज बच्चे जानकारी के भंडार बन गए हैं, कई बार वह किसी खास विषय में अपने शिक्षकों और अभिभावकों से अधिक जान जाते हैं। कुछ अभिभावक यहां कि तक डर की अनुभूति करते हैं और पाते हैं कि उनका दबाव बच्चों पर नहीं है, क्योंकि वे ऐसा मानते हैं कि बच्चे अपने तेजी से विकसित हो रहे दिमाग से उन्हें पीछे छोड़ देंगे।

हमेशा यह बात दिमाग में रखें कि जब आपके बच्चे किसी खास क्षेत्र में आपसे भी अधिक आगे जा सकते हैं, तब भी आप जीवन संबंधी मामलों में उनसे अधिक अनुभवी माने जाएंगे। यहां तक कि यद्यपि आप जितनी देर में अपने मोबाइल फोन पर नौ बटन दबाएंगे, उससे भी कम समय में वह तीन पंक्तियों का एसएमएस भेज सकते हैं, पर सामाजिक समस्याओं को हल करने और जीवन में कठिन फैसले लेने के मामले में वह आपसे काफ़ी पीछे रह सकते हैं। निश्चित तौर पर आपके बच्चों को आपके अनुभव एवं सहायता की ज़रूरत होगी, ताकि वह जानकारी के भंडार से अपने मतलब की बातें निकाल सकें, जिनसे वह प्रतिदिन बोझिल हो जाते हैं।

कई बार अभिभावकों को झटका लग जाता है, जब उन्हें बच्चों को उत्साहित करना होता है। वे बच्चों को उनकी क्षमतानुसार आगे बढ़ाना चाहते हैं, लेकिन उसी समय उनका दिमाग़ उनसे कहता है कि अरे, वह अभी बच्चे हैं, उन्हें अभी खेलने दो।

बच्चों का उत्साहवर्द्धन करने के लिए एकमात्र रास्ता यह है कि पहले यह सुनिश्चित किया जाए कि वह चुनौती का सामना करने के लिए तैयार

हैं। यदि बच्चे किसी खेल को ज़्यादा आसान पाते हैं, तो काफ़ी जल्दी उनका ध्यान उस पर से हट जाएगा। वहीं दूसरी ओर यदि कोई काम ज़्यादा मुश्किल लगा, तो वह तनाव में आ जाएंगे और हार मान लेंगे। इसलिए आपको एक उत्साहवर्द्धक की भूमिका अदा करने की ज़रूरत होती है, साथ ही अपने बच्चे की हरकतों को लगातार परिवर्तित करने की आवश्यकता भी होती है, ताकि वह अपनी वर्तमान क्षमता से ऊपर उठ सकें।

मैं निराश हो गया

यह एक मुहावरा है, जो कई अभिभावकों को पागल दिखाता है। क्यों इतनी जल्दी बच्चे अपनी इच्छा खो देते हैं और अभिभावक इसके लिए क्या करते हैं? हमारे मस्तिष्क की रचना इस तरह हुई है कि वह नई चीजों को महसूस करे, यह भी एक वजह है जिससे टीवी इतना लोकप्रिय हो गया। बच्चे अपने रोजमर्रा के कामों और आसपास के माहौल से निराश हो गए और टीवी उन्हें नए तरह के कार्यक्रमों का कभी न खत्म होने वाला सिलसिला देता है, जिसमें तस्वीरें, आवाज, एनिमेशन आदि रहते हैं। यद्यपि एक समय के बाद बच्चे भी इस तरह के पुराने विकल्प से उब जाते हैं। यहां दस तरीक़े हैं, जिनसे आप अपने बच्चे का मनोरंजन कर सकते हैं –

1. उन्हें पढ़ने के लिए कहानी की किताबें दीजिए।
2. अपने साथ खाना पकाने के लिए उन्हें उत्साहित करें।
3. उन्हें जानकारी से युक्त बोर्ड गेम एवं पहेलियां उपलब्ध कराइए।
4. बच्चों को संगीत की शिक्षा भी दिलवाएं।
5. उन्हें आकर्षक स्थानों यथा फिल्म देखने, प्रदर्शनी, म्यूजियम, कार्यक्रम, चिड़ियाघर आदि में ले जाएं।
6. किसी काम में सक्रिय रहने की उन्हें शिक्षा दें।
7. बागवानी या पौधों की देखभाल करने जैसे कामों में उन्हें शामिल करें।

8. उन्हें चित्रकारी, रेखाचित्र और क्रॉफ़्ट जैसी परियोजनाओं में शामिल करें।
9. स्कूल के बाद होने वाले कार्यक्रमों जैसे कराटे, स्केटिंग, टेनिस, डांस, ड्रामा आदि कार्यों में उन्हें भाग लेने का अवसर दें।
10. उन्हें पशु-पक्षियों को पहचानने एवं प्रकृति से जुड़ने का भरपूर समय दें।

केस स्टडी

दो युवा बेटियों नौ वर्षीय सुष्मिता और ग्यारह वर्षीय नम्रता को लेकर उनकी मां मेरे पास आई और कहा, उनकी बेटियां हमेशा मन उबने की शिकायतें करती रहती हैं। उसने मेरे साथ अपनी कठिन आर्थिक परेशानियों का जिक्र किया, उसके पास इतने पैसे नहीं थे कि वह अपनी बेटियों के लिए कंप्यूटर या खिलौने खरीद सके या उन्हें स्कूल के बाद होने वाले कार्यक्रमों में भेज सके।

मैंने उस महिला से कहा कि यह सवाल पैसे का नहीं है, लेकिन प्रश्न है कुछ बुद्धिमत्ता अपनाने की। ऐसे कई काम हैं जो काफ़ी कम पैसे में किए जा सकते हैं, जैसे बागवानी, चित्रकारी, पेंटिंग और लेखन। वे चाहें तो पुस्तकालय या दोस्तों से किताबें लाकर पढ़ सकती हैं। इसमें उन्हें थोड़ी सी मेहनत ही लगेगी और आप उन्हें यह बता सकती हैं कि किस तरह इन कामों की शुरुआत की जाए।

अपने बच्चे की उन्नति में आप किस तरह मदद कर सकते हैं?

उन्हें व्यस्त रखें : उनकी क्षमताओं के लिए

गुरुकुल के दिनों में बच्चे प्राकृतिक वातावरण में पठन-पाठन का काम

करते थे और शिक्षा के एक भाग में उन्हें प्रकृति के साथ सामंजस्य बिठाना सिखाया जाता था और पांचों इंद्रियों की मदद से सिखने पर बल दिया जाता था। यद्यपि औद्योगीकरण के समय से बच्चे उन व्यवस्था से बाहर निकल गए और पर्यावरण से विहीन वातावरण में आ गए। उनका पेड़-पौधों और जानवरों से सीधा संबंध खत्म हो गया और अब उन्हें अपनी किताबों के पन्नों में सैद्धांतिक रूप में पढ़ते हैं और अपने शिक्षकों द्वारा दिए गए विवरण के अनुसार उनकी जानकारी उन्हें मिलती है। यहां तक कि तथाकथित अत्याधुनिक निर्देश तंत्र भी इस अंतर को भरने में असफल हो गया और किताबों तथा बच्चों की दुनिया के बीच अंतर की एक और लकीर खींच दी और अब उनकी दुनिया कीबोर्ड और कंप्यूटर की स्क्रीन बन गई।

ऐसा नहीं है कि मैं तकनीक के विरूद्ध हूं। पर इसके दूसरी तरफ़ मेरा कहना है कि परंपरागत शिक्षा पद्धति भी है। अनुसंधानकर्ता भी कहते हैं कि हमारा जितना दिमाग़ सीखने की प्रक्रिया में शामिल होगा और जितना अधिक हम प्रमाणित शिक्षा पद्धति से अपने आपको जोड़ पाएंगे, जितना अधिक सीखेंगे, उतना ही अधिक हमें हासिल होगा। यहां तक कि आप अपने बच्चे के विद्यालय में होने वाली घटनाओं पर भी नियंत्रण नहीं कर सकते हैं और आप अपने बच्चे को घर के आसपास एवं दूसरी जगहों पर होने वाली सीखने की प्रक्रियाओं के दौरान ज़्यादा अच्छा अनुभव कर सकते हैं। यहां कुछ तरीक़े हैं, जिनसे आप बच्चे की क्षमताओं एवं सोच को जाग्रत कर सकते हैं –

☞ यह सुनिश्चित कर लें कि वह घर के बाहर अपना समय पार्क या इसी तरह के प्राकृतिक वातावरण में बिताएं।

☞ यह सुनिश्चित करें कि उनका पौधों एवं जानवरों से लगातार संपर्क होता रहे। आप चाहें तो घर में पालतू जानवर रखें, एक्वेरियम रखें या बागवानी आदि करें।

☞ प्रतिदिन लंबे समय तक उपयोग में आने वाली चीजों को पहचानना सिखाएं। जैसे – चिड़िया, कीड़े, लोग, गाड़ियां आदि और इनके बारे

में लिखकर, चित्र बनाकर या विस्तार से बोलकर इनकी जानकारी बच्चे को दें।

- ☞ उन्हें चित्रकारी करने का मौक़ा दें, जहां वह ढेरों चीजों और उपकरणों का इस्तेमाल सीख सकें। जैसे उंगलियों से चित्रकारी, वाटर कलर्स, लेप, लकड़ी, शीशा आदि।
- ☞ उन्हें पेचीदा खेल खेलने की आदत डालें जैसे ब्लॉक से खेलना, जिगसॉ पजल, रूबिक्स क्यूब आदि।
- ☞ उनके सिलेबस से कुछ बातों को वास्तविक जीवन में उतारने का प्रयास करें।

उनकी भावनाओं को समझें

हम जो भी चीज़ सीखते हैं, वह सबसे पहले हमारी भावनाओं से होकर गुजरता है और उसके बाद हमारी याददाश्त में उन्हीं भावनाओं के साथ उतर जाता है। भावनाओं से हमारे सीखने की प्रक्रिया रंगीन हो जाती है। इसलिए जब सीखने वाले की भावनाएं सकारात्मक होती हैं, तब वह ज़्यादा ग्रहण और जमा कर पाते हैं और उन सकारात्मक भावनाओं को जानकारी व परिस्थितियों के अनुसार एकत्र कर पाते हैं।

दरअसल एक सबसे अधिक सामान्य क्षेत्र यह है कि अभिभावक उस समय बच्चों के साथ संपर्क स्थापित नहीं कर पाते हैं, जब अधिकांश बच्चे स्कूल से घर लौटते हैं। अधिकतर अभिभावक दो तरह के प्रश्न अपने बच्चों से पूछते हैं, जब उनके बच्चे स्कूल से घर आ जाते हैं, स्कूल कैसा रहा? या आज तुमने स्कूल में क्या सीखा? इसके जवाब में वह भी एक स्तरीय प्रत्युत्तर देते हैं कि अच्छा रहा और कुछ नहीं। यदि आप अपने आपको बार-बार उस स्थान पर रखकर देखेंगे, तो इस तरह के रटे रटाए उत्तर के लिए आप केवल ख़ुद को दोषी पाएंगे। इसकी वजह यह है कि आपका सवाल आपके बच्चे को भावनाओं के स्तर पर आकर्षित करने में असफल रहा। अब उन शीर्षकों के आधार पर पूछे जाने वाले प्रश्नों के बारे में सोचिए, जो उन्हें ज़्यादा आकर्षित करते हैं, जैसे उनके दोस्तों के बारे में, एक्स्ट्रा-करिकुलर

एक्टिविटी के बारे में जिनमें वह शामिल रहे, महत्वपूर्ण घटनाओं के बारे में या ऐसी बातों के विषय में जिनसे वह व्यक्तिगत या भावनात्मक रूप से प्रभावित रहे। यहां कुछ ऐसे उदाहरण हैं, जिनमें इस तरह के सवाल हैं –

- तुम्हारे आज के दिन का सबसे महत्वपूर्ण भाग क्या था?
- तुमने आज के एग्ज़ाम में कैसा किया?
- आज के दिन सबसे हंसी का पल कौन सा रहा?
- क्या तुमने फुटबॉल मैच जीता या वाद-विवाद अथवा प्रतियोगिता में पहले स्थान पर आए? यह सवाल आपकी इच्छा पर निर्भर करता है।
- तुम्हारे दोस्तों का प्रदर्शन कैसा रहा? खासकर उनमें से कोई अच्छा न रहा हो, तो?
- क्या तुम्हारे साथ कुछ बुरा या अच्छा हुआ?
- यदि तुम अपने दिन के किसी भाग को फिर से देखो, जिसमें कुछ हो, तब तुम इसे कैसे देखोगे?
- क्या आज तुम्हें तुम्हारा खाना पसंद आया?
- क्या तुमने आज किसी की मदद की?
- आज तुमने कौन सा महत्वपूर्ण निर्णय लिया है?

आपको उन्हें भी ऐसे ही प्रश्न पूछने का मौक़ा देना चाहिए। वे भी आपसे इन्हीं प्रश्नों के उत्तर जानने को काफ़ी ज़्यादा लालायित रहते हैं और उनकी भी काफ़ी अधिक इच्छा होती है कि इन सवालों के जवाब सुनकर वह इनका अनुभव आपसे बांटें। इस तरह के 20-30 सवालों को काग़ज़ के टुकड़ों पर लिखने का प्रयास करें और उन्हें एक बक्से में रख दें। जब कभी भी आपके बच्चे स्कूल से वापस आएं, या जब कभी भी आपको उनके साथ नजदीकी बनाने का मौक़ा मिले, उन्हें इस बक्से से एक या दो प्रश्न निकालने को कहें। एक के बाद एक प्रश्न आने से आपकी सक्रियता बढ़ जाएगी और आपका भरपूर मनोरंजन भी होगा।

प्रशिक्षण टिप्स : जब कभी भी आप अपने बच्चे से उसके दोस्तों या स्कूल के बारे में पूछ रहे हों, तो उस दौरान काफ़ी सतर्क और सावधान रहें। स्वाभाविक रूप से ऐसे प्रश्न खाना परोसते समय पूछने चाहिए या जब वह कपड़े बदल रहे हों या फिर आप उन्हें खाना परोस रहे हों या नहला रहे हों। यदि आपको गुस्सा आ रहा हो, फिर भी चिल्लाने से बचें, क्योंकि आपके प्रश्नों का प्रतिरोध भी हो सकता है।

अकल्पनीय का सपना देखें

एक बार आइंस्टाइन ने कहा था, कल्पना से भी ज़्यादा महत्वपूर्ण होती है जानकारी। कुछ पेचीदे प्रश्नों को हल करने के दौरान उन्होंने प्रकाश की किरण का अपना पीछा करने की कल्पना की। एक शिक्षक बमुश्किल ही प्रश्नों को हल करने का तरीक़ा बता पाता है।

हमारे दिमाग़ में कल्पनाशक्ति किसी भी चीज़ को देखने की क्षमता होती है, जो भौतिक रूप में उपस्थित नहीं होती। यह भी हो सकता है कि वह वास्तविक जीवन में उपस्थित हो, जैसे वर्षों पहले किसी स्थान पर छुट्टी मनाने आप गए हों या कल आपने नाश्ते में परांठा खाया था। यह ठीक उस मगरमच्छ की तरह मजेदार है, जो गिटार बजाता है या रस्सी पर काफ़ी दूर तक चल लेता है, जिसे आपने जमीन से बांध रखा है। बच्चों को शक्तिशाली कल्पनाशक्ति से युक्त करने के लिए आपको बच्चों के सामने जानकारी को दृश्य रूप में रखना होगा, ताकि वह और ज़्यादा स्पष्टता से लंबे समय तक विचारों को रख सकें तथा भौतिकी के प्रश्न हल कर लें, जंक फूड खाने के समय उनके शरीर के अंदर क्या प्रभाव पड़ा या सहपाठी के साथ हाल ही में किसी सवाल को हल न कर पाने की वजह से उसका जवाब ढूंढ़ने में कितनी परेशानी आई?

दुर्भाग्यवश इन दिनों बच्चों की कल्पनाशीलता पहले के मुकाबले कमज़ोर हो गई है, जिसकी एक बड़ी वजह टीवी देखना तथा केवल मनोरंजन के लिए किताबें पढ़ना कहा जा सकता है। जबकि टीवी शो या फिल्म में बच्चों का मनोरंजन करने की पूरी क्षमता होती है, उनके पास कल्पना के नाम पर

कुछ ही रह जाता है। इसका कारण यह है कि हर चीज़ सीधे उनके दिमाग़ को संप्रेषित की जाती है, जैसे दृश्य चित्र, शब्द, आवाज़, संगीत आदि। उनके सामने कल्पनाशीलता को तीव्रता से उपयोग करने की चुनौती होती है। नीचे दस पंक्तियां लिखी हुई हैं, जिनसे आप अपने बच्चे की कल्पना शक्ति को बढ़ा सकते हैं –

1. उन्हें पढ़ने के लिए प्रोत्साहित करें, खासकर कहानी की किताबें। आपको भी उन्हें नियमित रूप से पढ़ाना चाहिए।
2. उन्हें कहानियां एवं चुटकुले सुनाएं। इसमें ध्यान रखें कि सारी बातें विस्तारपूर्वक बताई जाएं।
3. उन्हें आंखें बंद करने को कहें और काफ़ी गहराई से किसी व्यक्ति, स्थान, चीज़ का वर्णन करने को कहें, भले ही वह वास्तविक हो या काल्पनिक।
4. उन्हें उनकी याददाश्त के अनुसार कुछ रेखाचित्र खींचने को कहें।
5. उन्हें आंखें बंद करके एक स्थान से दूसरे स्थान तक जाने को कहें।
6. उन्हें यह बताने का प्रयास करें कि उनके पसंदीदा खाने का स्वाद कैसा है या इसे खाने पर यह कैसा लगता है।
7. उन्हें आंखें बंद करके ही संगीत सुनने को कहें।
8. किताबों या वेबसाइट्स में कुछ महत्वपूर्ण बातों को ढूंढ़ने के लिए उन्हें प्रेरित कीजिए।
9. उनसे सवाल करें क्या यदि जैसे : क्या होगा अगर गुरूत्वाकर्षण न रहे, क्या होगा यदि पानी की कीमत 200 रुपये प्रति लीटर हो जाए या क्या होगा अगर आपके छह हाथ हों?
10. यह भी सुनिश्चित करें कि वह दूसरे सक्रिय व्यक्तियों के साथ समय गुजारें, जिससे उन्हें अपनी कल्पनाशक्ति को और अधिक बढ़ाने में मदद मिल सके। वह दूसरों को भी ऐसा करते हुए देख सकते हैं।

केस स्टडी

एक बड़ी कंपनी में बतौर मैनेजर कार्यरत ग्यारह, नौ और पांच वर्ष के तीन बच्चों के पिता हाल ही में मेरे पास आए और अपने व्यस्त कार्यक्रम की बात कहने लगे। अपने व्यस्त कार्यक्रम की वजह से वह अपने बच्चों के साथ ज़्यादा समय नहीं बिता पाते थे, लेकिन वह अपने बच्चों के दिमाग़ को तेज करने के लिए किए जाने वाले उपायों को जानने के लिए बेताब थे। मैंने उनसे बताया कि वह जो समय अपने बच्चों के साथ व्यतीत करते हैं, वह बेहतर समय है। यहां तक कि बच्चों के साथ वह भरपूर समय भी नहीं बिताते थे, वह काफ़ी कम समय उनके साथ कुछ खास मौकों पर व्यतीत करते थे जैसे जब वह उन्हें कहीं ले जाते थे या किसी लाइन में उनके साथ खड़े होते थे, इस दौरान वह उनकी सोच, विचार, इच्छा और दुनिया के बारे में उनकी जानकारी को बढ़ाते थे। कल्पना करें कि तीस सेकेंड के एलीवेटर पर जाने के दौरान एक प्रश्न का प्रभाव कितना अधिक होता है कि क्या तुम जानते हो कि एलीवेटर, एस्कलेटर के मुकाबले 20 गुना ज़्यादा सुरक्षित माना जाता है।

अपने बच्चे में सक्रियता के बीज पैदा करें

ब्रितानी बुद्धिजीवी, सर केन रॉबिन्सन ने सक्रियता को विस्तार से कुछ इस तरह से बताया है – वास्तविक विचारों की प्रक्रिया यदि है, तो उनका ही महत्व होता है। एक सक्रिय या तेज बच्चा हथौड़ा नहीं होने पर इस नतीजे पर पहुंच सकता है कि किस चीज़ से दीवार में छेद किया जा सकता है या मुजफ्फरनगर के एक पारिवारिक मित्र द्वारा दिए गए आमों के टोकरे के साथ नवीनतम ज्ञान विचारों के साथ आ सकता है।

वयस्क होने के बावजूद हम अपने विचारों के साथ प्रतिदिन नई-नई चुनौतियों का सामना करते हैं, जब भी हमें समस्याओं का समाधान ढूंढ़ना होता है। और एक प्रतिष्ठित समाज में हम उन विचारों को देने वालों को

पहचानते और पुरस्कृत करते हैं। तीक्ष्ण बुद्धि वाले लोगों की मांग हर क्षेत्र में होती है, फिर चाहे वह व्यवसाय हो, मनोरंजन, डिजाइन, शिक्षा या पत्रकारिता का ही क्षेत्र क्यों न हो? रोचक तथ्य यह है कि कई लोग यह मानते हैं कि जब भी नए विचारों की बात आती है, तब सभी लोगों का प्रदर्शन एक सा नहीं रहता है। वे सोचते हैं कि सक्रियता या तीक्ष्णता कुछ ऐसी चीज़ है, जो जन्म के समय से ही किसी-किसी में आ जाती है, कुछ ग्रामीण, सीधे और साधारण लोग दूसरों से ज़्यादा सक्रिय होते हैं। हालांकि यह भी सच है कि हम अपनी जान-पहचान के लोगों में सक्रियता को अलग-अलग स्तर पर देखते हैं, यह भ्रम है कि यह सीमित होता है, जो आनुवांशिक तौर पर हस्तांतरित होता रहता है।

संक्षेप में कहा जाए, तो सक्रियता कुछ ऐसी चीज़ है, जिसे उत्पन्न किया जा सकता है और बतौर अभिभावक, आप अपने बच्चे की क्षमताओं को बढ़ाने में महत्वपूर्ण भूमिका निभा सकते हैं, ताकि वह भी नए विचारों को सोच सके। इससे उनके प्रदर्शन करने की क्षमता में बढ़ोतरी होगी और आश्चर्यजनक रूप से वह अपनी क्षमताओं के बल पर अपनी ताकत दिखा सकेंगे। यह सब संभव होगा उनका उत्साह बढ़ाने के साथ-साथ विचारों को विभिन्न तरीक़े से देखने के बीच संबंधों को लेकर।

पूरे कार्यक्रम के साथ संबंध स्थापित करना

कई लोग यह सोचते हैं कि बच्चों का दिमाग़ खाली डिब्बे की तरह होता है, जिसे उन्हें दी जा रही शिक्षा से भरा जा सकता है। हालांकि सच से ज़्यादा कुछ भी नहीं है। जब कभी आप कुछ नया सीखते हैं, तो आपका दिमाग़ स्वतः ही पुरानी जानकारी से इसका संबंध स्थापित करना आरंभ कर देता है। उदाहरण के लिए यदि मैं आपसे बोलूं कि एक नए ग्रह की खोज हुई है और मैं इसके बारे में तुम्हें बताना शुरू कर दूं, तो तुम्हारा दिमाग़ अपने आप अंतरिक्ष जैसे हमारे सूर्य, उपस्थित ग्रहों आदि के बारे में पुरानी जानकारियों को याद दिलाने लगेगा। इस तरह की पूर्व जानकारी को संपूर्ण चित्र कहते हैं, यानी एक ऐसी संरचना जो आपके दिमाग़ में पहले से मौजूद है। जैसा

कि मैंने विस्तार से नए ग्रह के बारे में बताया, तुमने मेरा पूरा व्याख्यान सुना, अपने पुराने विचारों के साथ नए को आत्मसात किया, अब तुम्हारा दिमाग़ इस नए ग्रह के बारे में नया विचार तैयार करेगा और एक बार समझने के बाद तुम्हारे दिमाग़ में सौर तंत्र के बारे में सारी जानकारियां बदल जाएंगी। एक बार यह ताजा मॉडल तुम्हारे दिमाग़ में आ गया, तो तुम्हारे दिमाग में जानकारी का एक नया भाग आ जाएगा, जिससे तुम आगे की दिशा तय कर सकते हो।

> प्रशिक्षण टिप्स : बिना विचारे कुछ न करें। आमतौर पर लोग मुख्य काम आरंभ करने से पहले सोच-विचार कर लेने की शुरुआत को प्रमुखता देते हैं। इसी तरह बच्चे के साथ नए विचार को आरंभ करने से पहले नया विचार प्रभावी ढंग से एक मानसिक शुरुआत करने के तौर पर काम आता है।

जब कभी भी आपके बच्चे कुछ नया सीखने के करीब होते हैं, तो आप उससे संबंधित कार्य करके उनके दिमाग़ को तैयार कर सकते हैं। उदाहरण के लिए इस तरह कहा जाए कि आपका बच्चा प्राथमिक विद्यालय में है और वह जंगली व पालतू जानवरों के बारे में पढ़ना आरंभ कर रहा है। अब सीधे उसे शुरुआत करने के स्थान पर उससे उन जानवरों के बारे में पूछे जिन्हें वह जानता है और उसे कुछ जानवरों में समानताएं और अंतर बताएं। इस मौके पर जानवरों के बारे में उसके दिमाग़ में ताजा जानकारी आ जाएगी और उसका दिमाग़ नई जानकारियों (जिन जानवरों का मनुष्यों के लिए उपयोग रहता है) के साथ संपर्क करने और सामंजस्य बिठाने के लिए अपनी सोची हुई योजना के अनुसार तैयार हो जाएगा। रोचक तथ्य यह है कि इन नई जानकारियों का संबंध भौतिक रूप से पुरानी सूचनाओं के साथ होता है। हर जानकारी के साथ जुड़ी मस्तिष्क की कोशिका का सूचनाओं के साथ ठीक उसी तरह का संबंध रहता है, जैसे स्वेटर का बुनाई के समय सलाइयों के साथ रहता है और बुनाई की हर पुरानी लाइन नई लाइन पर चढ़ती जाती है।

प्रशिक्षण टिप्स : नए अध्यायों और शीर्षकों पर बहस करने के लिए समय का कुछ हिस्सा अपने बच्चों के साथ लगाएं। उन्हें यह बताएं कि नए अध्याय को शुरू करने से पहले वह क्या जानते हैं?

तुलना और अंतर

तुलना और अंतर के माध्यम से भी आप अपने बच्चे को जानकारियों से जोड़ने का काम कर सकते हैं, जो उसे ठीक तरह से समझने के लिए उसका टुकड़े-टुकड़े में अध्ययन करते हैं। उदाहरण के लिए अपनी बेटी को ईमेल और पोस्टल मेल में अंतर करने के साथ ही ईमेल के बारे में याद करने को कहें। संभव है कि वह आपको यह बताए कि दोनों एक समान हैं, क्योंकि दोनों में कोई लिखित संदेश की मदद से संप्रेषण का कार्य कर सकता है और दोनों को दुनिया के विभिन्न भागों में संप्रेषित किया जा सकता है। इसके बाद वह उन दोनों में यह कहते हुए अंतर करेगी कि पोस्टल अक्षरों को काग़ज़ पर लिखा जाता है और इसे मानवीय रूप से भेजा एवं प्राप्त किया जाता है और इस कार्य में कुछ समय लगता है, पर ईमेल एक डिजिटल फाइल के रूप में अपने गंतव्य तक पहुंचता है और इसे कंप्यूटर मशीन के माध्यम से भेजा जाता है और यह पहुंचने में कुछ ही सेकंड लेता है। यहां पांच शीर्षक हैं, जिनमें आपके बच्चे तुलना और अंतर कर सकते हैं –

1. एक्टर, एक्ट्रेस और प्रसिद्ध लोग
2. कहानी में किरदार
3. फिल्में और किताबें
4. वह स्थान जहां वह घूमे हैं
5. प्रकृति में मौजूद चीज़ें जैसे जानवर, ग्रह, और वृक्ष।

आप चाहें तो इस प्रक्रिया को खेल के रूप में भी बदल सकते हैं, जिसके दौरान आप हर समानता या अंतर पर एक अंक देने का प्रावधान करें।

अंतर का खेल

यहां एक मजेदार खेल है, जिसे आप बच्चों की क्षमता की तुलना और उनमें अंतर करने के लिए खेल सकते हैं। उनसे पूछे एक............. और .... में क्या अंतर है। तुम उत्तर को क्रमवार तरीक़े से भरो या फिर चाहे तो उनका चित्र बनाकर उत्तर दे सकते हो। देखें कि कौन सबसे मजेदार उत्तर देता है।

उदाहरण : एक कप चाय और ईंट में क्या अंतर होता है?

उत्तर : एक कप चाय से व्यक्ति में जोश आ जाता है और एक ईंट से ताकत मिलती है। आप चाहें तो इनमें परिवर्तन भी कर सकते हैं। इनमें समानता क्या है?

.........................और .... में क्या समानता है?

उदाहरण : दूध और सेलफोन में क्या समानता है?

उत्तर : यदि आप दोनों को जमीन पर गिरा दें, तो परेशानी में पड़ जाएंगे।

आपने क्या पाया?

उस समय आपको क्या मिलेगा, जब .... और एक .... को आप क्रॉस करेंगे?

उदाहरण : उस समय आपको क्या मिलेगा, जब आप एक रिक्शा चालक और एक टूथब्रश को क्रॉस करेंगे?

उत्तर : यदि कोई पांच रुपये में आपके दांत साफ कर रहा है, लेकिन उस ब्रश को आप दूसरे के साथ कैसे बांटेंगे?

टुकड़ों को एक साथ जोड़ें

मुझे पूरा विश्वास है कि हर कोई उन तीन अंधे व्यक्तियों और हाथी की कहानी जानता होगा। हर आदमी उस जानवर को छूता था और उसका

वर्णन करता था। एक ने पैर छूकर कहा, यह वृक्ष के जैसा है। दूसरा पूंछ छूकर कहता है, यह रस्सी के जैसा है। और तीसरा कान छूकर कहता है, यह एक बड़े कंबल के जैसा प्रतीत होता है। ठीक इसी तरह बच्चे भी टुकड़ों में जानकारी हासिल करते हैं, लेकिन इन्हें एक साथ मिलाना उनके बस में नहीं होता तथा वह यह भी नहीं जान पाते कि यह जानकारी एक साथ कैसी लगती है।

इसलिए जब कभी भी आपका बच्चा कुछ सीखता है, तो उसे व्यापक तस्वीर बताने का प्रयास करें। इसके पीछे का मूल सिद्धांत क्या है? उदाहरण के लिए यदि आपका बच्चा 1857 के स्वतंत्रता संग्राम के बारे में पढ़ता है, तो उसे इस मुद्दे के बारे में बताएं कि यह आज़ादी और ताक़त से संबंधित मामला था। बच्चों को जीवन में बड़ी घटनाओं का अर्थ समझने में मदद करें और उन्हें केवल यह जानकारी न दें कि दुनिया में क्या हो रहा है, बल्कि कैसे और क्यों हो रहा है, इसकी भी जानकारी लेने में मदद करें।

एक बार आपके बच्चे में घटनाओं को आपस में जोड़ने की तकनीक विकसित हो गई, तो उन्हें एक क़दम आगे बढ़कर उनमें और ज़्यादा गहराई से पड़ताल करने की शिक्षा दें, यद्यपि ऐसा करने की उनमें भले ही इच्छा न हो। उदाहरण के लिए –

- ☞ एक छोटे कक्ष एवं फैक्ट्री की तुलना करें।
- ☞ एक आइसक्रीम विक्रेता की बिक्री की तुलना बदलते मौसम के साथ करें।
- ☞ न्यूटन के गति के नियमों को एक कलाकार द्वारा फिल्म में किए गए अभिनय के साथ पहचानने का काम करें।
- ☞ उन्हें विस्तार से बताएं कि साल में एक नियत समय में ही ज़्यादा या कम बिजली क्यों कटती है।
- ☞ उन्हें बताएं कि एक राजनेता का किसी दूसरी पार्टी के साथ गठबंधन किस तरह उसे राजनीतिक फायदा दिला सकता है।

हायर ऑर्डर थिंकिंग स्किल्स यानी हॉट्स क्या है?

सीखने के लिहाज से प्रश्न विश्वसनीय उपकरण होते हैं, ठीक एटम बम की भांति। यद्यपि अधिकांश शिक्षक और अभिभावक पानी से भरे पिस्तौल से भी कमज़ोर प्रश्न पूछते हैं। वह केवल जानकारी इकट्ठा करने के लिए प्रश्न पूछते हैं, जैसे रासायनिक सोडियम के लिए प्रतीक चिन्ह क्या है? या तुमने टेस्ट में कितने अंक प्राप्त किए? जिससे बच्चों की जानकारी एवं सोच में काफ़ी कम बढ़ोतरी होती है।

उनके दिमाग़ का विकास करने और ताकतवर बनने के लिए ज़्यादा बड़ी चुनौतियों की ज़रूरत होती है। अभिभावकों को यह सीखने की आवश्यकता होती है कि प्रश्न कैसे पूछें, जिससे उनके बच्चों को परीक्षा की तैयारी के लिए आवश्यक सामग्री मिल सके। यहां समस्या का समाधान प्रश्न पूछने को लेकर है, जिससे उनके हायर ऑर्डर थिंकिंग स्किल्स यानी हॉट्स में बढ़ोतरी होती है। हॉट्स दरअसल मानसिक मांशपेशियां होती हैं, जिनका इस्तेमाल हम तब करते हैं, जब हमें निर्णय करना होता है, समस्या का समाधान करना होता है, चीजों का विश्लेषण करना होता है, नए विचारों के साथ आना होता है, निर्णय लेना होता है, बातचीत करनी होती है आदि। संक्षेप में कहा जाए, तो हॉट्स का इस्तेमाल जीवन के हर क्षेत्र में किया जाता है।

आप अपने बच्चे से यात्रा के दौरान, घर पर या कहीं भी इन हॉट्स प्रश्नों को पूछकर उनके दिमाग़ को तेज बना सकते हैं। नीचे हॉट्स प्रश्नों से संबंधित कुछ उदाहरण दिए हुए हैं, जो विभिन्न शीर्षकों से संबंधित हैं :

अकादमिक

☞ क्या आप गणित के इस प्रश्न को हल करने के लिए किसी दूसरे सूत्र के बारे में सोच सकते हैं?

☞ नागरिक शास्त्र में कौन सा अध्याय आपका पसंदीदा है?

☞ आपके शब्दों में स्वराज का क्या अर्थ है?

☞ पर्यावरण की सुरक्षा किस प्रकार कर सकते हैं?

परिवार एवं रिश्ते

- ☞ जब आपकी दादी मां आपकी उम्र की थी, तो उस समय की ज़िंदगी के बारे में आप क्या सोचते हैं?
- ☞ आदित्य निराश दिखाई देता है। आप इसे कैसे बता सकते हैं?
- ☞ यदि गौतम अंकल के पास उनका अपना गीत है, तो यह क्या होगा?

शेड्यूल

- ☞ किसी भी बच्चे के पास समय-सारणी का होना क्यों आवश्यक है?
- ☞ आप अपनी समय-सारणी को प्रभावशाली बनाने के लिए किस तरह का परिवर्तन कर सकते हैं?
- ☞ यदि किसी के पास समय-सारणी नहीं है, तो दुनिया कैसी हो सकती है?

घर के चारों ओर

- ☞ रेफ्रिजरेटर में दूध को जमने से बचाने के लिए हम क्या उपाय कर सकते हैं?
- ☞ अपने घर को ख़ूबसूरत बनाने के लिए किस तरह के महंगे उपाय का इस्तेमाल कर सकते हैं?
- ☞ टीवी देखने के स्थान पर आज रात को हम क्या कर सकते हैं?

खरीदारी करने के दौरान

- ☞ तुम क्या सोचते हो कि वह चादरें इतनी महंगी क्यों हैं?
- ☞ बाजार में नारंगियां कब उपलब्ध होंगी?
- ☞ इस रास्ते के अलावा हम बाजार कैसे पहुंच सकते हैं?

मनोरंजन का क्षण

- ☞ क्या तुम्हें यह पेंटिंग पसंद है? क्यों और क्यों नहीं?

- ☞ तुम किस जानवर से काफ़ी ज़्यादा मिलते-जुलते हो?
- ☞ तुम्हारे अनुसार वह बादल किस तरह की आकृति ले रहा है?

प्रशिक्षण टिप्स : अर्थपूर्ण हाट्स बनाने के लिए शब्दों के हर तरह की खोज करने का प्रयास करना चाहिए, जैसे कौन, क्या, कहां, कब, क्यों, कैसे। साथ ही दूसरे शब्दों जैसे कैन, कुड, शुड और माइट आदि का भी प्रयोग करना चाहिए।

जब कभी भी आप अपने बच्चों के साथ बातचीत करते हैं, तो अपने आप से भी पूछें, कि आपके प्रश्न बच्चों की उच्च क्षमता को बढ़ाते हैं या नहीं। यदि नहीं तो अपने प्रश्नों को ज़्यादा जानकारी से युक्त बनाने का प्रयास करें।

अपने हॉट्स प्रश्नों को अपने बच्चों को दें, ताकि उनके दिमाग़ की पूरी कसरत हो सके और ज़्यादा विस्तृत तरीक़े से कुछ सीखने की उनकी क्षमता में बढ़ोतरी हो सके, जिससे उन्हें मदद मिल सके, क्योंकि इससे वह समस्याओं को सुलझाने में बेहतर बन सकते हैं।

यहां तक कि सीबीएसई की वर्ष 2008 की परीक्षा में हॉट्स परीक्षा की शुरुआत कर दी है, जिसमें अकादमिक कारणों को हवाला देते हुए बताना था कि आपके बच्चे को काफ़ी अधिक गहराई में जाकर विचारों का प्रतिपादन करने की सीख मिल सके।

उन्हें दायरे से बाहर आकर सोचने की प्रेरणा दें

कई बार लोग आदतों और दिनचर्या में बंध जाते हैं और दुनिया की दूसरी चीजों के बारे में उनका ज्ञान काफ़ी कम रह जाता है। अपने बच्चों को हर दिन दुनिया की दूसरी खबरों या घटनाओं से परिचित कराकर आप उन्हें ख़ुद को विकसित करने के लिए प्रोत्साहित कर सकते हैं, ताकि वे अपने चारों ओर के वातावरण के बारे में अलग विचार रख सकें।

यहां पांच टिप्स हैं, जिससे आप उन्हें प्रोत्साहित कर सकते हैं –

1. **नए व्यंजन का स्वाद लें** – अपने बच्चों को नए व्यंजन और आहार खाने दें, तब उन्हें अपने नए विचारों पर अमल करने का ख्याल आएगा। इससे उनमें नई भाषाओं और संस्कृति के बारे में सीखने की प्रवृत्ति बढ़ेगी।
2. **नए स्थलों पर घूमें** – भले ही वह नया देश हो या आपके पड़ोस की अनजान जगह, नई दुनिया का रोमांच अभी भी खोज पाना शेष है।
3. **एक ही काम को अलग तरीक़े से करने का प्रयास करें** – बच्चों को अपने दांतों को उल्टे हाथों से साफ करने को कहें, उन्हें दूसरे रास्ते से विद्यालय जाने को कहें या उन्हें आंखें बंद करके टाई पहनने को कहें।
4. **किताबों से बाहर भी जाएं** – फिल्म, टीवी, इंटरनेट, जीवनियों आदि ऐसे माध्यमों की मदद से भी अपने बच्चों को विभिन्न विषयों की जानकारी देने का प्रयास करें और उन्हें किताबों से अलग भी दूसरे विषयों से शिक्षा लेना सिखाएं।
5. **अनजाने शीर्षकों को जानने का प्रयास करें** – अपने बच्चों को अनजाने शीर्षकों से परिचित होने की चुनौती दें, खासकर ऐसी बातों या विषयों से जो उनके पाठ्यक्रमों से बाहर हो, जैसे अफ्रीका के आदिवासी इलाकों के संगीत आदि।

प्रशिक्षण टिप्स : विकास के क्रम में अपने बच्चों को केवल मनोरंजन करने की छूट न दें। उनके साथ उनकी जानकारी बढ़ाने में मददगार बनें। इससे केवल आपके बच्चे को फायदा ही नहीं होगा, बल्कि आपकी जानकारी में भी बढ़ोतरी होगी और आप भी किसी चीज़ को सीखने या जानने के अपने शौक को पूरा कर पाएंगे।

इस सेक्शन में हमने क्या सीखा?

- बच्चों के अंदर सीखने का स्वाभाविक स्वभाव होता है। बतौर अभिभावक आपकी जिम्मेदारी यह है कि उनके आसपास ऐसा वातावरण बनाएं, ताकि उन्हें बौद्धिक रूप से बढ़ने का मौक़ा मिले।
- अपने बच्चों को ऐसे उद्देश्य की तलाश करने को कहें, जिसमें वह कुछ कर सकें, उसका मतलब समझ सकें और अपने प्रश्न पूछ सकें, ताकि उनका जवाब मिलने पर उनकी जिज्ञासा शांत हो सके।
- जो वह नहीं जानते हैं, उसे जानने के लिए उत्साहपूर्वक काम कर सकें और कुछ जानने की अपनी जिज्ञासा के रास्ते पर बढ़ सकें, इसलिए आप इस रास्ते में उनकी समझ बढ़ाने में उनकी मदद कर सकते हैं।
- आपके बच्चे योजनाओं, तुलना करना और अंतर निकालना, अंतर पहचानना आदि जैसे शीर्षकों के अर्थ से क्या समझते हैं, इस दिशा में आप उन्हें बेहतर संगठन और याद करने में मार्गदर्शक की भूमिका निभा सकते हैं।
- अगर आपके बच्चे कुछ सीखने और अपना विकास करने के रास्ते पर हैं, तो उनकी कुछ गलतियों को नजरअंदाज भी करें और उनके आसपास अनुसंधान करने की प्रक्रिया में खुद शामिल रहें।

नियम - 4

अपने बच्चे को लक्ष्य बनाना सिखाएं

एक दिन शाम को मैं अपने दोस्त के घर पर था। अनिता की ग्यारह वर्षीय बेटी ने हाल ही में अपनी फाइनल परीक्षा दी थी और वह टीवी देखने में लगी हुई थी, जब मैं और मेरा दोस्त बातें कर रहे थे। मेरे दोस्त ने अपनी बेटी के हर समय टीवी देखने की आदत पर व्यंग्य किया, इसलिए मैंने इसे अपने फॉर्मूले का प्रयोग करने के लिए अच्छा अवसर पाया। मैं अनिता की बगल में बैठ गया और उससे पूछा कि उसने अगले दो सप्ताह की छुट्टियों के लिए क्या कार्यक्रम बनाया है? उसने मेरी ओर बहुत ही आश्चर्य से देखा और कहा, 'उम्म, वास्तव में कुछ नहीं। मेरा स्कूल का काम पूरा हो गया है, इसलिए मेरा दो सप्ताह तक का कार्यक्रम टेलीविजन देखने के सिवा कुछ भी नहीं है।' इसके बाद मैंने उसे बताया कि उसके पास अवसर है अपने शौक को सींचने का और इस खाली समय में नयी चीजों को सीखने का। वह चुप हो गई और उसी समय बौखला भी गई और विरोध में हंसने लगी। लेकिन मेरा कोई लक्ष्य नहीं है। इसके जवाब में मैंने प्रत्युत्तर दिया, एक और अच्छा उपाय है कि उन बातों को लिखो। लेकिन सबसे पहले हमें कुछ बनाना होगा। उसने टीवी बंद कर दिया, सोचने की मुद्रा में अपने शयनकक्ष की ओर मुड़ी और एक कॉपी व कलम के साथ वापस आई। यद्यपि कुछ विवरण देने के बाद उसकी काम करने की अनिच्छा ने एक रास्ता देना शुरू कर दिया और साथ ही सज्जनता के साथ ही कुछ दबाव का भी पता चला। उसके बाद उसने कुछ क्षेत्रों की सूची बनाई, जिसमें उसे

काम करना था, मसलन गणित का विकास, रेखाचित्र बनाना, नृत्य कौशल आदि। उसके बाद दूसरे क्षेत्रों की शुरुआत हुई, ब्रासलेट बनाना सीखना, खाना बनाना सीखना और यहां तक कि स्पेनिश सीखने की छिपी हुई इच्छा। कुछ ही समय में उसकी सूची में बारह लक्ष्य शामिल हो गए और उसकी आंखें आश्चर्य से चौड़ी हो गईं। हालांकि सारा मामला पहले ही संक्षेप में हो गया और हमने दूसरे दस मिनट उस सूची को और ज़्यादा महत्वपूर्ण और समय के अनुकूल बनाने में खर्च किए। करीब 25 मिनट में ही वह विभिन्न लक्ष्यों वाली एक शक्तिशाली सूची के साथ तैयार खड़ी थी, जिसमें उसके अपने लक्ष्य थे और वह उन्हें आश्चर्य और गर्व के साथ देख रही थी, जैसे कि अचानक उसके पास नए दोस्तों का समूह आ गया हो, जीने का एक नया मकसद आ गया हो।

लक्ष्य क्या है?

लोगों के लिए लक्ष्य ऐसे विकल्प हैं, जो उन्हें जीने का एक नया मकसद देता है। जब किसी के पास लक्ष्य होता है, तो उसके पास अपना काम करने या अपने आपको विकसित करने की दिशा होती है, एक ऐसा रास्ता होता है, जिससे उसमें चीजों को समझने की ऊर्जा आ जाती है और उसके बाद किसी की क्षमता और प्रयत्न में संतुष्टि की समझ आ जाती है। यह कहना ग़लत नहीं होगा कि बिना लक्ष्य के कोई कठिन हो सकता है या कम-से-कम उस दिशा में पूर्ण नहीं होगा, जिसमें कोई चाहता है।

वयस्कों की तरह ही बच्चों को उनके लक्ष्य तक पहुंचने के लिए बचपन से ही ध्यान केंद्रित करने की ज़रूरत होती है। नीचे कुछ अलग तरह के लक्ष्य दिए गए हैं, जो बच्चों के लिए अनुकूल हो सकते हैं।

शैक्षणिक लक्ष्य

अ. हर साल के अंत में अपने वर्ग में कम-से-कम पांचवां स्थान हासिल करने का प्रयास करना।

ब. मेरी विज्ञान की परीक्षा में कम-से-कम 85 प्रतिशत अंक लाने का प्रयास करना।

एक्स्ट्रा–करीकूलर लक्ष्य

अ. दिवाली के मौके पर दर्शकों के एक समूह के सामने सोलो नृत्य का प्रदर्शन।

ब. छह सप्ताह के अंदर मेरी कविताओं के साथ एक अपना ब्लॉग या वेबसाइट का निर्माण करना।

व्यक्तिगत लक्ष्य

अ. अगले पांच महीनों में पांच किलो वजन कम करना।

ब. जब मैं अपनी छोटी बहन पर गुस्सा करूं, तो मुझे नियंत्रित करना।

सामाजिक लक्ष्य

अ. इस साल कम-से-कम दस पौधे लगाना।

ब. विद्यालय की छुट्टियां खत्म होने से पहले एक अनपढ़ बच्चे को यह सिखाना कि अंग्रेज़ी के वर्णाक्षर कैसे पढ़े जाते हैं?

पारिवारिक लक्ष्य

अ. सप्ताह में कम-से-कम एक बार मेरे दादा-दादी को दस मिनट के लिए बुलाना।

ब. मम्मी और पापा की शादी की सालगिरह के लिए पारिवारिक तस्वीरों से सजे एलबम से एक स्क्रैप बुक बनाना।

लक्ष्य की योजना बनाने के लिए बैठक

अब भांति-भांति के लक्ष्यों के बारे में एक विचार आपके पास होगा, यह समय आपके लिए अपने काम पर ध्यान देने का होगा और आप अपने बच्चे के मुताबिक इन्हीं में से एक विकल्प चुन लें। यद्यपि अगर आपका बच्चा स्वयं ही अपने लक्ष्यों की सूची न बनाए, तो इस बात को लेकर आश्चर्यचकित न हों। इस समय आपको एक प्रशिक्षक की भूमिका निभाने की आवश्यकता होगी और बच्चों को इस प्रक्रिया में निर्देशन करना होगा।

इसकी शुरुआत के साथ ही एक दिन ऐसा भी चुनें, जब आपके पास काफ़ी ज़्यादा समय हो और जब आपके बच्चे अच्छे मूड में हों, यदि उनकी परीक्षाएं ठीक सामने हों या यदि उनका फेवरिट टीवी शो चल रहा हो और संभवतः आप उनका ध्यान अपनी ओर खींचने में अपने को असफल पा रहे हों।

उनके साथ बैठिए और पूछिए कि वे अपने लक्ष्य के बारे में क्या सोचते हैं और सभी लोगों के अपने लक्ष्य क्यों होते हैं? यह सहायक साबित होता है अगर आप अपने जीवन के लक्ष्यों के बारे में अपने बच्चों से जिक्र करते हैं, क्योंकि वे उदाहरणों के सहारे बेहतर ढंग से समझते हैं। अब आप उन्हें भली-भांति समझा सकते हैं कि जीवन में लक्ष्य का होना भी कितना ज़रूरी है।

अपने बच्चों के साथ आत्ममंथन करने से भी उनमें लक्ष्य जगाने में मदद मिल सकती है। अगर वे अपने लक्ष्य निर्धारण को लेकर असमंजस की स्थिति में पड़े हों, तो थोड़ा अधिक समय गुजार कर उनकी रुचि और मनोभावों को जानने का प्रयास करें। यह पता करने की कोशिश करें कि उनके लक्ष्य या महत्वाकांक्षा क्या है या फिर आने वाले साल या जीवन के किसी मोड़ पर वे किन चीजों को प्राप्त करना चाहते हैं। हो सकता है कि आपका बच्चा व्यक्तिगत या अकादमिक लक्ष्य के रूप में केवल कुछ कैटेगरी को ही चुने और यह अच्छा भी रहेगा। यदि यह उनके लिए नया है, तो सबसे पहले उन्हें इनसे परिचय कराने का प्रयास करें।

कभी भी उन्हें कोई लक्ष्य चुनने के लिए बाध्य न करें और न ही ख़ुद के अनुसार उनका लक्ष्य निर्धारित करने का प्रयास करें। इसके स्थान पर आप प्रशिक्षक का किरदार निभाएं, वह क्या कह रहे हैं ध्यान से सुनें और उनकी सोच को सही साबित करने के लिए उनसे कठिन प्रश्न पूछें, मसलन तुम उस लक्ष्य को क्यों चुनना चाहते हो? आदि। ऐसा करने के लिए आप उन्हें उनके लक्ष्य के चुनाव में महत्वपूर्ण भूमिका निभा सकते हैं, जो सही कदम होगा, इससे वह खुश भी होंगे और उनमें स्वाभिमान की भावना भी आएगी। आप नहीं चाहते हैं कि यह मानसिक प्रक्रिया आपके बच्चे के लिए

एक व्यायाम सरीखी हो और उन्हें यह महसूस हो और उन्हें हर वह चीज़ उपलब्ध करवाएं, जो वह चाहते हैं, भले ही वह आपको पसंद नहीं हो।

अपने बच्चे की क्षमता का विकास करने की पूरी जिम्मेदारी आपके ऊपर है और आप इसी तरह क्रमवार ढंग से उन्हें सीमित लक्ष्य उपलब्ध करवाएं। ढेर सारे विकल्पों (जिससे वह परेशान हो जाते हैं) और कम विकल्पों (जिससे वह चुनौती के बोझ से दबा हुआ महसूस करें) के बीच संतुलन स्थापित करना सिखाएं।

> प्रशिक्षण टिप्स : एक अच्छा रोल मॉडल बनने के सिवाय कुछ भी नहीं होता है। अपने लिए व्यक्तिगत लक्ष्य निर्धारित कर लें। यह देखें कि आप अपना लक्ष्य निर्धारित कर रहे हैं, आपके बच्चे उत्तेजित हो जाएंगे और अपने लिए कुछ करने के लिए प्रेरित भी होंगे।

आप लक्ष्य की ओर कैसे काम करेंगे उसको लिखें

जब आपके बच्चे लक्ष्य का चुनाव कर लें, तो अब यह समय है कि उन्हें उस पर काम आरंभ करने की योजना लिखने को कहें। आपके पास इस संबंध में एक स्मार्ट मॉडल हो सकता है, जिससे सुनिश्चित हो कि लक्ष्य स्पष्ट, सही और प्रभावशाली है। स्मार्ट तकनीक सलाह देती है कि जब आप लक्ष्य बनाते हैं, तब आप हर एक को सुनिश्चित करते हैं –

1. **सबसे अलग :** आपके बच्चे को अपने लक्ष्य को निर्धारित करने में सक्षम होना चाहिए।

   ☹ विज्ञान में अच्छा करें।

   ☺ इस वर्ष अपने विज्ञान के वर्ग में कम-से-कम 85 फीसदी अंक प्राप्त करें।

2. **मापन :** उन्हें संख्या एवं गुण के आधार पर अपने लक्ष्यों को मापने की क्षमता होनी चाहिए।

   ☹ अपने पड़ोस में पेड़-पौधे लगाएं।

   ☺ अपने पड़ोस में कम-से-कम दस पौधे लगाएं।

3. **निश्चित*** : लक्ष्यों को बच्चे की पसंद और प्रकृति के आधार पर होना चाहिए।

उदाहरण : बच्चे के लिए मजबूत भाषायी बौद्धिकता और कमज़ोर गणितीय योग्यता

☹ गर्मी की छुट्टियों के दौरान करीब 150 पृष्ठों की गणित की किताब को पूरा खत्म करें।

☺ गर्मी की छुट्टी के दौरान एक डायरी रखें, जिसमें हर दिन अपनी पसंद के शीर्षक पर एक पन्ना लिखे।

4. **वास्तविक** : लक्ष्यों को बच्चे की क्षमता के अनुसार होना चाहिए।

उदाहरण : एक बच्चे के लिए जो गणित में 40 प्रतिशत अंकों के साथ संघर्ष कर रहा हो

☹ अपने गणित के फाइनल रिपोर्ट में 95 फीसदी अंक पाने के लिए

☺ गणित में फाइनल रिपोर्ट में 55 फीसदी अंक पाने के लिए

5. **समय अवधि** : लक्ष्यों को पूरा करने के लिए एक निश्चित समय अवधि बनाएं।

☹ मांस खाना छोड़ दें।

☺ तीन महीनों में मांस खाना पूरी तरह छोड़ दें।

आपके लक्ष्य के लिए बने कार्यक्रम की सफलता के लिए नीचे पांच टिप्स दिए गए हैं –

1. सत्र पर कब्जा न करें

अपने बच्चे के लिए लक्ष्य बनाते हुए अपने सारे निर्णयों को रोक दें, ताकि उसके लिए एक अच्छा लक्ष्य निर्धारित हो सके।

---

* यद्यपि दूसरे लोग इसे पाने के लिए प्रयासरत रहने पर जोर देते हैं, इसके बजाय मैं निश्चित पर ध्यान देता हूं।

2. अपने बिंदुओं को रखिए

अपने बच्चे के लक्ष्य को पहचानने के मौके का इस्तेमाल करने के बाद अपनी सोच को उनके साथ बांटिए, जैसे कि आप उनमें विकास करना चाहते हैं या किसी खास विषय पर कुछ कहना चाहते हैं या उनके टेबल में विकास करना चाहते हैं। यानी ऐसे निष्कर्ष पर पहुंचने का प्रयास करें, ताकि आप दोनों को सहूलियत महसूस हो।

3. बाधाओं का नियंत्रण

यदि आपका बच्चा आपके द्वारा दी गई सूची की किसी भी चीज़ पर प्रश्न करता है, तो उसके साथ पूरी तसल्ली से तर्क करें। उनसे कारण पूछें और इस बात का निर्णय लें कि आप उनके साथ बातचीत कर सकते हैं या नहीं। जब आप उनसे बातचीत करना चाहते हों, तो उन्हें विकल्प दीजिए और परिवर्तन कर संतोष कीजिए। उदाहरण के लिए यदि आप हर रात बर्तन साफ करना चाहते हैं और रात को खाने के तुरंत बाद यदि वह अपना पसंदीदा टीवी सीरियल देखना चाहते हैं, तो आप उन्हें ऐसा करने की इजाज़त दें और उसके बाद बर्तन साफ़ करने का कार्यक्रम रखें। या फिर यदि आप सुबह साढ़े पांच बजे उन्हें उठा हुआ देखना चाहते हैं, ताकि वह बस के लिए निर्धारित समय पर तैयार हो सकें, लेकिन यह समय उनके हिसाब से काफ़ी जल्दी है, तो फिर भी आप उन्हें पांच बजकर पैंतालीस मिनट पर उठने की इजाज़त दे सकते हैं।

4. याद रखें हर बच्चा अलग होता है

जैसा कि आप अपने बच्चे के साथ उसके लक्ष्य को स्थापित करने की दिशा में काम करते हैं, तो हमेशा यह बात दिमाग़ में रखें कि सभी बच्चे अलग-अलग होते हैं और इसलिए हर किसी का लक्ष्य अलग-अलग होगा, न कि एक समान, यहां तक कि यदि वे जुड़वां भी हों, तो भी उनके लक्ष्य एक समान नहीं होंगे। इसलिए अपने बच्चों के लिए एक समान लक्ष्य बनाने से बचें और इसके स्थान पर यह सुनिश्चित करें कि जिन लक्ष्यों के

साथ वह आ रहे हैं, उनका संबंध उनके व्यक्तित्व, उनकी इच्छाओं और प्रेरणाओं से हो।

5. मनोरंजन बनाए रखें

लक्ष्यों का निर्माण करने के दौरान मनोरंजन का माहौल बनाए रखें। ज़्यादा जटिल लक्ष्यों का निर्माण न करें, लेकिन इस पूरी प्रक्रिया के साथ नरमी से पेश आएं। उदाहरण के लिए यदि आप चाहते हैं कि उनका कमरा संवरा हुआ रहे या कपड़े धुले हुए दिखें, तो यह देखें कि आप इस लक्ष्य को प्रतियोगिता या दौड़ में परिणत कर सकते हैं या नहीं।

एक बार ऐसा हो गया, तो उनके पास लक्ष्यों की पूरी सूची आ जाएगी जिसे वह अपने कमरे की दीवार पर लगा लेंगे। वह रंगीन काग़ज़ों पर सूची बना सकते हैं और इसे अपने मन मुताबिक सजा सकते हैं। बार-बार लक्ष्यों को लगातार देखते रहने की प्रवृत्ति उन्हें लक्ष्यों की याद दिलाती रहेगी और वह इस पर लगातार ध्यान देने की ज़रूरत महसूस करेंगे।

अपने बच्चों पर ध्यान दें

हालांकि कुछ बच्चे ऐसे होते हैं, जो अपने लक्ष्य का पीछा करने में उन्मुक्त होते हैं और उन्हें सहायता या मदद की काफ़ी कम ज़रूरत होती है, बल्कि नियमित मार्गदर्शन की आवश्यकता होती है। ऐसा न सोचें कि यदि वे असफल हो गए तो, उनके साथ कुछ ग़लत हो सकता है, बच्चों के लिए यह स्वाभाविक होता है कि वह काफ़ी जल्दी निराश हो जाएं। उन्हें काम पर बनाए रखना किसी भी अभिभावक के लिए महत्वपूर्ण कार्य होता है, ऐसा कार्य जिसमें नियमित प्रतिपुष्टि और पूरे वर्ष भर सहायता की ज़रूरत होती है।

यह बात ध्यान रखें कि कई बार और काफ़ी लंबे समय तक आपको अपने बच्चे का ध्यान रखना होगा, यह हर दिन भी करना होगा और हर सप्ताह या हर आधे घंटे में कुछ मिनट तक यही काम करना होगा। भले ही मामला कुछ और हो, आपके द्वारा ध्यान दिए जाने का नियम नियमित रूप से होना चाहिए।

केस स्टडी

पिछले वर्ष मेरे स्कूल के एक दस साल के बच्चे अर्जुन के माता-पिता अपने बच्चे के व्यवहार और प्रदर्शन के बारे में शिकायत करने मेरे ऑफिस में आए। उन्होंने अर्जुन के शिक्षकों पर आरोप लगाना शुरू कर दिया और उसके बाद अपने बच्चे के बारे में भी काफ़ी बुरा-भला बोलना आरंभ किया, यह कहते हुए कि वह कितना आलसी और लापरवाह है। जब उन्होंने बोलना समाप्त किया, तो मेरी ओर से कुछ प्रश्नों पर ध्यान दिलाया गया, ए) उस बच्चे के पास स्पष्ट लक्ष्य नहीं हैं और बी) उसे घर में ध्यान देने वाला कोई भी नहीं है। उसकी पत्नी अपने बच्चे की हरकतों पर ध्यान देने का कोई प्रयास नहीं करती है और वह स्वयं खुद हर दिन देरी से घर लौटते हैं और अपने बच्चे के हितार्थ कोई काम नहीं करते हैं।

मैंने उन्हें बच्चे के लिए लक्ष्य तय करने को कहा और अर्जुन के लिए खासतौर पर उनका निर्माण करने की सलाह दी और साथ ही हर दिन 15 मिनट का समय उसके साथ गुजारने को कहा। दो सप्ताह के समय में वह व्यक्ति वापस आया, न केवल अर्जुन के प्रदर्शन पर आभार जताते हुए, उसके व्यवहार संबंधी परेशानियों के दूर होने की भी बात कही। यह सारा काम केवल 15 मिनट का समय देने के कारण संभव हुआ।

आप अपने बच्चे को दौड़ में वापस लाने के लिए विभिन्न तकनीकों का इस्तेमाल कर सकते हैं। जब आप देखते हैं कि आपका बच्चा नियम से दूर हो रहा है, तो उसे तुरंत डांटने से बचें। सबसे पहले यह प्रयास करें कि उसकी परेशानियों की वजह क्या है और उसके बाद सर्वश्रेष्ठ रणनीति का चुनाव करें, ताकि उसे वापस दौड़ में लाया जा सके। (देखें नियम, अध्याय 6, पृष्ठ 84 अधिक जानकारी के लिए)। यद्यपि लक्ष्य ज़्यादा स्पष्ट नहीं हो सकते हैं या वह काफ़ी कठिन प्रतीत हो सकते हैं। या उनमें केवल

सुधार करने की आवश्यकता हो सकती है। यहां कुछ रणनीति हैं, जिन्हें आप अपने बच्चे को उत्साहित और लक्ष्य पर ध्यान केंद्रित करने के लिए चुन सकते हैं –

- ☞ उनके लक्ष्यों को निर्धारित करने के लिए उनके साथ बातचीत करें। जो सफलता वह पा चुके हैं, उनका ध्यान रखें। उसके बाद उनके लक्ष्यों की ओर उनका ध्यान आकृष्ट करवाएं और यह भी देखें कि वह उन लक्ष्यों को प्राप्त करने के लिए क्यों प्रयास करें?
- ☞ कुछ समय के लिए उनके लक्ष्य को पाने के लिए किए जा रहे प्रयासों में सहभागिता दिखाएं और उनके सामने यह प्रदर्शन करें कि ऐसा करना कितना रोमांचक और मनोरंजक है।
- ☞ स्मार्ट मॉडल पर यह देखने के लिए जाएं कि उन रास्तों पर लक्ष्य भली-भांति स्थापित हैं या नहीं। बाद में उन्हें दुहराएं या अगर आपका बच्चा वास्तव में उन पर काम नहीं कर पा रहा है, तो उनमें परिवर्तन या बदलाव करें।
- ☞ अपने बच्चे को उन लोगों के बारे में जानकारी दें, जिन्होंने कठिन परिस्थितियों के बावजूद अपना लक्ष्य हासिल किया है।
- ☞ उन्हें इस बात की जानकारी से अवगत कराएं कि आप उन्हें कितना प्यार करते हैं और इसलिए आप उनके पास उनकी मदद करने के लिए उपलब्ध हैं।
- ☞ यदि करने के लिए कुछ भी नहीं हो, तो दूसरी प्रक्रियाओं के बारे में सोचें, जब तक कि वह उन्हें करने के बारे में न सोच लें, तब तक उन्हें एक काम को समाप्त करना चाहिए।

चुनौतियों से लक्ष्य जीवित रहता है

कई अभिभावकों ने मुझसे पूछा है कि वह अपने बच्चों को प्रोत्साहित कैसे कर सकते हैं, खासकर तब जब वे हर तरह के पुरस्कार एवं सजा दोनों में असफल हो जाते हैं। दरअसल सबसे अच्छा रास्ता यह है कि अपने बच्चे

की रूचि और क्षमताओं से मिलते-जुलते लक्ष्य देकर उनमें उत्साह जाग्रत करें। कुछ लक्ष्य बनाएं – बच्चे जिनके लिए दुनिया में सबसे महत्वपूर्ण चुनौती उनके दिमाग़ एवं शरीर की परीक्षा लेने वाले सिचुएशन टेस्ट होती है, जिसमें वह यह देखने में डरते हैं कि वह ख़ुद से सारा काम पूरा कर पाते हैं या नहीं। चुनौतियों से बच्चों के आत्मबल और प्रतियोगी क्षमता का विकास होता है और आंतरिक रूप से उन्हें प्रेरणा मिलती है, जिसके लिए वह बाहरी ज़रूरत के सामानों जैसे खिलौने, धन या दूसरी चीजों से अपना ध्यान हटा लेते हैं। इससे भी अधिक जब बच्चे ख़ुद ही किसी लक्ष्य को पाने का प्रबंधन कर लेते हैं, तो वह वह दूसरे लक्ष्य को पाने के लिए प्रेरित हो जाते हैं और इस तरह से चक्र चलता रहता है।

इस सेक्शन में हमने क्या सीखा?

- लक्ष्य का आरंभ सपनों से होता है, लेकिन उसके बाद बच्चों के स्वभाव, इच्छा और क्षमताओं के अनुसार इन्हें परिभाषित करने की आवश्यकता होती है।
- बतौर जीवन प्रशिक्षक आपको अपने बच्चे की प्रगति के साथ स्पष्ट रूप से जुड़ने की ज़रूरत होती है, ताकि आप नियमित रूप से इस बात की पड़ताल कर सकें कि उनका लक्ष्य अच्छी तरह से स्थापित हो सके और साथ ही वह आपसे भी नियमित रूप से प्रेरणा पाते रहे।
- अपने बच्चों के लिए सही तरह की चुनौतियों का निर्माण करके आप अपने बच्चों को उत्साहित करना सुनिश्चित करते हैं और यह उनके लिए स्वतंत्रतापूर्वक स्थापित होने का रास्ता बना सके तथा भविष्य में वह अपने लक्ष्यों का पीछा आसानी से कर सकें।

नियम – 5

अपने बच्चे को योजना बनाना सिखाएं

पिछले साल नई दिल्ली के एक व्यवसायी ने अपने उन्नीस वर्षीय बेटे गौरव के बारे में बात करने के लिए मुझसे संपर्क किया, क्योंकि उसके बेटे पर अमेरिका में बास्केटबॉल खिलाड़ी बनने का पागलपन भरा विचार सवार हो गया था। उसका बेटा अपने लक्ष्य के प्रति दृढ़ था और वह अपने पिता की एक भी बात सुनने को तैयार नहीं था, खासकर परिवार के व्यवसाय में हाथ बंटाने की बात को लेकर। यद्यपि उसका नामांकन एक महंगे निजी कॉलेज में हो चुका था, पर उसे अपना सारा समय केवल खेल के साथ बिताने की वजह से संस्थान से निष्कासित कर दिया गया।

जब मैं उसके बेटे से मिला, तो जीवन में अपने लक्ष्य के बारे में उससे सुनकर मैं काफ़ी प्रभावित हो गया। हालांकि उसके बाद मैंने उससे इस लक्ष्य के बारे में कुछ सवाल किए, तब क़दम-दर-क़दम अपने लक्ष्य के रास्ते वह ग़लत साबित होता गया और यह स्पष्ट हो गया कि अपने लक्ष्य के बारे में उसका दृष्टिकोण निश्चित नहीं है। उसके बाद मैंने चार्ट पेपर का एक बड़ा सा टुकड़ा लिया और अभी वह जहां है, वहां से अमेरिकन बास्केटबॉल खिलाड़ी बनने के लिए उसे कहां तक जाना होगा, इस बारे में उससे एक रोड मैप खींचने को कहा। उसने वैसा ही किया, इससे एक और बात का पता चला कि वह पहले से भटक रहा था और अगर वह अपने सपने को पूरा करना चाहता है, तो केवल ख़ुद से ही अभ्यास करना काफ़ी नहीं है। उसे एक टीम में खेलने की बहुत आवश्यकता होगी, जो उसे कॉलेज में मिल

सकती है। और वहां से लगातार प्रयास करते हुए उसे क्लास में उपस्थिति भी दर्ज करानी होगी।

इसके साथ ही इस पर विचार करने में कुछ परेशानियां भी थी : क्या होगा, यदि वह वर्ग में उपस्थित नहीं होता है? क्या होगा, यदि वह अमेरिका की किसी यूनिवर्सिटी में दाखिला ले, न कि कॉलेज की टीम से जुड़े? और अंततः इन सारे कार्यों के बाद क्या होगा, यदि वह अपना सपना पूरा नहीं कर पाया? एक घंटे की कठिन बहस के बाद वह एक विस्तृत योजना के साथ तैयार हो गया, जिसमें उसके बास्केटबॉल खिलाड़ी बनने का रास्ता होने के साथ-साथ एक खेल प्रशिक्षक बनने, एक खेल के सामान बेचने वाली दुकान के मालिक, एक आउटडोर एडवेंचर गाइड बनने का वैकल्पिक रास्ता भी था और किसी कारणवश यदि यह सब संभव नहीं हुआ, तो अपने पिता के व्यवसाय में हिस्सेदार होगा। दोनों, वह और उसके पिता, पूरी तरह संतुष्ट हो गए। जब वह जाने को हुए, तो बेटे ने मुझसे कहा, वे स्कूल में हम लोगों को पढ़ाने का काम क्यों नहीं करते हैं? भारत में हर बच्चे को इस प्रक्रिया से होकर गुजरना चाहिए।

यदि आपका बच्चा अपने सपने को सच में परिणत करना चाहता है, तो उन्हें यह क्रियान्वित होने वाली योजना बनाने के बारे में जानकारी हासिल करनी होगी। यह उनके लक्ष्यों को पाने की ओर अग्रसरित होने में ज़रूरी क़दम होगा। उन्हें एक रास्ते या दिशा की ओर जाने के काबिल होना होगा, ताकि उनमें अपनी इच्छित दिशा की ओर पहुंचने के लिए आत्मविश्वास आ सके। योजना बनाने की कला की शुरुआत लक्ष्यों से होती है, जिसके बारे में हम पूर्व अध्याय में चर्चा कर चुके हैं। हालांकि इन लक्ष्यों को पाने के लिए, आपको अपने बच्चे की योजना को छोटा, संभव और आसान करने में मदद करनी होगी। उदाहरण के लिए अगर आपने कहा कि आपके बच्चे ने गणित में वाकई बेहतर प्रदर्शन करने का लक्ष्य तय किया है। इस बड़े लक्ष्य को पाने के लिए आपको इसे छोटा और पहले से अधिक प्रबंधित लक्ष्य बनाने की आवश्यकता होगी, जो इस सपने को महसूस भी कर पाएगा, ठीक इस तरह कि मैंने कम-से-कम 80 फीसदी अंक इस साल गणित की

परीक्षा में बतौर फाइनल ग्रेड प्राप्त किया है। या मैं अपने अगले यूनिट टेस्ट में कम-से-कम 82 फीसदी अंक प्राप्त करूंगा।

समय-सारिणी बनाएं

अनुशासित बनने की दिशा में नियम या समय-सारिणी एक महत्वपूर्ण कुंजी हो सकती है, विशेषकर बच्चों के लिए। एक निश्चित नियम का पालन करते हुए, वह अपने अकादमिक सफलताओं, एक्स्ट्रा-करिकुलर एक्टिविटी, शौक आदि में बेहतर कर सकते हैं। हालांकि अगर आप अनुभवी हैं, तो बच्चों को पहले से स्थापित व्यावहारिक प्रक्रिया में ढालना एक बड़ी चुनौती हो सकती है। वह अपने समय की सारिणी बनाने का मज़बूती से विरोध करते हैं, क्योंकि उनके शुरुआती कुछ वर्षों में उनके चारों ओर ज़िंदगी उनकी इच्छाओं और चाहतों के अनुसार चलती है और वह इसके आदी हो जाते हैं। इसलिए जब अभिभावक मुझसे इस बात की शिकायत करते हैं कि उनका बच्चा नियम का पालन नहीं करता है या समय की बरबादी करता है। मैं आश्चर्यचकित हो जाता हूं कि वे इतना विस्मृत क्यों हैं? ऐसा क्या है कि वह यह सोचते हैं कि उनके बच्चे जानबूझकर अपने ऊपर आने वाली बाधाओं से किनारा करना चाहते हैं।

जब अभिभावक अपने बच्चों के समय-प्रबंधन को अपनाने में होने वाली परेशानियों के बारे में शिकायत करते हैं, तो आरंभिक शोध के बाद आमतौर पर यह पता चलता है कि उनके बच्चे एक तय समय-सारिणी का पालन करते हैं। और यदि वह ऐसा करते भी हैं, तो इसे बनाने में काफ़ी लंबा समय लगता है और यह एक कॉपी में दर्ज होकर कहीं पड़ा रहता है। यही वजह है कि मैं बच्चों के साथ मिलकर एक स्पष्ट समय-सारिणी बनाने के लिए अभिभावकों को निर्देश देता हूं। और यहां मैं अपनी बातों पर जोर देता हूं। आपको उनके लिए समय-सारिणी नहीं बनानी चाहिए। समय-सारिणी के निर्माण में आपके बच्चे की केंद्रीय भूमिका होनी चाहिए और वह अपने हाथों से इसे बनाए, ताकि उनमें जिम्मेदारी का एक एहसास आए। और अपने बच्चों के लिए बतौर एक रोल मॉडल आपको ख़ुद को प्रस्तुत करना चाहिए।

केस स्टडी

बहुत ज़्यादा समय नहीं बीता है, जब एक मां और बाप अपने बच्चे अभिषेक के साथ मेरे पास आए, जो दूसरी कक्षा में पढ़ता था। उसकी देर तक सोने की आदत, सुबह में आलस करने की आदत और स्कूल देरी से जाने की लगातार आदत को लेकर उनके पास ढेरों शिकायतें थी। मैंने उनके सामने उसके लिए सुबह के नियमों को बनाने का महत्व बताया और साथ ही यह सलाह भी दी कि इसकी शुरुआत पिता अपने बच्चे को उसके सुबह के नियम लिखकर उसे दिखाकर कर सकता है। वह आदमी शून्यता से मेरी ओर देखने लगा और उसने कहा, आप जानते हैं क्या, मेरे पास सुबह की कोई समय-सारिणी नहीं है। अब इसका अहसास होने के बाद क्या आप यह चाहते हैं कि मैं अपने लिए भी सुबह की समय-सारिणी बनाऊं? मुस्कुराहट के साथ मैंने उससे कहा, हां, बिल्कुल। अब उसे अपनी एक समय-सारिणी के साथ एक उदाहरण प्रस्तुत करने का अहसास हुआ।

अपने बच्चे की नियमित दिनचर्या को सुनिश्चित करें –

☞ सुबह – उनके उठने के समय से लेकर स्कूल जाने के समय तक।

☞ स्कूल के बाद – स्कूल से उनके वापस घर आने से लेकर उनके बिस्तर में जाने के लिए तैयार होने तक।

☞ शाम – उनके होमवर्क पूरा करने, खाने आदि के समय से लेकर सोने के समय तक।

समय के साथ आपके बच्चे की सुबह एवं शाम की दिनचर्या नियमित हो जानी चाहिए। स्कूल के बाद की दिनचर्या में उस साल मिलने वाले समय के अनुसार और उस खास समयांतराल (स्कूल के साल के आरंभ, परीक्षा के समय आदि) में क्या हो रहा है, इसके आधार पर परिवर्तन किया जा सकता है। हर कोई एक समयांतराल चाहता है, यहां तक कि आपके बच्चे

भी, इसलिए प्रयास कीजिए कि उनके लिए सप्ताहांत, छुट्टियों, ग्रीष्मावकाश आदि के लिए अलग-अलग दिनचर्या का निर्माण किया जाए। यह भी सुनिश्चित कीजिए कि ये सारी दिनचर्या घर के एक खास स्थान (मसलन उनके शयनकक्ष की दीवार पर) पर लगाई जाए, ताकि आपके बच्चे को यह आसानी से दिखाई दे, क्योंकि अगर इसे उनकी दराज में रख दिया जाए, तो वे इसे भूल जाएंगे। पर आख़िरकार इस काम में निरंतरता एवं जिम्मेदारी होनी चाहिए। साथ ही आपके बच्चे नियमित रूप से उस दिनचर्या का पालन कर रहे हैं या नहीं, इसकी भी जांच हमेशा करते रहें। आपके द्वारा की जाने वाली छोटी-सी जांच आपके बच्चे को लंबे समय तक अनुशासित तरीक़े से नियम का पालन करने को बाध्य करेगी।

प्रशिक्षण टिप्स : यदि आपको यह महसूस होता है कि आपकी क्षमताएं उतनी अधिक नहीं हैं, तो अपने कार्य में पत्नी या ऐसे ही किसी वयस्क को शामिल करें, जो इस काम में आपसे ज़्यादा सक्षम हो। अलग-अलग अभिभावकों में अलग-अलग क्षमताएं होती हैं और वह प्रशिक्षण में ज़्यादा मज़बूती से काम कर सकते हैं।

इसी तरह यह भी ध्यान रखें कि अपना सारा समय केवल इसी काम में न लगा दें। कुछ अभिभावकों के साथ यह भी हुआ है कि वह बेहतर योजनाकार तो थे, लेकिन उन्होंने अपने ऊपर ज़्यादा जिम्मेदारी लेते हुए उन्होंने बच्चे को डरा दिया। इस कारण उनके बच्चे हमेशा के लिए उन पर निर्भर हो गए और परिणामस्वरूप वह आलसी हो गए और उनमें ख़ुद किसी योजना को विकसित करने की समझ विकसित नहीं हुई। इसलिए यह सुनिश्चित कर लें कि आप योजना के निर्माण की प्रक्रिया में ख़ुद शामिल होकर उनमें इस विधा का विकास करेंगे। संभावित विकल्पों के साथ आएं और उन्हें चुनने का विकल्प भी दें। उदाहरण के लिए चार से पांच बजे तक आप या तो बाहर खेल सकते हैं या मनोरंजन के लिए कुछ पढ़ाई करें। आपकी मर्जी आप किसे करना चाहते हैं?

एक बार आपके बच्चे इस तरह की दिनचर्या का पालन करने के आदी

हो गए, तो अब यह समय उनमें समय के प्रबंधन को विकसित करने का होगा। यहां कुछ नीतियों का वर्णन है, जिनका पालन करके आप अपने बच्चे को उनके समय का सही उपयोग करने की शिक्षा दे सकते हैं।

एक बेहतर सूची बनाएं

विकास करने के लिए एक अच्छी सूची का प्रबंधन करना सबसे ताकतवर आदत है। दिमाग़ से कुछ बातें निकल जाती हैं और इन्हें फिर से याद आने के लिए एक व्यवस्था करने की ज़रूरत होती है। जब मैं स्कूल में था, तब मेरे पिता ने मुझे सिखाया था कि कैसे एक बेहतर सूची का रख-रखाव व निर्माण किया जा सकता है। एक वकील के पास कई मुवक्किल, मामले और काम होते हैं, उसने मुझे अपनी सूची दिखाई, जो एक कानूनी पन्ने में ऊपर से नीचे तक लिखी हुई थी। इस उदाहरण से मुझे प्रेरणा मिली और तुरंत मैंने अपनी सूची बनाने की शुरुआत कर दी। एक दिन, मैं गर्व से उछल पड़ा, मैंने याद करते हुए उन्हें बताया, पिताजी, मेरे पास सूची में 18 काम हैं करने के लिए। जिसके जवाब में उन्होंने कहा, तुम्हारे पास सूचीबद्ध करने के लिए हमेशा काम होने चाहिए, क्योंकि जब तुम इस सूची को समाप्त कर लोगे, तुम्हारी जिंदगी खत्म हो जाएगी। तब से लेकर आज तक मैं लगातार अपने कामों की योजना को सूचीबद्ध करता आ रहा हूं, जिसमें दर्जनों मामले लिखे रहते हैं और मेरा मानना है कि इस सूची से मेरे काम करने की क्षमता का भी मूल्यांकन होता है।

आप अपने बच्चों को कामों की सूची बनाना सिखा सकते हैं। वे अपनी सूची को एक डायरी या छोटी कॉपी में लिख सकते हैं। उनमें हर दिन सुबह और दिन की समाप्ति पर अपनी सूची की समीक्षा करने की आदत भी डालें। यदि उन्होंने किसी काम को समाप्त कर लिया हो, तो वे उसे अपनी डायरी से काट दें। उसके बाद आप उन्हें नए काम या मामले उसमें जोड़ने के लिए प्रोत्साहित कर सकते हैं।

प्रशिक्षण टिप्स : केवल बातों या शब्दों के माध्यम से बताए गए कामों के हवा में ही रह जाने का खतरा होता है। इसलिए इस बात के मौकों को

विकसित करने का प्रयास करें, जिससे लिखित माध्यम (जैसे व्यक्तिगत पत्र, महत्वपूर्ण सुझावों और किसी दृश्य स्थान में सूचना लिखने का काम) का विकास भी हो।

प्राथमिकताओं की प्राथमिकता तय करें

कार्यों के महत्व के आधार पर उन्हें प्राथमिकता देना भी एक कला है। आपके बच्चों द्वारा खुद ही अपने कामों को सूचीबद्ध करना काफ़ी अच्छी शुरुआत होता है, लेकिन यदि वे केवल वही काम करें, जिनमें उन्हें मन लगे या जो उन्हें आसान लगे, तो वे स्वयं को मुश्किल परिस्थितियों में पाएंगे, जहां उनके पास महत्वपूर्ण काम करने के लिए समय नहीं होगा। अपने बच्चे को प्राथमिकताओं की शिक्षा देने के दौरान इन बातों का पालन करें –

☞ उन्हें खुद ही कार्यों की सूची बनाने दें।

☞ उन्हें बहुत ज़्यादा महत्वपूर्ण और कम महत्वपूर्ण या महत्त्वपूर्ण कार्यों को रैंक या रेट देने को कहें। या किसी दूसरे तंत्र के आधार पर यह काम करने को कहें।

☞ इसके बाद उन्हें सूची को फिर से लिखने को कहें, जैसे बहुत ज़्यादा महत्वपूर्ण, महत्वपूर्ण दूसरा और कम महत्वपूर्ण सबसे अंतिम।

उन्हें बार-बार उनकी सूची को चेक करने, उसमें नए मामले जोड़ने और उनमें फिर से प्राथमिकता तय करने को कहते रहें। यह ध्यान में रखें कि जिस तरह आपका जीवन है, कई बार प्राथमिकताएं परिवर्तित होती हैं। कई बार शिक्षक उनकी योजना और नियमों को परिवर्तित कर देते हैं, परीक्षाएं रद्द हो जाती हैं आदि।

अंततः यह जानना महत्वपूर्ण है कि बच्चों के लिए प्राथमिकताओं के पहुंचने में बहुत बड़ी परेशानी भी आ सकती है, जैसे समय पर होमवर्क करने की ज़रूरत, परीक्षा के लिए तैयार होना और प्रभावशाली रूप में परीक्षाएं देना। यह बुद्धिमत्ता है, जिसे एक बार विकसित कर लिया जाए, तो यह आपके बच्चे को जीवन के हर क्षेत्र में रहने और सीखने में मदद करेगी।

अंत को आदर देना

योजना बनाने और उस पर अमल करने के लिए एक और मूलमंत्र है अंत को स्पष्ट रखना और उनको आदर देना। जब कभी भी आपके बच्चे को किसी महत्वपूर्ण काम का अंश दिया जाता है, फिर चाहे वह स्कूल का कार्य हो या घर की जिम्मेदारी, यह सुनिश्चित कर लें कि उन्हें समय अवधि का पता हो।

आप कैसे मदद कर सकते हैं? पहले उन्हें एक दीवार पर टांगने वाला कैलेंडर दें, जिसमें वह तारीख दर्ज कर सकें। दूसरे, नियमित रूप से उनके साथ उस कैलेंडर की जांच करें और उन्हें आने वाली तारीखों के बारे में ध्यान दिलाएं। बार-बार प्यार से याद दिलाने से वह जल्दी कार्य की शुरुआत कर देंगे और वह काम को अंतिम क्षणों में पूरा करने की बात करना छोड़ देंगे। इससे उनमें अपने काम के प्रति जिम्मेदार होने की भावना बढ़ेगी और वह सीखने की प्रक्रिया से भी प्रभावित होंगे। जब कभी उनके पास समय की कमी होगी, तो किसी के पास दूसरे के काम में खुशी-खुशी योगदान करने का समय नहीं रहेगा। दरअसल समय की कमी दबाव और तनाव उत्पन्न करती है, जो कम-से-कम सीखने या काम करने की प्रक्रिया नहीं देती है। इस समय जब आपके पास समय बिल्कुल न हो, तो उन्हें जल्दबाजी करनी पड़ती है और उसे पूरा करना पड़ता है। इस प्रक्रिया में उन्हें यह भी अहसास हो सकता है कि यह वास्तव में आकर्षक है, लेकिन तब उन्हें इस काम में मन नहीं लग पाता है। बहुत ही शर्मनाक बात है।

जब मैंने अभिभावकों को अपने बच्चों को यह सुनिश्चित करने के लिए बताया कि उन्हें समय-सारिणी दें, तो कई तुरंत गए और अपने बच्चों के लिए एक समय-सारिणी बनाई। यद्यपि जब बच्चों ने इसे पूरी तरह नकार दिया, तो वह निराश हो गए।

इस बात का भी बहुत अच्छा कारण है। यदि आप अपने लिए समय-सारिणी नहीं बनाते हैं, तो आपके बच्चे को इस पर मालिकाना अहसास नहीं होगा। जब कभी आप समय-सारिणी बनाते हैं, तो इसे अपने बच्चे के साथ करें। यदि उनके पास अभी भी कुछ लिखने को बचा हो, तो बेहतर

होगा कि उन्हें अपने हाथ से ही लिखने दें। उसके बाद जब वह योजना के मुताबिक कार्य न करें, तो उन्हें बस समय-सारिणी का पालन करने की याद दिलाते रहें। संभव है कि वे इसका पालन करने के प्रति दृढ़ प्रतिज्ञ हों।

खेल और काम को संतुलित करें

कई बार बच्चों को स्कूल से काफ़ी परियोजनाएं, टेस्ट और दूसरी जिम्मेदारियां दे दी जाती हैं, जिससे वह परेशान हो जाते हैं। आप जानते हैं कि तब उन्हें कैसे महसूस होता होगा, जब आपके पास काफ़ी ज़्यादा काम हो और आप यह तय नहीं कर पा रहे हों कि शुरुआत कहां से करें? कुछ मामलों में तो कई बार बच्चे मानसिक बोझ के कारण काफ़ी ज़्यादा चिंतित हो जाते हैं, जिससे अंततः दिमाग काम करना बंद कर देता है। उसके बाद उनके पास परिस्थिति से जूझने का केवल एक ही रास्ता बच जाता है और वह है नकारना। वे टीवी देखेंगे, इंटरनेट पर समय बिताएंगे, वीडियो गेम खेलेंगे, खाएंगे, कॉमिक्स पढ़ेंगे, दोस्तों के साथ फ़ोन पर बातें करेंगे, कुछ भी करेंगे, काम के सिवाय।

जैसे कि कहा जाता है, केवल काम और नहीं खेलने से जैक बेवकूफ नहीं बन जाएगा। हमारे जीवन में खेल महत्वपूर्ण भूमिका निभाता है, जिसमें कोई खेल खेलना या किसी तरह के मनोरंजन में शामिल होते हैं। ज़्यादा-से-ज़्यादा पढ़ाई से अच्छा परिणाम नहीं मिलता है। वास्तव में जो व्यक्ति कम पढ़ाई करता है और अपनी दिनचर्या में कुछ हिस्सा खेल को भी देता है, तो आगे चलकर वह कम तनाव का शिकार होता है, परीक्षा में अच्छे अंक लाता है और आम जीवन में खुश होता है। (खेल से होने वाले फायदों के बारे में आपको ज़्यादा जानकारी अध्याय 7 से मिल सकती है)

यह बिल्कुल जानबूझकर दिया गया जवाब हो सकता है, पर सीखने के लिहाज से ज़्यादा पढ़ना कभी भी हितकारी नहीं रहा है। वास्तव में ज़्यादा पढ़ाई का परिणाम तनाव होता है, जिससे पढ़ाई करने की क्षमता में कमी आती है। इसलिए जब आप अपने बच्चे के साथ उनकी दिनचर्या बनाने बैठें, तो इस बात का ध्यान जरूर रखें कि उनके पास खेलने का भी समय

निकले। इसी समय आपको इस बात को भी देखने की आवश्यकता होती है कि केवल खेल और उसके सिवाय कोई दूसरा काम नहीं करने से भी जैक कुशाग्र नहीं बन जाएगा। अपनी बुद्धि का इस्तेमाल करें और सुनिश्चित करें कि पढ़ाई और खेल दोनों के लिए समय हो।

इसलिए, एक अभिभावक होने के नाते आप अपने बच्चे को जीवन में संतुलन बनाना सिखा सकते हैं? यह जांचने के लिए अपनी आंखों को खुली रखें कि आपका बच्चा कब निराशा के बिंदु पर पहुंच जाएगा। उन्हें यह विस्तार से बताएं कि जब वह अपने काम को करने में असहज महसूस करे, तो मदद मांग लेना बेहतर विकल्प होता है, इसलिए ख़ुद को संगठित करने के लिए किसी को ढूंढ़ लेना सही निर्णय माना जाता है। जब वह काम के बोझ से असहज हो जाएं, तो इसका हल ढूंढ़ने के लिए उन्हें उनके विवेक का इस्तेमाल करने देना सही रहता है और जब वे ऐसा करें, तो किसी ऐसे व्यक्ति (कोई बुजुर्ग व्यक्ति या बड़े भाई-बहन) की पहचान कर लें, जो उन्हें वापस उसी रास्ते पर लाने में मदद कर सके, खासकर उनकी दिनचर्या एवं काम को प्राथमिकता देते हुए।

सप्ताहांत में खासकर रविवार के दिन बच्चों के हाथ में काफ़ी अधिक समय होता है। इसलिए सप्ताहांत के लिए विशेष दिनचर्या बनाएं, यद्यपि मैं इसके लिए आपकी दिनचर्या में बदलाव करने की भी सलाह देता हूं। अपने बच्चों को उनकी योजना की जानकारी कड़ाई से दे दें। यह भी देखें कि किसी खास दिन वह कितना आश्चर्यचकित रहते हैं, जब वे अपनी दिनचर्या का पालन सही तरीक़े से करते हैं।

केस स्टडी

कुछ साल पहले एक पिता ने अपने बेटे प्रशांत से संबंधित एक ईमेल मेरे पास भेजी, जो आईआईटी में पढ़ रहा था। यद्यपि प्रशांत पढ़ाई में काफ़ी होशियार और संगठित था, पर उसका स्वास्थ्य ठीक नहीं था और बार-बार उसे कमज़ोर दृष्टि और भूख में कमी की शिकायत होती

रहती थी। और जबकि वह परीक्षा में अच्छे अंक ला रहा था, वह दूसरों की अनेदखी करता था और उसका स्वभाव भी बदल चुका था।

मैंने उसके बारे में विस्तार से बताया कि प्रशांत की दिनचर्या को संतुलित करने की आवश्यकता है। एक दिनचर्या से अधिक कुछ भी नहीं है और सिर्फ़ इसका पालन करना पूरी सफलता नहीं दिलाता है। एक दिनचर्या ठीक उसी तरह से संतुलित होनी चाहिए, जैसे किसी का भोजन संतुलित होता है। कार्यों में विभिन्नता होनी चाहिए, न कि दिन-रात केवल पढ़ाई ही की जाए। उसके पिता ने उससे बात की और हर दिन दो घंटे व्यायाम और सामाजिक कार्यों के लिए निकालने के लिए राजी कर लिया। वह तैयार हो गया और हर दिन एक घंटे टेबल टेनिस खेलने के बाद अपने दोस्तों के साथ एक घंटे तक गिटार बजाता था। इसके परिणामस्वरूप उसके बेटे का स्वभाव परिवर्तित हो गया और उसे भूख लगने लगी। यहां तक कि दो घंटे कम पढ़ने के बावजूद, वह असफल नहीं हुआ, लेकिन आश्चर्यजनक रूप से उसके जीवन का स्तर ऊंचा हो गया।

एक साथ कई काम करना भारी पड़ सकता है

तेज रफ़्तार होते जा रहे हमारे जीवन में, कई बार हम एक से ज़्यादा काम करने के प्रति उत्सुक हो जाते हैं, क्योंकि हम सारे काम करने की इच्छा करते हैं। इसे एक साथ ढेर सारे काम करना यानी मल्टीटास्किंग कहा जाता है। कई बार हम देखते हैं कि बच्चे टीवी देखने के दौरान अपना होमवर्क भी करने का काम करते हैं या पढ़ाई के दौरान बातचीत करते रहते हैं और इस वजह से थोड़ा पीछे भी हो जाते हैं। जबकि कुछ लोगों को मल्टीटास्कर होने या एक साथ ढेर सारे काम निपटाने की वजह से अपने आप पर गर्व होता है, पर यह अभ्यास होता है, जिसे मैं ज़्यादा महत्व नहीं देता हूं।

मेरा विश्वास है कि किसी भी काम को करने के लिए पूरी एवं लगातार सावधानी की ज़रूरत होती है, जबकि मल्टीटास्किंग में हर काम में आप

आधा ही ध्यान दे पाते हैं और आप अच्छा नहीं कर पाते हैं। इससे आपको ग़लतियां करने का जोखिम भी हो सकता है। इसलिए यदि आप अपने बच्चे को गणित के प्रश्न हल करने के दौरान मोबाइल फोन पर बातें करते देखें, तो उन्हें रोकें और उन्हें समय का सदुपयोग करने के बारे में बताएं। उन्हें कॉल समाप्त करने और उसके बाद काम करने को कहें, या इसके विपरीत। इससे वह अपने हर काम पर ध्यान देने में सक्षम हो जाएंगे, इसलिए वे हर काम को सफलता के साथ पूरा कर सकते हैं।

मैं इस बात से आश्चर्यचकित हूं कि कई अभिभावक अपने बच्चों को टीवी देखते हुए काम पूरा करने का आदेश दे देते हैं। न तो बच्चे इस बात पर ध्यान केंद्रित कर पाते हैं और न ही वह टीवी शो का पूरा लुत्फ उठाने में सक्षम हो पाते हैं।

अपने बच्चों को यह शिक्षा दें कि जब काम का समय होता है, तो उन्हें सिर्फ़ वही करना चाहिए। ठीक इसी तरह मनोरंजन के समय केवल मनोरंजन करना चाहिए। वह जो भी काम करते हैं, उस पर उन्हें बिना विचलित हुए ध्यान देना चाहिए। यदि आप उन्हें टीवी देखते हुए होमवर्क करते हुए पाते हैं, तो उन्हें यह विकल्प दें कि या तो पहले टीवी पर अपना पसंदीदा शो देख लें या होमवर्क कर ले और एक के बाद ही दूसरा काम करें।

अपने बच्चों को स्वमूल्यांकन करना सिखाएं

समय के साथ अपने बच्चों के साथ उनके विकास के बारे में बातचीत एवं तर्क करते रहें। उन्हें इस बात की समीक्षा करने की जानकारी दें कि वह किस तरह की उन्नति कर रहे हैं। जब बच्चे दूसरों जैसे अभिभावकों एवं शिक्षकों आदि द्वारा अपने काम का विश्लेषण करने के आदी हो जाते हैं, तो उन्हें अपने विकास के रूप में भली भांति अहसास नहीं हो पाता है। ठीक इसी तरह स्व-मूल्यांकन एक मजबूत अभ्यास है, इसलिए उन्हें इसे सीखने में व्यस्त होना चाहिए।

उदाहरण के लिए आपके बच्चे किस तरह अपनी दिनचर्या का पालन कर रहे हैं, पढ़ाई में उनका प्रदर्शन कैसा है, घर के कामों में कितना हाथ

बंटाते हैं आदि जैसी बातों की कसौटी पर स्वयं को आंकते हैं। मैं आपको एक साधारण रेटिंग प्रणाली की सलाह देता हूं, ठीक 5-बिंदु स्केल (जहां पांच उच्चतम एवं 1 निम्नतम है) की तरह। मैं नहीं समझता हूं कि आपके लिए यह महत्वपूर्ण होगा कि आप अपने बच्चे के कामों का विश्लेषण करें। इसके स्थान पर उन्हें खुद ही अंक देने के लायक बनाइए।

प्रशिक्षण टिप्स : अपने बच्चे को स्वयं को अंक देना भी सिखाएं। और क्यों नहीं? वे भी आपको इस बारे में सलाह दे सकते हैं कि कैसे आप भी कुछ महत्वपूर्ण विकास कर सकते हैं।

समीक्षा और स्व-मूल्यांकन के लिए नियमित रूप से बैठक करें (उदाहरण – साप्ताहिक, पाक्षिक या मासिक) और इसे नियमित रूप से कर्तव्य समझकर करें। यद्यपि इस काम में निरंतरता ज़रूरी है, पर नियमित होना भी ज़रूरी है। यह सुनिश्चित करें कि बैठक भूल न जाएं और इसमें अपने बच्चों पर पर्याप्त समय, एकाग्रता और ध्यान देने का भी प्रयास करें।

उन्हें भी शामिल करें

केवल अपनी छुट्टियों, पारिवारिक घटनाओं और त्योहारों को ही ध्यान में रखकर योजनाएं न बनाएं। इसके स्थान पर अपने बच्चों को भी शामिल करें। उदाहरण के लिए यदि आपके बच्चे का जन्मदिन आने वाला हो, तो उस मौके को भी योजना में शामिल करें। ताकि यह पता चल सके कि वह इस मौके को कैसे मनाना चाहता है? इसे कहां मनाना चाहिए? किसे आमंत्रित किया जाए? क्या आमंत्रण पत्र भी होंगे? वे क्या कहते हैं? बच्चे कौन-सी एक्टिविटी करेंगे? किस तरह के व्यंजन परोसे जाएंगे? और बदले में दिए जाने वाले तोहफे (रिटर्न गिफ़्ट) कैसे होंगे?

इस तरह की बातों को आप विवाह समारोह, व अन्य पारिवारिक उत्सव आदि के लिए इस्तेमाल कर सकते हैं। यहां तक कि यदि उनकी योजना में शामिल कोई काम उनकी क्षमता के बाहर है, तो आप कुछ देर के लिए उनके साथ बैठ सकते हैं और उन्हें दिशा-निर्देश दे सकते हैं। इससे उन्हें

अपनी योजना बनाने की क्षमता का विकास करने का अवसर मिलेगा और साथ ही उन्हें जिम्मेदार भी बनाएगा। वास्तव में कहा जाए तो आपके अंदर बेहतर जीवन जीने की क्षमता उन्हें भी अच्छी जिंदगी जीने का मार्ग प्रशस्त करेगी।

पारिवारिक योजना बनाएं

मान लीजिए कि आप अपने किसी रिश्तेदार के घर जाने की योजना बना रहे हैं या पारिवारिक छुट्टी के लिए योजना बना रहे हैं। यदि ऐसा है, तो बच्चों को इसमें व्यस्त करना बेहतर निर्णय हो सकता है –

- ☞ आप कहां जाना चाहते हैं?
- ☞ कितने दिनों के लिए?
- ☞ हर दिन क्या करेंगे?
- ☞ वहां आप कैसे यात्रा करेंगे?
- ☞ आपको अपने साथ किन चीजों को ले जाने की आवश्यकता होगी?
- ☞ अपने आप को व्यस्त रखने के लिए या समय बिताने के लिए आप किस तरह के खेल, खिलौने, पजल, किताबें आदि ले जाएंगे?
- ☞ क्या आप किसी तरह का संगीत का यंत्र ले जाएंगे? (कार, ट्रेन आदि में)

घर का कैलेंडर बनाएं

एक ऐसा कैलेंडर बनाएं, जिसमें अलग-अलग तरह की घटनाएं होंगी। निःसंदेह आपके बच्चों को इसमें भाग लेना होगा। इस कैलेंडर में छुट्टियां, परीक्षा की तारीखें, आदि दर्ज होंगी। जब नई सामग्री आए, तो अपने बच्चे को उसमें दर्ज करने को कहें। घर में कैलेंडर रखने से आपके बच्चे योजना बनाने की एक आम प्रक्रिया में शामिल हो पाएंगे, जिससे उनकी दिनचर्या तय करने की क्षमता में विकास होगा।

इस सेक्शन में हमने क्या सीखा?

- अपने बच्चों को प्रशिक्षण दें कि कैसे अपनी प्रायोगिक योजनाओं को बनाया जाए, ताकि उन्हें अपने लक्ष्य तय करने का मौक़ा मिले और वह अपने सपनों को सच कर सकें।
- शैक्षणिक योजना बनाने की ओर पहला क़दम यह होगा कि अपने बच्चों के साथ मिलकर एक निश्चित प्रायोगिक नियमावली बनाई जाए, ताकि वह अपने इच्छित लक्ष्य की ओर पहुंचने के लिए एक रास्ता या दिशा तय कर सकें।
- नियमावली बनाने के बाद एक और महत्वपूर्ण बात यह है कि उनके कार्यों को देखते रहें, जिससे आपको अपनी नियमावली का पालन करने में सहूलियत हो सके और आप अपने बच्चे के प्रेरणा स्रोत बन सकें।
- समय के साथ दिनचर्या का पालन करते रहने से आपके बच्चे की कुछ भी पाने की क्षमता जैसे अकादमिक उपलब्धियां, दूसरे कार्य, शौक आदि में विकास होगा। इसमें सूची बनाने, प्राथमिकता देने की तकनीकों का उपयोग और अंतिम तारीखों का पालन करना जैसे कार्य शामिल हैं।
- अपने बच्चों को ख़ुद का मूल्यांकन करने की शिक्षा देने और उन्हें पारिवारिक योजनाओं के निर्माण में शामिल करना, कुछ ऐसे रास्ते हैं, जिनसे वह सक्रिय रूप से आगे बढ़ने के साथ अच्छे द्रष्टा बन सकें।

नियम - 6

अपने बच्चे को खेल के नियमों के बारे में बताएं

ज़्यादा समय नहीं बीता है, जब मुझे नोएडा में एक पति-पत्नी के घर रात के भोजन का एक निमंत्रण मिला था। पहले तल्ले पर बने उनके घर में घुसने से पहले मैंने खेलते हुए बच्चों के चिल्लाने की आवाजें सुनी, जो भारत में रहने वाले शहरी परिवारों के लिए कोई नई बात नहीं है। जैसे ही मैंने घर में प्रवेश किया, घर के बाहरी आवरण में इस्तेमाल किए गए बड़े-बड़े संगमरमर के पत्थर उसे काफ़ी सुंदर और सजावट वाला घर होने का अहसास दे रहे थे। यद्यपि जब दरवाजा खुला तो मेरी आंखें खुली की खुली रह गई, जब मैंने पर्दे और कुशन, खिलौने और नोटबुक को इधर-उधर फेंका हुआ पाया और पेंट की हुई दीवारों को पेंसिल या रंग से गंदा किया हुआ देखा।

मेरे मेजबान इन सारी गंदगियों से बेपरवाह थे और यहां तक कि उस कमरे में एक सफेद रंग का हाथी था और कोई उस ओर ध्यान भी नहीं दे रहा था। जब वहां कमरे में दो बच्चे खेल रहे थे और प्लास्टिक की बंदूक लेकर एक-दूसरे का पीछा कर रहे थे और काफ़ी ऊंची आवाज में चिल्ला रहे थे।

हमारी बातचीत के दौरान पांच व सात वर्षीय दोनों बच्चों से मेरा ध्यान कई बार बंटा, जो कार्टून देखने, झगड़ा करने और दीवारों पर अपनी कला दिखाते थे। जब रात के खाने का समय हुआ, तो उनकी मां ने उन्हें खाना

न खाने की एवज में टेलीविजन बंद करने की चेतावनी दी। उनकी धमकी, भले ही कुछ मिनटों के लिए असरदार साबित हुई, लेकिन उनके वापस रसोई में जाते ही बच्चे फिर से बंदूक लेकर एक-दूसरे के पीछे दौड़ने लगे।

जब हमने खाना खत्म किया, तो मां ने अपने बच्चों का परिचय दिया और उनकी बदमाशियों, गुस्से वाले व्यवहार, बदतमीजी से बोलने आदि को लेकर अपनी निराशा को बताया। आप एक शिक्षाविद् हैं, उसने कहा। मैं क्या कर सकती हूं? उसने पूछा। मैंने सारे रहस्यों से पर्दा उठा दिया और उनके सामने सच कहा, दरअसल समस्या बच्चे नहीं हैं, बल्कि पति-पत्नी हैं, जो अपने घर में किसी भी तरह के नियम को लागू करने में असफल रहे हैं। साथ ही मैंने उन्हें यह भी बताया कि यदि आप दोनों ने जल्दी ही इस बारे में कुछ नहीं किया, तो हालात और बुरे हो सकते हैं।

इन नियमों को कौन बनाएगा और किसी भी परिस्थिति में इनकी आवश्यकता क्यों होती है?

नियमों को स्थापित करने के लिए सबसे पहला स्थान आपका अपना घर होता है। क्या आपके घर में नियम हैं? हैं, तो कौन से? क्या वे आपके और आपके बच्चों के सामने स्पष्ट हैं। नियमों के साथ सफल होने के लिए सबसे महत्वपूर्ण बात है कि यह सुनिश्चित करें कि उनका पालन हो, क्योंकि उन्हें केवल आपके स्वभाव के हिसाब से एक ही जगह पर लागू करने के लिए नहीं बनाया गया है। अगर उन्हें फिक्स किया गया है, अच्छी तरह विस्तार से बताया गया है और यहां तक कि लिखित रूप में हैं, इसलिए वह पूरी तरह सही हैं। जब नियमों को स्पष्ट नहीं किया जाता है, तो बच्चे कई बार अपने अभिभावकों से भी असमंजस की स्थिति में आ जाते हैं और उनके व्यवहार में परिवर्तन आ जाता है। उदाहरण के लिए एक दिन वे सभी कई घंटों से टीवी देख रहे थे और आपने इस बारे में उनसे कुछ नहीं कहा। अगले दिन उन्होंने तीन घंटों तक टीवी देखी और आपने उन्हें ज़्यादा देर तक टीवी देखने के लिए मना किया। और एक दिन के बाद फिर से तब आपको कोई समस्या नहीं हुई, जब उन्होंने पांच घंटे तक लगातार टीवी देखी।

नियम केवल तभी प्रभावशाली होते हैं, जब उन्हें हर किसी पर समान रूप से लागू किया जाता है। इसके बाद आपके लिए सबसे अच्छा होगा कि आप नियम बनाने का सत्र बनाएं।

जब नियम होंगे और लोग उनका पालन करेंगे, तब आदेश देने की प्रक्रिया भी होगी। आदेश की प्रक्रिया से जीवन बेहतर होता है, साथ ही इसके कारण हम अपने लक्ष्यों को आसानी से प्राप्त कर लेते हैं। उदाहरण के लिए एक सड़क को देखें। जब लोग यातायात के नियमों का पालन करते हैं, तो उनके लिए कार चलाना आसान होता है और वह अपनी मंजिल तक सुरक्षित पहुंचते हैं। यद्यपि जब लोग नियमों का पालन नहीं करते हैं, तो वाहन चलाना कठिन हो जाता है और यहां तक कि वह खतरनाक अनुभव भी साबित होता है।

अपने बनाए नियमों का पालन कैसे करें?

अपने बच्चों से मिलने का एक समय निश्चित करें, जब समय की बाध्यता न हो। घर में अनुशासन का पालन और प्रबंधन करने के बारे में करीब 30 से 60 मिनट तक का समय उन्हें समझाने में दें और एक ऐसा माहौल तैयार करने का प्रयास करें, ताकि घर में सभी सदस्य सुकून से रह सकें। इसके लिए आपको नियम बनाने की आवश्यकता होगी। आप इसे पारिवारिक नियम या गुप्ता के घर का संविधान कह सकते हैं या फिर आप जो चाहें इसे शीर्षक दें।

एक वर्ग से शुरुआत करते हुए पहचान करें, जिसके अंतर्गत आपके नियमों का पालन होगा, जैसे –

- ☞ प्रतिदिन के नियम
- ☞ सफाई
- ☞ खाद्य सामग्री और भोजन
- ☞ घरेलू जिम्मेदारियां
- ☞ गृहकार्य

☞ टेलीविजन

आप चाहें तो अपने बच्चों के साथ होने वाली खास परेशानियों की पहचान कर सकते हैं और उनके अनुसार नियमों का निर्माण करने के बारे में बात करें। उदाहरण के लिए कई बार आपके बच्चे टीवी देखते समय खाते हैं या थाली में मौजूद सारा खाना खत्म करने में दिलचस्पी नहीं लेते हैं। आप कुछ नियम इस तरह बना सकते हैं –

☞ हमें तब टीवी नहीं देखना चाहिए, जब खा रहे हों।
☞ हमें हमारी प्लेट तभी लेनी चाहिए, जब हम खाना खत्म कर सकते हैं और खाना बरबाद नहीं करना चाहिए।

जब नियमों को वास्तविक रूप में लिखने की बारी आती है, मैं यह सलाह दूंगा कि आप ख़ुद उन्हें लिखने की बजाय, यह मौक़ा अपने बच्चों को दें, क्योंकि जब वह अपने हाथों से इस काम को करेंगे, तो यह उनमें जिम्मेदारी का अहसास कराएगा।

प्रस्तावित नियमों का कच्चा पत्र बनाने के बाद उन्हें रख दें और उन्हें काग़ज़ में अलग-अलग या एक चार्ट में एक स्पष्ट लिखावट में लिख सकते हैं। आप अपने बच्चों को उसे सजाने को भी कह सकते हैं और उसे ऐसे स्थान पर रखने को कहें, ताकि जब आपको ज़रूरत पड़े वह आसानी से दिख जाए। साथ ही समय-समय पर उन नियमों की समीक्षा भी करते रहें और आवश्यकता पड़ने पर उसमें संशोधन करने के लिए भी तैयार रहें। नियमों को नियमों के लिए ही नहीं, बल्कि इसे अपने परिवार को शांति से रहने लायक होना चाहिए।

प्रशिक्षण टिप्स : यह सुनिश्चित करें कि बच्चों को इस बात की जानकारी हो कि बच्चों और बड़ों के लिए अलग-अलग नियम होते हैं। यद्यपि आप उदाहरण प्रस्तुत करना सुनिश्चित करें और यदि बच्चों से अपेक्षा करते हैं, तो ख़ुद भी नियमों का पालन करें।

घर के अंदर नियम

जब हर विषय से संबंधित नियम होंगे, जिनके बारे में आप और आपके बच्चे सोच सकते हैं, तो इस संबंध में बार-बार अभिभावक मुझसे दो शीर्षकों से संबंधित प्रश्न पूछते हैं, टीवी देखने और जेब खर्च। नीचे वह सलाह है, जो दोनों क्षेत्रों से संबंधित है और वह काफ़ी सफल भी है।

टीवी : कितनी देर तक टीवी देखना अधिक नहीं है?

कई मामलों में टीवी हमारा आवश्यक दुश्मन है। लोगों को टीवी देखना भाता है, यद्यपि वह जानते हैं कि इसके साथ कुछ तो ग़लत है। बच्चों के पोषण में अभिभावकों को कई वर्षों से भी अधिक समय से टीवी की मदद मिली है, उन्हें जब चाहा बच्चों को शांत कराने में टीवी ने काफ़ी मदद की है, साथ ही वयस्कों को पारिवारिक जिम्मेदारियां भी सिखाईं हैं। हालांकि समय के गुजरने के साथ ही जिन्होंने यह पाया कि जिस टीवी ने प्रभावशाली ढंग से उन्हें बच्चों को उस समय शांत करने में मदद की, जब उन्हें बर्तन या कपड़े धोने थे, वह बाद में आदत बन गई। यदि आपको यह महसूस हो कि टीवी आपके बच्चों के लिए अच्छा है, तो यह समय क़दम बढ़ाने का है, ताकि स्थिति पर नियंत्रण किया जाए। नीचे कुछ सलाह हैं, टीवी देखने संबंधी –

- यह नियम बना दें कि आपका बच्चा प्रतिदिन दो घंटे से अधिक समय तक टीवी नहीं देखेगा।
- अपने और बच्चों के लायक चैनलों और शोज की सूची तैयार कर पहचान करें।
- यह सुनिश्चित करें कि आपका बच्चा टीवी के सामने अपना होमवर्क न करे।
- टीवी देखने के दौरान खाने की इजाजत हरगिज न दें।
- यदि आपके दो या दो से अधिक बच्चे हैं और अपने पसंदीदा शो को देखने के आपस में झगड़ा करते हैं, तो उनके महत्व के अनुसार किसी खास दिन को लेकर नियम बना दें।

- अपने बच्चों के साथ टीवी देखने का समय निकालें, ताकि वह जो देख रहे हों, उस पर बात की जा सके।
- यदि टीवी देखने के नियम कठिन हैं और उन पर दबाव डालते हैं, तो उनके क्रम के बारे में स्पष्ट रूप से बता दें।

जेब खर्च – दें या न दें

कई बार जेब खर्च अभिभावकों में असमंजस की स्थिति लाने का कारण बन जाता है, कि इसे देना चाहिए या नहीं? मेरा मानना है कि एक बार बच्चे बड़े (6 या 7 वर्ष की उम्र के) हो जाएं, तब उन्हें पैसे नियंत्रित करने का मौक़ा देना चाहिए, आप चाहें तो उन्हें नियमित खर्च देने की व्यवस्था भी कर सकते हैं। पर राशि कम रखें, लेकिन यह सुनिश्चित करें कि यह नियमित हो। बच्चों को धन राशि मुहैया कराने से उन्हें संख्या याद करने की क्षमता बढ़ती है, जैसे कि कैसे पैसे बचाए जाएं और बजट कैसे बनाया जाए। इससे भी अधिक यह बच्चों में अपने अभिभावकों से खिलौने या अपनी पसंदीदा चीज़ खर्च करने की जिद करने की प्रवृत्ति से भी बचाता है, जब उनमें कोई चीज़ खरीदने की इच्छा जाग्रत होती है।

जब कभी भी आपके बच्चे कोई नई गुड़िया खरीदने या ताजा वीडियो गेम खरीदने की इच्छा जाहिर करते हैं, तो आप उन्हें कह सकते हैं कि वह इसका मूल्य अपने जमा धन में से करें। जब आप ऐसा करते हैं, तो परिस्थिति अचानक बदल जाती है और वह यह सोचने को मजबूर हो जाते हैं कि जिस चीज़ को वह खरीदना चाहते हैं, इसकी कीमत वहन कर सकते हैं या नहीं। यदि वे ऐसा नहीं कर सकते हैं, तो आप उन्हें इसके लिए पैसे बचाने के लिए प्रोत्साहित कर सकते हैं। इसके बाद जब वह इसकी कीमत चुकाने लायक हो जाएंगे, उनमें एक उपलब्धि हासिल करने के साथ ही एक संतुष्टि भी उत्पन्न होगी। जेब खर्च से संबंधित इन टिप्स को देखें –

- कितनी राशि देनी है, यह निश्चित नहीं है। इसकी मूल बात यह है कि आप अपने अधिकार का इस्तेमाल करें और यह सुनिश्चित करें कि यह ज़्यादा नहीं है, जो उन पर गैर-जिम्मेदार होने का दबाव डाले।

- कम महत्व की बातों पर अपनी बात करें, बजाय ज़्यादा महत्व की बातों के। इस दिशा में आपके बच्चे केवल अपनी ज़रूरत के हिसाब से पैसे लेने को प्रोत्साहित होंगे, न कि ज़्यादा बड़ी रकम लेने को और वह अपने खर्च करने की भी आदत को बदल देंगे।
- अपने बच्चों से पैसे लेकर अपने पास रखने और उनसे यह कहने की जब ज़रूरत हो आपसे मांग लें, के स्थान पर उन्हें नकद राशि दें। यह उन्हें पैसों का प्रबंधन करने देने संबंधी प्रायोगिक बात होगी और आप इसे ख़ुद भी देखते रहें। यदि उसकी उम्र दस साल से अधिक है, तो आप उनके लिए एक बैंक अकाउंट भी खोल सकते हैं और उन्हें पैसे बचाने की शिक्षा दे सकते हैं।
- अपने बच्चे से यह अपेक्षा करना कि वह पैसे खर्च करने के संबंध में खराब निर्णय लें (जैसे उसने खिलौना खरीद लिया, जिससे जल्दी ही वह बोर हो गया)। इसके स्थान पर अच्छा होगा कि उन्हें उनकी छोटी ग़लती की ओर ध्यान दिलाएं, न कि आगे चलकर होने वाली बड़ी ग़लती की ओर।
- सुनिश्चित करें कि आप बच्चों को जेब खर्च इसलिए नहीं दे रहे हैं कि आपको उनके साथ समय न देना पड़े, बल्कि उनके साथ समय देकर आपको उन्हें पैसे खर्च करने एवं बचाने के लायक बनाना है।
- अपने बच्चों को उनके जेब खर्च का दस प्रतिशत हिस्सा सामाजिक कार्यों में खर्च करने को प्रोत्साहित करें।

केस स्टडी

एक पिता ने बंगलोर से अपने छह वर्षीय बेटे सार्थक के बारे में अपने उद्गार व्यक्त करते हुए एक ईमेल लिखा। जब भी वह बच्चे को बाहर ले जाते हैं, वह बच्चा दुकान या मॉल में हमेशा नए खिलौने, मोबाइल, टॉफी, शीतल पेय या कुछ खाने की चीज़ की मांग करता। जब से पिता काम में व्यस्त हो गया और अपने बच्चे के साथ बहुत

कम समय दे पाता है, तो उसने उसे मन बहलाने की चीज़ें देनी शुरू कर दी। यद्यपि वह तब भी परेशान हो जाते हैं, जब वह बच्चे की मांगी हुई चीज़ लाकर दे देते हैं और पाते हैं कि बच्चा तुरंत ही उस चीज़ से बोर हो गया है। उसने कोला की दो घूंट पी और चॉकलेट बार के कुछ टुकड़े खाए और बाकी को फेंक दिया। वह एक बार खिलौने से खेला और उसके बाद उससे बोर हो गया और कभी भी दुबारा उससे नहीं खेला। ऐसा इसलिए है क्योंकि वह इन चीजों को केवल इसलिए चाहता था, क्योंकि उसे इनकी ज़रूरत थी।

मैंने उस व्यक्ति को बताया कि उसके बच्चे पर चीज़ों को पाने की इच्छा करने वाले कीड़े ने हमला कर दिया है। ऐसा टीवी पर लगातार कई खिलौनों एवं दूसरी चीज़ों के विज्ञापन देखने के कारण हुआ है। इसके हल के लिए मैंने बताया कि पिता अपने बच्चे को नियमित रूप से जेब खर्च दे और उसे अपने पैसों इन गैर-ज़रूरी चीज़ों को खरीदने की इच्छा पूरी करने दे। मैंने उसे बताया उन्हें इस व्यवस्था के लिए काफ़ी सख्त होना चाहिए और उस समय भी जब उनका बेटा सारे पैसे खर्च कर दे, वह ढीले न पड़ें और कुछ नया खरीदने की उसकी जिद के आगे न झुके। इसके स्थान उन्हें अपने बच्चे को यह समझाना चाहिए कि वह पैसे बचाए और अगली बार इन चीज़ों को अपने जेब खर्च से खरीद ले सकता है। जब मैंने कुछ समय के बाद पिता से बात की, तो उसने बताया कि कितने प्रभावशाली ढंग से सारी रणनीति ने काम किया। जब शुरुआत में उसके बेटे ने नये नियम का रोकर एवं चिल्लाकर विरोध किया, पर बाद में वह न सिर्फ़ अपने पैसे को सही ढंग से नियंत्रित करना सीख गया, बल्कि उसे यह भी पता चल गया कि किस खर्च को कितना महत्व देना चाहिए!

बच्चों को भत्ता देने से उन्हें रुपये-पैसे से संबंधित जिम्मेदारी सीखने का मौक़ा मिलता है। आप नियमित रूप से यह देखते रहें कि उनके खाते में कितने रुपये हैं और साथ ही वह इन पैसों को किस तरह खर्च करते हैं।

इसके बाद साप्ताहिक या मासिक आधार पर उनके साथ खर्च का विश्लेषण कर लें। यह आपके बच्चों के साथ गुजारा हुआ सबसे अच्छा समय होगा, जिसमें आप उन्हें पैसे से संबंधित गणित एवं पैसों के प्रबंधन की जानकारी दे सकते हैं।

मैं अपने बच्चे को किस तरह नियमों को मानने के लिए तैयार करूं?

यद्यपि काग़ज़ पर आपके द्वारा बनाए गए नियम काफ़ी प्रभावशाली दिखाई देते हैं, पर जब आप उन्हें उसी अंदाज़ में लागू न कर पाएं, तो उनका महत्व घट जाता है। आपको यह जानकर आश्चर्य होगा कि ज़्यादातर लोग यह मानते हैं कि किशोरवय बच्चों को नियमों की जानकारी देना बड़े बच्चों के मुकाबले थोड़ा कठिन काम है। ज़्यादा जानकारी के लिए याद रखें :

उम्र भी मायने रखती है

वयस्कों के पास काफ़ी जटिल दिमाग़ होता है, जिसमें हर तरह की जानकारी और अनुभव भरे रहते हैं और उनमें यह क्षमता होती है कि भविष्य में उनके लिए क्या ठीक रहेगा, इसका आकलन कर लें और यहां तक कि बीते हुए समय को भी दुहरा सकते हैं। वास्तव में समय के साथ ही हम घूमते हुए अपना ज़्यादातर समय कुछ यादों को ताजा करने में बिता देते हैं या फिर भविष्य के बारे में सपने देखने में व्यतीत करते हैं, जबकि हम वर्तमान समय में शायद ही स्वयं के बारे में जान पाते हैं। यद्यपि हमेशा यह बात ध्यान रखें कि हमारे मस्तिष्क का भाग बच्चों को उनके व्यवहार को संतुलित करने में मदद करता है (जिसें प्री फ्रॉन्टल कॉर्टेक्स कहते हैं और इसे दि एग्जीक्यूटिव सेंटर भी कहा जाता है) और यह मस्तिष्क में विकसित होने वाला सबसे अंतिम भाग होता है। हालांकि आपके बच्चे के जीवन के पहले वर्ष में दृश्य, भाषा और सुनने की प्रक्रिया अपने विकास क्रम में होती है, और जब तक आपके बच्चे युवा नहीं हो जाते हैं या बीस वर्ष के हो जाते हैं, तब तक यह केंद्र बिंदु पूरी तरह परिपक्व नहीं होता है। इसलिए मेरी

सलाह का पहला कदम यह होगा कि आप अपने बच्चे को विभिन्न नियमों का पालन करना सिखाएं और साथ ही उन्हें समय और धैर्य के साथ अच्छे व्यवहार का प्रदर्शन करने के बारे में भी जानकारी दें।

काफ़ी छोटे बच्चे

काफ़ी छोटे बच्चे, जो अपने शुरुआती यानी 0 से 2.5 वर्ष की उम्र के हैं, वह बिल्कुल अलग दुनिया में रहते हैं, उनके पास जटिल विचारों को समझने के लिए सीमित क्षमता होती है, उनकी याददाश्त उतनी अधिक मजबूत नहीं होती है और वे भविष्य में बड़ी परियोजनाओं को लक्ष्य करने में अक्षम होते हैं। इसी तरह वह अपना ज़्यादातर समय वर्तमान में जीने में खर्च करते हैं।

चूंकि उनके अनुमान लगाने की क्षमता अस्थायी होती है, इसलिए उन्हें नियमों के बारे में शिक्षा देना काफ़ी कठिन काम होगा। इसलिए इस दिशा में आपकी सबसे अच्छी रणनीति यह होगी कि जब वह ग़लत या सही दिशा की ओर जाएं, तो उन्हें तार्किक एवं शारीरिक संकेतों की मदद से सही जानकारी दें। जब आप उन्हें असहाय, गुस्से में या अनियंत्रित पाते हैं, तो किसी भी तरह का शारीरिक दंड देने के बजाय बेहतर होगा कि आप इससे अलग कर दें और उनका ध्यान किसी दूसरी चीज़ पर लगा दें, जो उन्हें शांत कर सके।

एकदम शुरुआती

एक बार बच्चे अपनी उम्र के तीसरे एवं चौथे पड़ाव पर पहुंच जाएं, तो उनकी मानसिक क्रिया एकदम संवेदनशील हो जाती है। यद्यपि अब भी उन्हें भविष्य की किसी परियोजना की ओर अग्रसरित करना सीमित होता है, उनके अंदर पहले घट चुकी घटनाओं पर प्रतिक्रिया करने की मजबूत क्षमता होती है। वे आसान नियमों का पालन करने के लायक होते हैं, खासकर जब जब वह दिनचर्या से बंधे होते हैं। जैसे यह खाने का समय है। अब हम काफ़ी धीमी आवाज में बातें करेंगे।

चूंकि उनकी याददाश्त क्षमता विभिन्न तरह के आश्चर्यजनक अनुभवों से परिपूर्ण हो जाती है, इसलिए आप उन्हें नियमों का पालन करने को कह सकते हैं और आसानी से पिछली घटनाओं के बारे में उन्हें याद दिला सकते हैं।

☞ याद करो कि पिछली बार तुमने कुर्सी के ऊपर से छलांग लगाई थी और तुम गिर गए थे और तुम्हें चोट लगी थी?
☞ याद करो कि कल जब तुम समय पर तैयार हो गए थे? उसके बाद रंग भरने के लिए अतिरिक्त समय मिल जाएगा।

इस उम्र में बच्चे दूसरे उदाहरण से सीखने के लिए भी तैयार रहते हैं। उदाहरण के लिए –

☞ क्या आपको याद है कि जब अरमान ने पत्थर फेंका था और उससे उस बच्चे को चोट लग गई थी?
☞ क्या आपको याद है कि बीना कितनी अच्छी तरह अपनी चीज़ें बांटती है और हर कोई उस पर गर्व करता है?

आप किसी विशेषज्ञ की तरह अपनी सलाह एवं विचार भी दे सकते हैं, खासकर अपने अनुभवों का हवाला देते हुए –

☞ मेरी सलाह है कि तुम ऐसा मत करो, इसके टूटने पर आप नाराज हो जाएंगे।
☞ जब मैं छोटी बच्ची थी, मैंने कुत्ते को छेड़ दिया था और उसने मुझे काट खाया था। इससे मुझे काफ़ी दुख पहुंचा।

यद्यपि यह भी हो सकता है कि आपकी सलाह और आपके व्यक्तिगत अनुभव उतने प्रभावशाली नहीं हों, जो बच्चे के अनुभवों से सीधे मिलते हों।

बच्चों के सामने नियमों को अपने स्तर पर श्रेष्ठ रूप से समझाएं, भले ही उसमें किसी तरह का संबंध न हो। उदाहरण के लिए यदि आप खाने के साथ खेलना चाहते हैं, तो भोजन जमीन पर गिर जाएगा और उसके बाद इसे तुम्हें ही साफ करना होगा। यह मेरे लिए काफ़ी ज़्यादा काम है और इससे मैं तनावग्रस्त होने के साथ-साथ और थक भी जाऊंगा। इसके बाद भी आपका बच्चा नियम का पालन न करे और ग़लती करता रहे तथा खाने के साथ खेले और इसे गिरा दे, (निश्चित रूप से उन्हें अपने लिए बातों को समझकर उनका परीक्षण करना चाहिए)

यद्यपि जब वह आपके द्वारा विश्लेषित बातों का परिणाम देखेंगे, तो उन्हें कुछ सीखने को मिलेगा और हो सकता है कि भविष्य में वे इसी तरह का व्यवहार करने का प्रयास करेंगे। इसी संदर्भ में यह भी काफ़ी अधिक महत्वपूर्ण है कि आप नियमों को बनाने, उन्हें लागू करने और उन्हें पालन करने के लिए दबाव बनाने जैसी बातों पर दृढ़ रहें।

प्राथमिक और उससे ज़्यादा

एक बार बच्चे जब 5 से 7 वर्ष की उम्र के पड़ाव पर पहुंच जाते हैं, तो उनके पास लोगों के द्वारा नियमों को पालन करने और उन्हें तोड़ने के काफ़ी अधिक उदाहरण पेश करने का अवसर होता है। उनके महत्वपूर्ण केंद्र भी उन्हें भविष्य की ओर सीधे ले जाने में संवेदनशील एवं अक्षम होते हैं (हालांकि वे सही समय पर ग़लतियों से बचने के लिए ग़लतियां, दुर्घटना या खराब व्यवहार करने से बचते हैं)। इस उम्र या उससे अधिक उम्र के पड़ाव पर बच्चों के लिए आप इन तकनीकों का इस्तेमाल कर सकते हैं –

☞ उन्हें नियम याद करने के बारे में पूछें। उदाहरण के लिए गंदे कपड़ों को कहां रखना है, इसके लिए क्या नियम हैं?

☞ उन्हें पहले के अनुभव याद करने को कहें, जब उन्होंने नियमों का पालन किया था या उन्हें तोड़ा था। उदाहरण के लिए याद करें, जब आपने पिछले सप्ताह अपने कमरे को काफ़ी अच्छी तरह सजाया था?

☞ उन बच्चों के अनुभवों के बारे में पूछें, जिन्होंने नियमों का पालन किया था या उन्हें तोड़ा था। उदाहरण के लिए पिछली बार क्या हुआ था, जब तुमने अपने पढ़ाई के नियमों का पालन नहीं किया था?

☞ उन्हें परियोजना को एक क्रम में लगाने को कहें। उदाहरण के लिए यदि आप अपनी बहन को सताते हैं और उसे गृहकार्य नहीं करने देते हैं, ऐसी स्थिति के बारे में आप क्या सोचते हैं?

हमेशा यह बात दिमाग़ में रखें कि आपके बच्चों के लिए भविष्य की योजना बनाना या बिल्कुल अलग तरह से चीजों को प्रस्तुत करना काफ़ी कठिन होता है। उदाहरण के लिए संभव है कि वे इसमें बहुत ज़्यादा तारतम्य महसूस नहीं करते हों यदि आप उन्हें ऐसा बताएं कि यदि वे झूठे हैं, तो अगले जन्म में भगवान तुम्हें दंड देंगे।

नियमों का पालन करने के लिए पुरस्कार देना

किसी भी तय दिन कई काम ऐसे होते हैं, जिन्हें करना आपके बच्चे के लिए ज़रूरी होता है। उठो, ब्रश करो, स्नान करो, कपड़े पहनो, खाना खाओ, गृहकार्य संपन्न करो आदि। यद्यपि बच्चों को इन कार्यों में मदद करना एक अनुभव होता है, खासकर जब आप कई जिम्मेदारियां निभा रहे होते हैं और जब समय की सीमा हो। उस समय आपके बच्चे आपका कहा मानने से इंकार कर सकते हैं और आपके लिए यह चुनौती होगी कि कैसे उन्हें यह काम करने के लिए तैयार किया जाए। इसका एक रास्ता है पुरस्कार देकर।

हालांकि पुरस्कार का इस्तेमाल काफ़ी सावधानी से एवं धीरे-धीरे बांटकर ही किया जाना चाहिए। अगर आप पुरस्कार को प्रभावशाली करना चाहते हैं, जिसे बच्चे सीखें, ताकि इसके परिणामस्वरूप बच्चे यह जान जाएं कि उनका सकारात्मक व्यवहार सकारात्मक परिणाम ला सकता है। इसी समय आप उन्हें पुरस्कार लेने का आदी नहीं बनाना चाहते हैं, तो तभी ऐसा काम करें जब पुरस्कार देने की सख़्त आवश्यकता हो, खासकर नियमपूर्वक किए जाने वाले कार्य जैसे ब्रश करना या प्लेट में खाना समाप्त करने जैसे काम को लेकर ऐसा काम कतई नहीं करना चाहिए। वैसे अभिभावक जो

बार-बार अपने बच्चे को हर काम करने के लिए पुरस्कार देते रहते हैं, एक दिन उन्हें बुरा परिणाम भी देखना पड़ता है। इसलिए किसी भी चीज़ के लिए बच्चे से कहेंगे, तो वह पूछ सकता है कि यदि मैं इसे कर दूं, तो मुझे क्या इनाम मिलेगा?

रिश्वत देने से बचें

कभी भी पुरस्कार का इस्तेमाल रिश्वत की भांति न करें। उदाहरण के लिए यदि आपने परीक्षा में अच्छा किया, तो मैं तुम्हें 100 रुपये दूंगा। यह काम करने के बदले में दी जाने वाली रिश्वत है, जिससे बच्चे किसी दूसरे रास्ते पर जा सकते हैं।

रिश्वत और पुरस्कार के बीच काफ़ी बड़ा अंतर है। रिश्वत कभी भी पुरस्कार नहीं हो सकता है और पुरस्कार कभी रिश्वत नहीं। रिश्वत काम के पहले दिया जाने वाला ऐसा धन होता है, जो आप बच्चों को इसलिए दे सकते हैं, ताकि आप उनसे अपने मन मुताबिक कुछ करवाना चाहते हैं। एक पुरस्कार काम खत्म होने के बाद उनकी योग्यता के आधार पर दिया जाने वाला लाभ होता है। यदि आपका आग्रह कुछ ऐसा है कि अगर तुम यह मेरे लिए करोगे, तो मैं भी तुम्हारे लिए यह करूंगा, यह रिश्वत है। अगर आप कुछ इस तरह कहते हैं कि जितनी जल्दी तुम..., तब मैं तुम्हें..., यह पुरस्कार दूंगा।

इसी समय यह भी याद करना महत्वपूर्ण है कि आप और आपके बच्चे दोनों के पास लक्ष्य है, जिन्हें पाने की आवश्यकता है। आप अपने बच्चे को कपड़े पहनना सिखा सकते हैं। वह बाहर जाकर अपने दोस्तों के साथ खेलना चाहती हो। यद्यपि अपने बच्चे को कभी भी यह महसूस नहीं होने देना चाहिए कि वह जो कर रहे हैं, वह केवल आपको खुश करने के लिए है। आप उन्हें यह समझने लायक बना दें कि वह ऐसे काम इसलिए कर रहे हैं, क्योंकि यह उनकी जिम्मेदारी का ही एक भाग है, यह ऐसा है कि वे इसे अपनी भलाई के लिए करते हैं।

इसलिए उन्हें वह काम करने दें, जो आप उनसे पहले करवाना चाहते

हैं और उनकी अपनी इच्छाओं की पूर्ति में देर होने दें, जब तक कि वह काम पूरे नहीं हो जाते हैं।

इससे भी अधिक आपको कभी भी किसी तरह के पुरस्कार की बात करने की आवश्यकता नहीं है, इसके लिए आप घटनास्थल पर ही फैसले ले सकते हैं। उदाहरण के लिए यदि आपकी बच्ची को अच्छे अंक प्राप्त हुए हैं, तो उसे आइसक्रीम खाने या सिनेमा देखने के लिए बाहर ले जाने का निश्चय कर सकते हैं, ताकि उसे पता चल सके कि आप उसकी उपलब्धि से कितने गौरवान्वित हैं। इस तरह का प्रयास यह बताता है कि जब आप अच्छी तरह कोई काम करते हैं, तो आपको इसके बारे में अच्छा महसूस करने का अधिकार भी है।

प्रशिक्षण टिप्स : निश्चित रूप से आपके बच्चे आपके द्वारा दिए गए कार्यों से रास्ते निकालने का प्रयास करते हैं। उदाहरण के लिए वह वीडियो गेम खेलना चाहते हैं और आप उन्हें बताएं कि उन्हें पहले ब्रश करना, नहाना, कपड़े पहनना, नाश्ता करना और अपना गृहकार्य करने की आवश्यकता है। उन्हें पहले ब्रश करना ही होगा और उसके बाद आपके पास यह देखने के लिए आना होगा कि वे खेल सकते हैं या नहीं। संभव है कि वे नहाने के बाद इसी तरह का काम करें। यद्यपि यदि आप थक जाते हैं, तो उन्हें यह सीखने को मिलता है कि वह आपके नियमों को नकार सकते हैं।

हमेशा यह बात दिमाग़ में रखें कि आपके बच्चे आपका अनुसरण कर रहे हैं। वे इस बात की जांच करने का प्रयास करते हैं कि आपकी बात को नकारने के बाद आपकी प्रतिक्रिया क्या होती है? आपको गंभीर एवं एक राह पर चलने वाला होना चाहिए। इसके बाद केवल वह समझ पाएंगे कि वह जो करना चाहते हैं, उसके पहले उन्हें आपके काम को खत्म करना होगा। अंततः इससे हमें काफ़ी देर के बाद जिम्मेदारी और स्वयं काम करने की क्षमता के बारे में सीखने को मिलता है कि किसी भी तरह की मौज-मस्ती करने से पहले हमें अपने जीवन में अपनी जिम्मेदारियों का ख्याल रखना होगा।

पुरस्कार एवं दंड

पुरस्कार तभी प्रभावशाली होते हैं, जब आपके बच्चे ईमानदारी से उसे पाना चाहते हैं। यदि वास्तव में वे बाली सागू से प्रसन्न होते हैं और आप उन्हें परीक्षा में सफल होने पर ऐसे ही किसी कार्यक्रम में लेकर जाते हैं, तो वास्तव में वह इसे सफलता मानकर प्रफुल्लित होंगे। वहीं दूसरी ओर उन्हें किसी सांस्कृतिक कार्यक्रम में लेकर जाने से, भले ही वह आपके लिए आकर्षक हो, इसे उस जैसी प्रतिक्रिया नहीं मिलेगी, यदि यह वास्तव में उनके लिए मनोरंजक नहीं होगा। वास्तव में यह गिरावट का एक अंश दिखाई देता है।

एक तरह से यह पुरस्कार को सक्रियता से जोड़ने का अच्छा विचार है, जिसमें बच्चों को पुरस्कृत किया जाता है। उदाहरण के लिए यदि आपकी बेटी पहली बार में ही किताब पढ़ लेती है, तो आप उसे एक और किताब पुरस्कार स्वरूप दें। यद्यपि निश्चित रूप से यह किताब के शीर्षक पर निर्भर करता है कि उसे वह कितनी पसंद आती है, वरना यह पुरस्कार उसके लिए दंड सरीखी हो जाएगी।

जब बच्चे को दंड देने की बारी आती है, तो काफ़ी सावधानी से काम लें। दंड का सबसे महत्वपूर्ण पहलू उसका समस्या से जुड़ा होना होता है, पता लगाएं कि समस्या कैसे हुई और उसके बाद समस्या को दूर कर दें। इसके बावजूद यदि जब कभी आपके बच्चे दुर्व्यवहार करते हैं, तो अभिभावक तुरंत उसे सजा देकर उसे ग़लती का अहसास करा सकते हैं। कई बार अभिभावक अपने बच्चे द्वारा परीक्षा में की गई चोरी (नकल), क्लास में अनुपस्थित रहने, उनके दोस्तों के साथ जाने की बात को लेकर झूठ बोलने आदि बातों के पीछे के कारण का पता लगाने में थोड़ा सा समय ही देते हैं या फिर समय ही नहीं देते हैं। इस प्रक्रिया में बच्चे और अभिभावक के बीच में एक संप्रेषण का अंतर आ जाता है और यह आगे चलकर और बढ़ता जाता है, जिससे उन पर बातचीत करने में भी तकलीफ होती है और बच्चे भी आगे झूठ बोलकर अपना काम करते रहते हैं।

यहां कुछ निर्देश हैं, जिससे आप दंड देने से दूर रहेंगे –

- यह सुनिश्चित कर लें कि जो दंड आप देने वाले हैं, उसके बारे में पहले से ही निर्णय ले चुके हैं। अपने अनुसार सजा चुनने की प्रवृत्ति से बचें।
- यह भी सुनिश्चित कर लें कि सजा देने से ग़लती करने की प्रवृत्ति कम हो। यदि बच्चा गृहकार्य करना भूल जाता है, तो उसे एक महीने के लिए टीवी देखने से वंचित करने की सजा देना सही क़दम नहीं होगा।
- सुनिश्चित करें कि बच्चा दबावमुक्त हों। अपने बच्चे को कभी भी उन बातों के लिए धमकी न दें, जिनका पालन आप नहीं करते हैं, जैसे – यह कहना कि अगर उन्होंने लड़ाई जारी रखी, तो तुम घर के बाहर निकाल दिए जाओगे।
- सजाओं के साथ नियमित रहें। यदि आप नियमों को कड़ाई से लागू नहीं करते हैं, तो बच्चे आपकी चेतावनी को यूं ही समझेंगे और वह इसकी अनदेखी भी कर देंगे।
- जब आपके बच्चे नियम तोड़ते हैं, तो उन्हें उनकी ग़लती स्वीकार करने को कहें और उनके बर्ताव के लिए उन्हें ज़िम्मेदारी लेने को कहें, पर यह सब बनावटी प्रक्रिया के तहत नहीं हो।
- माफ़ी पर ध्यान केंद्रित करें, जैसे सही ग़लत करते हुए। उदाहरण माफ़ी मांगना, उन्होंने जो तोड़ा है, उसके लिए मूल्य चुकाना, उन्होंने जो गंदगी फैलाई है, उसे साफ़ करने में मदद करना आदि।
- आप किसी उपलब्धि की हानि का निर्णय ले सकते हैं। उदाहरण के लिए एक निश्चित समयावधि के लिए सारी पूंजी की हानि होना या समाप्त होना। जब क्षमा करने के प्रक्रिया हो जाए, तो आप उस संपत्ति को जमा कर सकते हैं।

क्या आपको अपने बच्चे पर हाथ उठाना चाहिए?

यह होता है। बार-बार बच्चे दुर्व्यवहार करते हैं, अपने अभिभावकों को परेशान करते हैं, उन्हें सही तरह से व्यवहार करना सिखाने के लिए यह

सही तरीक़ा लगता है। लेकिन जब वयस्कों का धैर्य जवाब दे जाता है और उन्हें कुछ नहीं सूझता है, तो वह सबसे आसान और प्रभावशाली कार्यों में से एक का चुनाव करते हैं, एक थप्पड़, एक छड़ी नीचे या इसी तरह के शरीर के दूसरे अंगों पर।

हालांकि शारीरिक सजा का नकारात्मक व्यवहार को परिवर्तित करने में तुरंत असर होता है, पर यह लंबे समय के लिए ज़्यादा अच्छे के बजाय नुकसान अधिक करता है। सबसे पहले यह बताता है कि गुस्से की भावना को प्रदर्शित करने के लिए हिंसा एक स्वीकार्य माध्यम है। समय के साथ आपका बच्चा उसे समझ लेता है और जब उन्हें गुस्सा आता है, तो उन्हें भी दूसरों पर हाथ उठाने का मौक़ा मिल जाता है। दूसरे, इस समस्या का समाधान नहीं होता है। एक बच्चे के बुरे व्यवहार के बहुत से कारण होते हैं, जिन्हें यदि आप खत्म नहीं करते हैं, तो वह बार-बार समस्या खड़ी करते रहेंगे। तीसरे, पीटने से हो सकता है कि बच्चे बुरा व्यवहार करना भूल जाएं और इसके स्थान पर आपकी बात मानने पर ध्यान देने लगें। इस प्रक्रिया में वे अपनी हरकतों को सही करने की कोशिश करेंगे, तब आप यह सोचें की अगली बार कैसे उनके व्यवहार में सुधार करेंगे। यहां पांच बातें हैं, जो आपके बच्चे को पीटने से पहले सोचने को मजबूर कर देंगी –

- हमेशा याद रखें कि आप अभिभावक हैं, एक ऐसा प्रतीक जिसकी बराबरी करने के बारे में बच्चे सोचते हैं।
- जब आपके बच्चे दुर्व्यवहार करते हैं, तो उनके इस व्यवहार की जड़ों को तलाशने का प्रयास करें और इन समस्याओं की पहचान कर इन्हें समाप्त करने का प्रयास करें।
- यह सुनिश्चित करें कि बच्चे आपके और परिवार के सदस्यों द्वारा ज़्यादा-से-ज़्यादा ध्यान दिया जाए। कई बार दुर्व्यवहार के परिणामस्वरूप बच्चों को उनके अभिभावकों की ओर से ज़्यादा प्यार और दुलार नहीं मिल पाता है।
- तुरंत प्रतिक्रिया देने से पहले, खुद को एवं बच्चे को शांत होने का मौक़ा

दीजिए। कई बार यह सलाह दी जाती है कि तुम कमरे से बाहर चले जाओ या उन्हें तब तक के लिए कमरे में बैठने को कहा जाता है, जब तक कि गर्म माहौल ठंडा न हो जाए। इसके बाद आराम से समस्या पर बातें करें और समाधान तक पहुंचें।

☞ शारीरिक प्रताड़ना से बच्चों के बुरे व्यवहार पर थोड़ी देर के लिए लगाम लग जाती है, लेकिन इससे आपके बच्चे को सही व्यवहार की शिक्षा नहीं मिल पाती है। इसके स्थान पर ऐसे व्यवहार पर ध्यान दें, जिसे आप देखना चाहते हैं।

उन्हें प्रकाश की राह दिखाएं

ग़लती की सजा देने या डांटने की सारी प्रक्रिया से बच्चों को उनकी ग़लतियों को समझने में मदद मिलती है। इसलिए उनके दुर्व्यवहार पर अपनी प्रतिक्रिया का चुनाव करें और इसे बनाएं रखने का निश्चय करें।

यह बात हमेशा दिमाग़ में रखें कि जब आप उन्हें डांट रहे हों, तो आप अंदर-ही-अंदर डर जाएं और आपका बच्चा आप पर अपना गुस्सा जाहिर कर दे। पर आप इसे नजरअंदाज कर दें। यह समय बीत जाने पर और वह अच्छा व्यवहार करने लगेगा। आपके धैर्य के हर अंश और आपके अंदर की ताकत के लिए यह ज़रूरी है। पर आपको निश्चित रूप से परिणाम नजर आएगा।

केस स्टडी

अमृतसर से दिल्ली की ओर आने वाली एक रेलगाड़ी में मेरी मुलाक़ात एक युवा दंपति और उनके पांच वर्षीय पुत्र वीर से हुई। ऐसा लग रहा था कि उन्हें अपने बच्चे पर नियंत्रण करने में काफ़ी कठिनाई हो रही थी। जब कभी वे वीर को डांटते, वह अपने दादा की ओर दौड़ पड़ता और दादा अपने पोते को किनारे कर लेता था। इसके परिणामस्वरूप बच्चा शायद ही कभी अभिभावकों का कहा मानता था।

मैंने उन्हें बताया कि हर बच्चे को भागने या बचने के लिए एक रास्ता चाहिए, जो वह नहीं करना चाहते हैं और अभिभावक होने के नाते उन छिद्रों को भरने की ज़रूरत होती है। इसका एकमात्र हल यहां यह है कि पिता को दादा से अवश्य बात करनी चाहिए और उसके एवं उसकी पत्नी के निर्णयों में सहयोग करने की बात कहनी चाहिए। यद्यपि दादा यह मानते हैं कि वह प्यारा है, वह सीधे अपने अभिभावकों के अधिकारों की अवहेलना कर देता हैं। समय बीतने के साथ ही बच्चे में अपने अभिभावकों के प्रति आदर का भाव खत्म हो जाता है और वह उनकी बात मानने से भी मना कर देता है।

प्रशिक्षण टिप्स : कई बार अभिभावक किसी और वजह से क्रोधित होते हैं, लेकिन इसकी भड़ास वह अपने बच्चे पर उतारते हैं और कई बार तो वह उन्हें पीटने से भी बाज नहीं आते। यदि आप ऐसा कुछ करते हैं, तो अपनी हरकतों के प्रति थोड़ा दयालु हो जाएं और यह विस्तार से बताएं कि आपने ऐसा व्यवहार क्यों किया?

नियम एवं नियमों से बाहर

अपने बच्चों के साथ व्यवहार के मामले में आज के अभिभावकों के सामने सबसे बड़ी परेशानी उनका लगातार बदलता स्वभाव है। जब बच्चे काफ़ी छोटे होते हैं, तो उनमें भावनात्मक बातों को समझने की क्षमता नहीं होती और वह पूरी तरह से अपने पालक पर निर्भर होते हैं, जो ऐसे वातावरण का निर्माण करता है, जिससे उनका मूड ठीक रहता है। उदाहरण के लिए यह देखें कि बच्चे कितनी जल्दी हंस पड़ते हैं और अचानक बिना कारण के वह रो देते हैं या चिल्लाने लगते हैं और काफ़ी तेज आवाज में अपनी नाखुशी का इजहार करते हैं। कुछ ही सेकंड में वह दो तरह के व्यवहार के बीच दिखाई देने लगते हैं, अपने अभिभावकों को चिल्लाने, अपनी ओर ध्यान देने या कुछ भी करने के लिए जो वह उन्हें चुप कराने के लिए कर सकते हैं।

जैसे-जैसे बच्चे बड़े होते जाते हैं, उनका भावनात्मक पक्ष मजबूत होता जाता है और वह अपने व्यक्तिगत नियंत्रण के साथ अपनी भावनाओं का प्रबंधन करना सीख जाते हैं। क्या ज़्यादातर अभिभावकों को यह महसूस नहीं होता है कि, यद्यपि बच्चों द्वारा अपनी भावनाओं पर नियंत्रण रखने के बारे में सीखने की प्रक्रिया में वह कितनी प्रभावशाली भूमिका निभा सकते हैं। नीचे दस बातें लिखी गई हैं, जो आपको अपने बच्चे में भावनात्मक पक्ष का विकास करने में मदद करेंगी –

1. भावनाओं के बारे में खुलकर बात करें। उन्हें भावनाओं के शब्दों एवं भाषा को समझने लायक बनने में मदद दें।
2. उन बातों की पहचान करें, जिससे उन्हें गुस्सा आता है। उनमें उन बातों को पहचानने की क्षमता का विकास करें और तब तक उन बातों पर ध्यान न दें, जब तक कि वह उन पर काबू न पा लें।
3. जब वह दुखी या क्रोधित हो जाएं, तो तुरंत शांत करने का प्रयास करें। उदाहरण के लिए मैंने अभी तुम्हें बहुत जल्दी गुस्सा होते हुए देखा। क्या तुम अपने मन की बात मुझे बताओगे? इसका जवाब यह हो सकता है कि मुझे लग रहा है कि मैं अपने हाथों से दीवार को तोड़ देना चाहता हूं।
4. उन्हें कहें कि बिना भाषा को खराब किए हुए और कुछ तोड़े बिना समस्या का समाधान कैसे ढूंढ़ा जा सकता है?
5. उन्हें एक गहरी सांस लेने और छोड़ने को कहें, ताकि उनका गुस्सा पूरी तरह बाहर निकल जाए।
6. उनकी भावनाओं को समझें। उदाहरण के लिए मैं समझता हूं कि आप अभी काफ़ी दुखी हैं। मैं जानता हूं कि जब कोई आपका पसंदीदा खिलौना तोड़ता है, तो कैसा लगता है?
7. यह अनुमान लगाएं कि वे क्या चाहते हैं? मसलन मैं शर्त लगाता हूं कि हमें अभी यहां से नहीं जाना होगा?

8. उन्हें लेखन, चित्रकारी, पेंटिंग, कविता लेखन और दूसरी कलाओं के माध्यम से अपनी भावनाओं को व्यक्त करना सिखाएं।
9. उन्हें यह बताएं कि गुस्सा होना ठीक है, पर गुस्से को हिंसा के रूप में व्यक्त करना सही नहीं है।
10. शांत रहें। बच्चों की भावनाएं कई बार बड़ों की भावनाओं पर निर्भर करती हैं।

अपने बच्चों के साथ मूल्य के बारे में बात करें

जीवन में लोगों को एक साथ रखने और क्षमतावान बनाने में नियमों का होना काफ़ी लाभप्रद होता है। यद्यपि बच्चे ज़्यादातर नियमों के पीछे छिपे सिद्धांतों एवं नियमों की ओर ध्यान नहीं दे सकते हैं या देते हैं। जब आप इनके बारे में उन्हें बताते हैं कि उन्हें हर दिन दो घंटे से ज़्यादा समय तक टीवी नहीं देखना चाहिए और इसके पीछे तर्क यह है कि इसमें दिखाए जाने वाले कार्यक्रमों से उनकी निष्ठा या व्यवहार में हो रहा विकास प्रभावित हो सकता है। या जब आप उन्हें यह बताते हैं कि वह अपनी हर दिन की दिनचर्या से विमुख होते जा रहे हैं, और हो सकता है कि वे उनके आत्म-अनुशासन और समय प्रबंधन के लिए ज़रूरी संरचनात्मक योजनाएं असफल भी हो सकती हैं। इसकी वजह यह है कि मूल्य हमेशा स्पष्ट नहीं होते हैं, यह विस्तृत होते हैं, जिसका विश्लेषण करने में आपको समय लगता है और यह नियमों के विभिन्न पक्षों को भी दिखाते हैं, अपने आपमें नियम, नियमों को बनाने वाली प्रक्रिया और सबसे ज़्यादा महत्वपूर्ण, इसके पीछे यही कारण हैं।

रोल मॉडल बनें

जब नियमों के पालन की बात आती है, तो अभिभावकों को मेरी सलाह यह है कि वह रोल मॉडल बनें। भले ही आप किसी भी तरह का व्यवहार देखना चाहते हों। यदि आप अपने बच्चों से जल्दी उठने की अपेक्षा करते हैं, तो आपको सबसे पहले उठना चाहिए। यदि आप उनसे नाश्ते से पहले दांतों को ब्रश करने और नहाने की अपेक्षा करते हैं, तो आपको भी ऐसा

ही करना चाहिए। हमारे मस्तिष्क में करोड़ों मिरर सेल्स होती हैं, ये ऐसी कोशिकाएं होती हैं, जो दूसरों की क्रियाओं की नकल उतारने एवं उनके कामकाज का अनुसरण करने में माहिर होती हैं। यदि अपने बच्चों को टीवी देखने के दौरान खाने से मना करते हैं, पर ख़ुद ऐसा ही करते हैं, तो आपको उन्हें अपनी बात मनवाने के लिए काफ़ी मेहनत करनी होगी। वह यह समझने लगेंगे कि आप बहुरूपिये हैं और वह आपको अनदेखा करने लगेंगे। दुर्भाग्यवश वह आपके उदाहरण की नकल उतारने लगेंगे।

> प्रशिक्षण टिप्स : अपने बच्चों को विस्तार से यह बताएं कि बच्चों एवं बड़ों के लिए अलग-अलग नियम हैं और इसका कारण भी बताएं। उदाहरण के लिए वयस्क ख़ुद ही घर से बाहर जा सकते हैं, जबकि बच्चे ऐसा नहीं कर सकते। वयस्क बच्चों के मुकाबले ज़्यादा देर तक बाहर रह सकते हैं आदि।

इस सेक्शन में हमने क्या सीखा?

- नियम बच्चों को अपने लक्ष्यों को अच्छी तरह प्राप्त करने के लायक बनाते हैं।
- ऐसे कई क्षेत्र हैं, जहां नियमों को स्थापित किया जाता है। जैसे कई नए रास्ते उनके लिए बनाए जा सकते हैं। विभिन्न आयु वर्ग के बच्चे अलग-अलग नियमों के लिए अलग-अलग प्रतिक्रिया देते हैं, जो उनकी मानसिक योग्यता पर आधारित होते हैं।
- पुरस्कार एवं दंड देने के संबंध में सबसे बेहतर तकनीक यह होती है कि दंड देने में स्पष्ट, कठोर एवं ग़लत पर ध्यान केंद्रित किए हुए रहें। पुरस्कार को रिश्वत की तरह कभी भी इस्तेमाल न करें।
- नियमों के पीछे छिपे मूल्यों के बारे में बच्चों को बताएं, उन्हें सही चुनाव करने की ओर आंतरिक तौर पर प्रोत्साहित करें।
- आपके लिए यह महत्वपूर्ण है कि नियमों के पालन और नियमों के निर्माण दोनों में रोल मॉडल की भूमिका निभाएं।

नियम - 7

अपने बच्चे को अभ्यास करना सिखाएं

साल 2008 की सबसे ज़्यादा बिकने वाली किताब आउट लायर्स के लेखक मैल्कम ग्लैडवेल ने इस बात पर चर्चा की थी कि किसी के सफल होने में किन बातों की प्रमुख रूप से भूमिका रहती है। यद्यपि ज़्यादातर लोग यह मानते हैं कि चैंपियन लोग पैदा होते हैं और उनमें कुछ आनुवांशिक गुण भी होते हैं, पर ग्लैडवेल ने कुछ अलग बातों पर प्रकाश डाला। करीब दर्जन भर प्रसिद्ध सफल व्यक्तियों के जीवन के बारे में शोध करने के बाद वह इस नतीजे पर पहुंचे कि उन सभी में एक बात मौजूद थी कि उन सबने अपने-अपने क्षेत्रों में करीब दस हजार घंटे तक अभ्यास किया।

बिल गेट्स और उनके कुछ करीबी मित्रों ने प्रोग्रामिंग का कार्य तब आरंभ किया, जब वह केवल तेरह वर्ष के थे। वह हर संभव सेकंड को कंप्यूटर पर ही बिताने का प्रयास करते थे, यहां तक कि स्थानीय कॉलेज में कंप्यूटर पर काम करने के लिए वह अपने घर से आधी रात को निकल जाते थे। सचिन तेंदुलकर के बारे में सोचिए, जिसने काफ़ी कम उम्र में ही खास प्रतिभा का प्रदर्शन किया। जब वह काफ़ी छोटा था, तो वह अपनी क्षमता को बढ़ाने के लिए ज़रूरी शारीरिक कार्य एवं व्यायाम करने के लिए सुबह 4 बजे उठ जाता था, जब उसके ज्यादातर स्कूली साथी गहरी नींद में सोये रहते थे। किन्हीं और व्यक्तित्व को देखिए, ऋतिक रोशन, झुंपा लाहिड़ी, एम एफ हुसैन, अमिताभ बच्चन या लता मंगेशकर। इनमें से हर किसी को प्राकृतिक रूप से प्रतिभा के लिए क्षमतावान बनाया गया है। हालांकि यह

भी निश्चित है कि वे सभी अपने कैरियर में सफलता पाने से पहले घंटों तक अपने काम के प्रति की गई समर्पित कार्यशैली के बारे में बताएं। इसलिए दस हजार घंटे नियत है।

दुनिया भर में लाखों अभिभावक हैं, जिनके पास अपने बच्चों को लेकर काफ़ी बड़ी अपेक्षाएं हैं, वे उन्हें सफलता के चरम पर देखने की इच्छा रखते हैं। लेकिन ऐसा क्यों है कि हर कोई उनके इस ऊंचाई पर के लक्ष्य तक नहीं पहुंच पाता है। जबकि कुछ का मानना है कि वे किसी चैंपियन के गुण लेकर पैदा नहीं हुए हैं, पर सबसे बड़ी बात यह है कि वे न तो ज़्यादा-से-ज़्यादा अभ्यास करते हैं और न ही सही दिशा में प्रयास।

पढ़ाई का आकलन कैसे करें

हो सकता है कि आपका बच्चा हर दिन किताबों पर घंटों तक समय व्यतीत करता हो, ताकि वह अपने विषयों की पढ़ाई में ज़्यादा ध्यान दे सके। लेकिन सावधान रहें, क्योंकि पढ़ाई और सीखने में कोई समानता नहीं होती। असली प्रश्न की ज़रूरत यह है कि आप यह पूछें कि क्या वे कड़ी मेहनत कर रहे हैं या वे चतुरता से अभ्यास करते हैं? कड़ी मेहनत का मतलब है कि आपका बच्चा अपनी किताबों के लिए समय और ऊर्जा दोनों लगाता है। संभवतः इसका अर्थ यह भी हुआ कि अभ्यास के लिए अनुपयोगी विधि का इस्तेमाल करते हैं और समय के उस काल में काफ़ी कम सीख रहे हैं और साथ-ही-साथ शीघ्रता से जो कुछ भी सीखते हैं, उसे जल्दी ही भूल जाते हैं। वहीं चतुरता के साथ अभ्यास करने का तात्पर्य यह है कि पढ़ाई के लिए उपयोगी विधि का प्रयोग, कम समय अवधि तक ही पढ़ाई करना, कम-से-कम ऊर्जा का इस्तेमाल और लंबे समय तक ज़्यादा-से-ज़्यादा जानकारी को याद रखना। जैसा कि हम इस अध्याय को देख रहे हैं, अपने लक्ष्य को दिमाग़ में रखो – चतुरता से अभ्यास करो!

अपने बच्चों को लर्निंग जोन में डालें

प्रभावशाली ढंग से सीखने के लिए आपके बच्चे को एक ऐसे वातावरण की आवश्यकता होती है, जिसमें अच्छी तरह से सीखा जा सके। आवश्यक रूप

से उनका दिमाग़ सीखने के लिहाज से सही दिशा में हो। मैं इस स्थान को लर्निंग जोन कहता हूं, एक शारीरिक एवं मानसिक स्थान, जहां वास्तव में सीखने की प्रक्रिया होती है।

शारीरिक शिक्षा का जोन

दि फिजिकल लर्निंग जोन सीधे शारीरिक स्थानों की ओर इशारा करता है या फिर ऐसे स्थानों की ओर जहां आपके बच्चे पढ़ते हैं। यह उनका शयन कक्ष भी हो सकता है और अध्ययन कक्ष भी या रहने का कमरा होगा या खाने का कमरा आदि। यहां पांच ऐसे टिप्स हैं, जो आपके बच्चे के लिए अनुकूल फिजिकल लर्निंग जोन तैयार करते हैं –

1. वह स्थान अच्छी तरह साफ होना चाहिए।
2. वहां स्वच्छ हवा के आने की व्यवस्था हो।
3. यह देख लें कि वह कमरा न तो ज़्यादा ठंडा हो और न गर्म।
4. कमरे में पानी की व्यवस्था भी हो।
5. यह सुनिश्चित कर लें कि उस कमरे में बार-बार टीवी, बच्चों की चिल्लाहट, मेहमानों की आवाजाही आदि से परेशानी न हो।

हमेशा यह अच्छा माना जाता है कि आपके बच्चे एक अलग कमरे में पढ़ाई करें, ताकि वह उस ओर अपना ध्यान केंद्रित कर सकें। यद्यपि यह संभव नहीं होता और उन्हें सार्वजनिक जगह पर ही पढ़ाई करनी पड़ती है, तो यह सुनिश्चित कर लें कि घर में एक नियम हो, जिसके बारे में सभी जानते हों और उस समयावधि में दूसरा कोई न तो टीवी चलाए, न शोर करे या किसी तरह की परेशानी पैदा करे।

मेंटल लर्निंग जोन

दि मेंटल लर्निंग जोन मस्तिष्क की ऐसी अवस्था होती है, जहां आपके बच्चे को तनाव की सुखद अवस्था से गुजरना पड़ता है और जहां सीखने का स्तर अधिकतम ऊंचाई पर होता है।

अपने बच्चे को मेंटल लर्निंग जोन में डालने के लिए, सुनिश्चित करें –

- उन्हें तनाव ज़्यादा न हो
- वह तनाव से हतोत्साहित न हों
- यदि वह ज़्यादा तनाव में आ गए हैं, तो कारण की पहचान कर उसे दूर करने का प्रयास करें

ज़्यादा तनाव के लिए तुरंत उपाय

1.	लंबी अवधि तक पढ़ना	ब्रेक लो
2.	ऑक्सीजन की कमी	पानी पीना, लेटना
3.	प्यास लगना	पानी पीओ
4.	भूख	फल खाओ, सूखे मेवे या प्राकृतिक ऊर्जा के स्रोतों को लेना
5.	आंखों का थकना	ब्रेक लो, आंखों को धो लो, आराम करो

दूसरे उपाय भी जोड़ सकते हैं

- गाने सुनना
- टहलना या व्यायाम करना

अभिभावक होने के नाते आप अपने बच्चे को उसके अपने लर्निंग जोन के बारे में जानकारी दें, ताकि वे चाहे जितने लंबे समय तक स्वयं को बेहतर स्थिति में रख सकें। जहां यह उनका शारीरिक या मानसिक वातावरण होगा, कि वे पढ़ाई के दौरान आने वाली परेशानियों से बच सकें, साथ ही ज़्यादा-से-ज़्यादा सीख सकें।

प्रशिक्षण टिप्स : अपने बच्चे के साथ एक सारणी बनाएं और उनकी पढ़ाई के स्थान का स्तर तय करें। उन्हें संभावित परेशानियों या सफलताओं को पहचानना सिखाएं और उनके लर्निंग जोन के विकास की योजना बनाएं।

अपने अध्ययन को क्रमबद्ध करना

पांचवां नियम हमें योजना के निर्माण के महत्व के बारे में बताता है कि योजना बनाने से बच्चों को उनका लक्ष्य प्राप्त करने में मदद मिलती है। जब भी बात पढ़ाई की आती है, योजना बनाना हमेशा महत्वपूर्ण रहा है। यदि आपके बच्चे अपने अध्ययन की अवधि का प्रबंधन करना सीख लेते हैं, तो उसी समयावधि में वह ज़्यादा-से-ज़्यादा जानकारी प्राप्त कर लेंगे।

इसी दिशा में बच्चे जब अपनी हर दिन की दिनचर्या के लिए नियम बनाते हैं, तो उनकी पढ़ाई के अलग से साप्ताहिक कैलेंडर भी उपलब्ध करवाएं। इसमें वह अपने उन विषयों की जानकारी जोड़ सकते हैं, जिन्हें पूरा करना है। नीचे कक्षा 9 के बच्चे की पढ़ाई के लिए बनाई गई दिनचर्या का उदाहरण है –

6:00 am :	उठने का समय
6:00 am - 7:30 am :	स्कूल के लिए तैयार होना
7:30 am - 8:00 am :	स्कूल की बस पकड़ना और स्कूल जाना
8:00 pm - 2:00 pm :	स्कूल में
2:00 pm - 2:30 pm :	स्कूल बस से वापस घर आना
2:30 pm - 3:00 pm :	कपड़े बदलना और दिन का भोजन करना
3:00 pm - 3:30 pm :	टीवी देखना
3:30 pm - 5:30 pm :	गृहकार्य करना
5:30 pm - 6:30 pm :	डांस क्लास जाना (सोमवार, मंगलवार और बुधवार) / क्रिकेट खेलना / फुटबॉल खेलना (गुरुवार, शुक्रवार और शनिवार)

6:30 pm - 7:30 pm :	टीवी देखना
7:30 pm - 8:00 pm :	खेल या फ्री टाइम
8:00 pm - 8:30 pm :	परिवार के साथ रात का खाना
8:30 pm - 9:30 pm :	गृहकार्य करना
9:30 pm - 10:00 pm :	किताब पढ़ना
10:00 -	सोने के लिए जाना

यह सुनिश्चित करें कि आपके बच्चे अपने पढ़ाई के नियम को काफ़ी आसान प्रक्रिया में रखें जैसे शयनकक्ष में या दूसरे समय-सारिणी के साथ, जो उनके अध्ययन के स्थान से नजदीक हो।

अध्ययन सत्र, ब्लॉक और ब्रेक

जब पढ़ाई का समय आता है, तो कई बार बच्चे इस मुद्रा में बैठ जाते हैं कि ऐसा प्रतीत होता है कि वे घंटों से पढ़ाई कर रहे हैं और उन्हें यह उम्मीद होती है कि पढ़ाई की इस मुद्रा में वह ज़्यादा-से-ज़्यादा सीखते हैं। हालांकि यह ध्यान रखें कि वह अध्ययन की मुद्रा में हैं, तो इसका अर्थ यह नहीं है कि वह पढ़ाई ही करते हैं। हो सकता है कि एक बच्चा दो घंटे की अवधि तक पढ़ता हो, लेकिन इस दौरान वह वास्तव में 20 मिनट ही पढ़ाई पर ध्यान दे सकता है। इसका मतलब है कि डेढ़ घंटे से भी अधिक समय व्यर्थ गया।

एक बार कक्षा 10 की एक छात्रा ने मुझे एक ईमेल किया और पूछा कि उसे प्रतिदिन कितने घंटे तक पढ़ाई करनी चाहिए। मैंने उत्तर दिया कि यह ज़रूरी नहीं कि वह कुछ अवधि तक पढ़ाई करे। यह वह समयकाल होता है, जिसमें केवल पढ़ाई पर ध्यान दिया जाता है। यदि तुम पूरे ध्यान के साथ प्रतिदिन आठ घंटे तक ऐसा कर सकती हो, तो तकनीकी रूप से तुम एक दिन में आठ घंटे तक पढ़ाई कर सकती हो (हालांकि मैं यह सलाह नहीं देना चाहता)। लेकिन अगर तुम एक दिन में केवल दो घंटे तक ही अपनी पढ़ाई पर ध्यान दे पाती हो, तो तुम्हें केवल दो घंटे ही पढ़ना चाहिए।

इसलिए आपके बच्चे को रोज कितने घंटे तक पढ़ना चाहिए? जितनी देर तक वह अपनी पढ़ाई पर ध्यान केंद्रित कर सकते हैं। और इस प्रश्न का जवाब केवल वही दे सकते हैं।

इसका एक रास्ता यह भी है कि आप अपने बच्चे को ज़्यादा-से-ज़्यादा योग्य बनने में मदद करें, ताकि वह इस तरह अपनी पढ़ाई के समय को प्रबंधित कर सकें –

पढ़ाई का सत्र

स्टडी ब्लॉक	ब्रेक	स्टडी ब्लॉक	ब्रेक	स्टडी ब्लॉक
15 मिनट	3-5 मिनट	15 मिनट	3-5 मिनट	15 मिनट

- ☞ उनके लिए अध्ययन सत्र बनाएं। बच्चा जिस समय पढ़ रहा हो, हो सकता है कि वह उसके लिए उबाऊ समय हो। यह एक या दो घंटे का हो सकता है, यह आपके बच्चे की उम्र और क्षमता पर निर्भर करता है।
- ☞ हर अध्ययन सत्र के बीच में आपके बच्चे को स्टडी ब्लॉक तैयार करने दें। इस दौरान 10 से 20 मिनट तक बिना रूके पढ़ाई के पीरियड चलते रहें।
- ☞ हर स्टडी ब्लॉक के बीच में छात्र 3 से 5 मिनट का ब्रेक लें, यह सुनिश्चित करें।
- ☞ यदि केवल एक ही अध्ययन सत्र हो, तो बच्चे को 20 से 30 मिनट तक के लिए ब्रेक लेने दें।

ब्रेक का फंडा

अध्ययन सत्रों और स्टडी ब्लॉक्स के बीच में आपका बच्चा ब्रेक लेता रहे, यह महत्वपूर्ण होता है। इसका कारण यह है कि इससे न सिर्फ़ मस्तिष्क

को आराम करने का मौक़ा मिलता है, बल्कि नई सूचनाओं को जानने और आत्मसात करने में भी मदद मिलती है। कम आंच पर खाना पकाने और आराम करने में एक ही जैसी बात होती है। कुछ भी पकाने के बाद आप गैस बंद कर देते हैं और खाने को 5 से 10 मिनट तक उसे उसी तरह छोड़ देते हैं, समय की इस अवधि में खाने में मसाले को अच्छी तरह मिल जाने का मौक़ा मिल जाता है। ठीक इसी तरह स्टडी ब्लॉक्स के बीच में आराम लेने से नई सूचनाएं आपके बच्चे के मस्तिष्क में पूरी तरह आत्मसात हो जाती हैं। नीचे कुछ टिप्स दिए गए हैं, जो आपके बच्चे को उनका ध्यान केंद्रित करने की क्षमता बढ़ाने में मदद करती हैं –

☞ यह सुनिश्चित करें कि उसे किसी तरह का भटकाव न हो (लर्निंग जोन के कॉन्सेप्ट से प्रेरित)

☞ जब स्टडी ब्लॉक में हों, तो आप अपने आप से यह वादा कीजिए कि आप अपने अभ्यास पर ध्यान केंद्रित करेंगे और किसी दूसरी चीज़ के बारे में नहीं सोचेंगे।

☞ पीने का पानी पास रखें।

☞ अपना स्थान बदलें, ताकि आप आराम महसूस कर सकें।

☞ तीन तरह के व्यायाम करें – 1. अपने हाथों को पीछे की ओर रखें, 2. कंधों को चारों ओर घुमाएं, 3. सिर को गोल-गोल घुमाएं। हर व्यायाम कम-से-कम 30 सेकंड तक करें।

☞ 30 सेकंड तक गहराई से सांस लें। फिर 30 सेकंड तक रूकें। इसके बाद पढ़ने चले जाएं। व्यायाम के बाद गहरी सांसें लेना लाभप्रद रहता है।

☞ ख़ुद को अपने लक्ष्यों की याद दिलाएं, ताकि आप ख़ुद ही प्रोत्साहित होकर वापस ध्यान अपने काम की ओर लगा पाएं।

केस स्टडी

एक बार एक सोलह साल की लड़की सामिया ने मुझे एक ईमेल किया कि वह तीस मिनट से अधिक समय तक पढ़ाई नहीं कर पाती है। उसे फिर से पढ़ने बैठने से पहले कम-से-कम एक घंटे तक ब्रेक की आवश्यकता होती है।

मैंने उसे विस्तार से समझाया कि हर किसी का स्वभाव अलग होता है और उनकी अपनी-अपनी क्षमताएं होती हैं, इसलिए उसके साथ कुछ ग़लत नहीं है। उसे बस अपनी आत्मशक्ति को बढ़ाने की आवश्यकता है। उसकी मुख्य समस्या यह है कि वह एक ही हावभाव में आधे घंटे तक पढ़ती है और इतने लंबे समय तक ध्यान केंद्रित कर पाना ज़्यादातर बच्चों की समस्या होती है। इसलिए मैं यह सलाह दूंगा कि वह तीस मिनट का अध्ययन सत्र बनाए, जिसमें 7 मिनट के स्टडी ब्लॉक्स हों, जिसमें 3 मिनट का ब्रेक भी हो। इसके बाद मैंने सलाह दी कि वह धीरे-धीरे 7 से 8 मिनट या और ज़्यादा तक स्टडी ब्लॉक्स की अवधि को बढ़ाती रहे। मैंने उसे यह भी ध्यान दिलाया कि पढ़ाई के दौरान ज़्यादा-से-ज़्यादा पानी पिए, ताकि शरीर में पानी की कमी न हो और साथ ही ब्रेक के दौरान गहराई से सांस लेती रहे। दो सप्ताह तक मेरी सलाह का अनुसरण करने के बाद वह अपने स्टडी ब्लॉक्स को एक घंटे तक बढ़ा पाने में सफल हो गई और उसकी याददाश्त भी पहले से बेहतर हो गई।

अच्छी शुरुआत और रुकना

जब आपके बच्चे अपने अध्ययन सत्र का पालन करने लगें, तो यह सुनिश्चित करें कि वह स्पष्ट रूप से हर स्टडी सत्र के आरंभ और अंत का पालन करते हों। वे या तो इसे मानसिक रूप से अंकित कर सकते हैं या हर ब्लॉक के शुरू होने पर तेजी से इसकी घोषणा करके और ब्लॉक में लिखे गए हर बिंदु

को सूचीबद्ध करके और ब्लॉक के समाप्त होने पर ऐसा ही करके अपनी प्रक्रिया पूरी कर सकते हैं।

यदि हर अध्ययन सत्र की शुरुआत और अंत स्पष्ट है, तो इससे याददाश्त मजबूत होगी, क्योंकि इससे मस्तिष्क को संगठित होने एवं नई सूचनाओं को जमा करने में सहायता मिलती है तथा कोई जानकारी याद करने पर उसे याद दिलाने में भी मदद मिलती है।

पुनरभ्यास अच्छा तरीक़ा है

सीखने की प्रक्रिया का एक मुश्किल भाग होता है पुनरभ्यास। पुनरभ्यास ऐसी अध्ययन प्रक्रिया को कहते हैं, जिसमें पढ़ी गई चीज़ को दुहराया जाता है। अगर आप किसी कमरे का रंग-रोगन कर रहे हैं और आप चाहते हैं कि रंग खूबसूरती से खिलें और लंबे समय तक टिकें, तो आपको इसे फिर से रंगने की ज़रूरत होती है। इसी तरह आपको कई सूचनाओं और जानकारियों को कई बार दुहराने की आवश्यकता होती है, ताकि वह आपके दिमाग़ में बैठ जाएं। नीचे पुनरभ्यास से संबंधित कुछ टिप्स दिए हुए हैं, जो आपके बच्चे को सारी जानकारियों को मजबूत बनाने में मदद देंगे।

उन्हें दुहराने का प्रयास करें, दुहराए, दुहराए, दुहराए

जब मैं बच्चा था, तो मैं एक गिटार सिखाने वाले शिक्षक के पास जाता था। वह मुझसे कहते थे, तुम तब तक गाने के अगले भाग पर नहीं जाओ, जब तक कि तुम पहले तीन गाने बिना रूके और बिना किसी ग़लती के गा सको।

यदि तुम ऐसा कर सकते हो, तो उस खास क्षेत्र पर विजय पाने को लेकर तुम्हारा आत्मविश्वास बढ़ जाएगा। संगीत के साथ-साथ मैंने इस सिद्धांत को दूसरे विषयों जैसे भाषा, गणित आदि पर भी लागू करने का निश्चय किया।

हालांकि ज़्यादातर लोग सीखने के लिए रट्टा विधि के खिलाफ बोलते हैं, जबकि वास्तव में अभ्यास के दौरान दुहराने की प्रक्रिया को लेकर काफ़ी ज़्यादा जानकारी होती है। आप जो कुछ भी सीखना चाहते हैं, दुहराने की

प्रक्रिया उसको आत्मसात करने का बल देती है। यद्यपि छात्र अक्सर पहले के अध्याय में एक स्तर पर सीखने के बाद तुरंत दूसरे अध्याय पर चले जाते हैं और बाद में यह पाते हैं कि जब वह किसी शीर्षक पर पहुंचते हैं, तो उनकी याददाश्त में अंतर आ जाता है।

24 घंटे का नियम

क्या आप जानते हैं कि केवल 24 घंटों में लोग अपनी याद की हुई चीज़ के 80 फीसदी को भूल जाते हैं। इसी तरह आपके बच्चे को भी एक दिन में पढ़ी गई बातों को फिर से दुहराना चाहिए।

यह सुनिश्चित करें कि आपका बच्चा दुहराने के लिए अपनी पढ़ाई के समय का पचास प्रतिशत हिस्सा लगाए। ज़्यादातर बच्चे अपना अधिकतर समय पढ़ने में लगाते हैं और मात्र 5 से 10 प्रतिशत भाग दुहराने में देते हैं। हमेशा यह बात दिमाग़ में रखें कि पढ़ाई की तरह ही दुहराना भी महत्वपूर्ण होता है।

> प्रशिक्षण टिप्स : सीमेंट का इस्तेमाल कर बनाई गई चीज़ पर पानी देना बेहद ज़रूरी होता है। यदि आप कभी भी सीमेंट की छत में लोगों को रहते हुए देखते हैं, तो आप अगले दिन या कई दिनों बाद देखेंगे कि वह पाइप की मदद से इस पर पानी छिड़कते हैं। इससे सीमेंट मजबूत बन जाता है और जब यह पूरी तरह सूख जाता है, तो सीमेंट और ज़्यादा मजबूत हो जाता है। इसी तरह दुहराने का प्रभाव मस्तिष्क पर भी पड़ता है। इस बात को दिमाग़ में रखें और अपने बच्चों को काफ़ी जल्दी एवं बार-बार दुहराने की प्रक्रिया के साथ अपने सीमेंट पर पानी देने को कहें।

दुहराने की प्रक्रिया

यहां आपके बच्चे के लिए कुछ टिप्स हैं, जिनका उपयोग केवल दुहराने के लिए किया जाता है। ये आपको कम-से-कम समय में ज़्यादा-से-ज़्यादा जानकारी सीखने में मदद करेंगे और लंबे समयकाल तक दिमाग़ में रहेंगे।

फ्लैश कार्ड आपके बच्चों को दुहराने में काफ़ी मदद करेंगे

बच्चों को उनके अध्यायों को दुहराने में फ्लैश कार्ड भी अहम भूमिका निभा सकते हैं। वे इसे परिभाषा, व्याकरण, ऐतिहासिक तथ्य और इसी तरह हर विषय के लिए उपयोग में ला सकते हैं। आप किसी दूकान से इंडेक्स कार्ड खरीद सकते हैं या चार्ट पेपर काटकर आपके बच्चे उसे घर में ही बना सकते हैं। यदि आपके बच्चे उनका उपयोग व्याकरण सीखने में करते हैं, तो वह उस शब्द को कार्ड के एक छोर पर लिखें और दूसरे सिरे पर उसकी परिभाषा लिख सकते हैं। यहां कुछ रास्ते दिए गए हैं, जो फ्लैश कार्ड को इस्तेमाल में लाने के तरीक़े बताते हैं –

- अपने बच्चों को बताएं कि कार्ड की शुरुआत ऐसे अंकों से करें, जो आसानी से समझ में आएं, जैसे 10 से 15।
- उन्हें कार्ड को उलटकर स्वयं की परीक्षा लेनी आना चाहिए और दूसरों द्वारा पूछे गए प्रश्न का उत्तर बताना चाहिए।
- एक बार उन्होंने निश्चित कार्डों पर पकड़ बना ली, तो वह उन कार्ड्स को एक साथ रख सकते हैं। जब उन्हें कार्ड्स के साथ थोड़ी असमंजस की स्थिति हो, तो वह कार्ड के लिए अलग से पैकेट बना सकते हैं और जब विश्वास हो जाए, तो उन कार्ड्स का मास्टर पैकेट बना लें।
- उन्हें उनके विचारों और खेलों के साथ आगे आने दें, ताकि उन्हें यह पता चले कि कार्ड्स के साथ कुछ भी कैसे सीखा जा सकता है।

मैं एक इसी तरह के फ्लैश कार्ड की विधि बताता हूं, जिसे मैं काफ़ी पसंद भी करता हूं – तीन फ्लैश कार्ड्स के साथ आरंभ करें, इस तरह करें, उनमें से हर एक पर शब्द और उसकी परिभाषा लिखें। उन तीनों कार्ड को अपने सामने रखें। पहले पर इशारा करें, उसमें लिखे शब्द और उसकी परिभाषा को कहें। इसके बाद दूसरे पर इशारा करें और यही प्रक्रिया दुहराएं, इसके बाद तीसरे कार्ड के साथ भी ऐसा ही करें। अब तीनों कार्ड्स को मिला दें, उसमें एक नया कार्ड मिलाएं और यही प्रक्रिया दुहराएं। इस बार भी नया

कार्ड मिलाएं। एक और कार्ड मिलाकर, उसी प्रक्रिया को दुहराएं। यह प्रक्रिया तब तक करते रहें, जब तक कि आपके पास 15 कार्ड न हो जाएं।

फ्लैश कार्ड्स को कहीं भी ले जाना आसान होता है, क्योंकि आपके बच्चे उसे रखते हैं और कहीं भी उसका इस्तेमाल कर सकें। फिर चाहे वह स्कूल से आ रहे हों या क्लास में हों, या फिर जब कभी वह अपने रिश्तेदार के यहां घूमने जाएं। जब कभी भी उनके पास तीन मिनट का भी समय होगा, वे इसे निकालकर दुहरा सकते हैं।

इससे बच्चों की बौद्धिक क्षमता बढ़ती है

जब किसी भी चीज़ को सीखने की बात आती है, खासकर तथ्यों की तो छात्र आमतौर पर किताबें पढ़कर ऐसा कर लेते हैं और वर्ग में बनाए गए नोट्स के माध्यम से ऐसा करते हैं। यद्यपि न्यूरोसाइंस बताता है कि सीखने के प्रति लालसा होने से हम हर तरह की चीज़ों को सीख जाते हैं, जिससे याददाश्त भी तेज होने के मौके बढ़ जाते हैं। अपने बच्चों को भी इन तीन टिप्स पर प्रयास करने को कहें कि कैसे सीखने के दौरान ही अपने दिमाग़ का इस्तेमाल किया जा सकता है –

1. पढ़ाई के दौरान उसके विषय को जोर-जोर से पढ़ें। यह सुनिश्चित कर लें कि इसमें आवाज तेज, मध्यम, धीमी या कर्कश में से किस तरह की है।
2. हाथ जैसे अंगों का इस्तेमाल करें।
3. नृत्य और संगीत। हो सकता है कि इनकी आवाज आपको बुरी लगे, पर यह देखें कि आपके बच्चे जब खुद ही नाचते हैं, तो इसका प्रभाव क्या पड़ता है, क्या वह प्रकाश संश्लेषण की प्रक्रिया को प्रस्तुत करते हैं?

कई छात्र मुझसे परीक्षा की तैयारी कैसे की जाती है, इसके बारे में पूछते हैं। दरअसल इसमें बार-बार आने वाली समस्या है, अंतिम समय में तैयारी कैसे की जाए, कठिन पढ़ाई करके।

आप मानें या न मानें, थोड़ा तनाव हमारे मस्तिष्क को अच्छा लगता है, जो एक चुनौती के साथ मिले हुए काम को करने से मिल सकता है। इसलिए जब बच्चों को उनकी परीक्षा के बारे में पता चलता है, तो तनाव का थोड़ा सा अंश उन्हें पढ़ाई की ओर उन्मुख कर देता है। हालांकि जब बच्चे तैयारी करने के अंतिम समय तक इंतजार करते हैं, तो उनमें तनाव का स्तर बढ़ जाता है और मस्तिष्क को यह बात पसंद नहीं आती है। वास्तव में जरूरत से ज़्यादा तनाव मस्तिष्क को कुछ भी सीखने और याद करने में कम क्षमतावान बनाता है। इसके बाद भी यह सुनिश्चित करें कि आपके बच्चे जितनी जल्दी हो सके परीक्षा की तैयारी कर लें, ताकि वह अंतिम समय में कठिन मेहनत की परिस्थिति को टाल सकें। परीक्षा की पूर्वसंध्या पर बच्चों को जल्दी सुलाने का प्रयास करें, ताकि उन्हें पूरी तरह आराम मिल सके। साथ ही ज़्यादा देर तक जागने या पढ़ाई या पुनरभ्यास के लिए जल्दी उठने के उनके इरादे से भी बचें। हालांकि समय के उस पहलू में उनमें बहुत ज़्यादा सीखने की क्षमता नहीं होती है। इसलिए उनके लिए बेहतर है कि उन्हें थोड़ा ज़्यादा आराम मिल सके, बजाय इसके कि वह अपने आप को अत्यधिक तनाव से घेर लें और दिमाग़ पर इसका प्रभाव पड़ने की वजह से परीक्षा में उनकी क्षमता व योग्यता भी प्रभावित हो सकती है।

आप भी शामिल हों – प्रशिक्षक ही सारा अंतर बताता है

जब मैं स्कूल में था, तो स्कूल की फुटबॉल टीम की ओर से कुछ वर्षों तक खेला था। दुर्भाग्यवश दस वर्षों तक हमारी टीम का सबसे खराब रिकॉर्ड रहा था, हम अपने डिविजन में लगातार निचले स्थान पर बने हुए थे और एक बार भी फाइनल मैच में नहीं पहुंच सके थे। हर साल, हम कड़ी मेहनत करते और सकारात्मक भावना रखते थे, लेकिन हमारे सर्वश्रेष्ठ प्रयासों के बावजूद हम एक दशक से चल रही अपनी कमजोरी को दूर नहीं कर पाए।

उसके एक साल के बाद नए प्रशिक्षक आए और सबकुछ बदल गया। पूर्व सत्र की तैयारी के दौरान उन्होंने हमारे साथ कड़ी मेहनत की, हमें अभ्यास के नए-नए अनूठे तरीकों की जानकारी दी। उन्होंने हर तरह की

नई तकनीक से परिचय करवाया और यह सुनिश्चित किया कि हम अपने अभ्यास सत्र के हर मिनट का प्रभावशाली ढंग से उपयोग करें। इसमें कोई आश्चर्य नहीं था कि उनके पहले साल के कार्यकाल में ही हमारी टीम हर मैच जीतती गई, जिसमें 9-0 से जबरदस्त जीत भी शामिल है। सत्र के अंत पर हम फाइनल में भी पहुंच गए और यद्यपि हम काफ़ी नजदीकी अंतर से हार गए थे, पर टीम का हर सदस्य एक चैंपियन की भांति गर्व महसूस कर रहा था। पूरे साल का अनुभव हम सभी के लिए अद्भुत परिवर्तन का साल रहा।

उस वर्ष मैंने यह सीखा कि हर प्रशिक्षक और अभिभावक पर एक ही बात लागू होती है। केवल इतना ही ज़रूरी नहीं है कि क्षमतावान हों, बल्कि टीम के सदस्यों का उत्साहवर्द्धन होना भी आवश्यक होता है। और किसी प्रशिक्षक के लिए भी केवल सत्र के आरंभ और अंत में अपनी इच्छाशक्ति दिखाने का कोई मतलब नहीं होता है। जिस तरह जिंदगी आपके बच्चे का प्रशिक्षक होती है, ठीक उसी तरह साल भर तक आपको भी उनके अभ्यास में सहायता करने की ज़रूरत होती है, लगातार उन पर नजर रखने और उन्हें उनकी क्षमता पाने के लिए प्रयासरत होने की ओर अग्रसरित करने की आवश्यकता होती है। अनुसंधानों से पता चलता है कि आपके बच्चे में सक्रिय रूप से आपके द्वारा भाग लेना एक सीधा और प्रभावशाली क़दम रखता है, कि उनका प्रदर्शन कैसा रहता है। आप केवल उनके स्कूल के शिक्षकों या घर पर पढ़ाने वाले शिक्षकों पर ही सारा दारोमदार नहीं डाल सकते हैं।

केवल तीन बातें ही ज़रूरी हैं

प्रशिक्षक की एक जिम्मेदारी यह होती है कि वह अपने खिलाड़ियों को किस तरह कड़ी मेहनत की ओर प्रेषित करे, इसकी जानकारी हो, ताकि वह अपनी क्षमता प्राप्त कर सकें। यदि आप अपने बच्चों को कड़ी मेहनत करने की शिक्षा नहीं देते हैं, तो वह अक्षमतावान ही रह जाएंगे। और यदि आप उन्हें मेहनती बनाते हैं, तो वे न सिर्फ़ तनावरहित रह पाएंगे, बल्कि शारीरिक व

मानसिक समस्याओं से भी छुटकारा पा लेंगे। यहां एक साधारण तकनीक है, जिसकी मदद से आप उनकी क्षमता को बढ़ा सकते हैं, मसलन समय की अवधि को बढ़ाकर, ताकि वे ध्यान केंद्रित कर सकें और उनकी क्षमता इतनी हो सके कि वह ख़ुद ही काम कर सकें। इस तकनीक को जस्ट थ्री मोर कहा जाता है।

जब कभी भी आपका बच्चा पढ़ता रहता है और वह आपके सामने यह बात जाहिर करे कि वह थक जाने की वजह से पढ़ाई नहीं करना चाहता है, तो उसे इस तकनीक के बारे में बताएं, जैसे केवल तीन पृष्ठ पढ़ लो, केवल तीन प्रश्नों का जवाब लिख लो, केवल तीन सूत्रों को हल कर लो आदि। बस एक छोटे से प्रयास की मदद से आप अपने बच्चों को उनकी पढ़ने की क्षमता बढ़ाने का काम कर सकते हैं। यदि आप उन्हें और आधे घंटे तक जबरदस्ती पढ़ाई करने को कहते हैं या दस और प्रश्नों को हल करने को कहते हैं, तो इस बात की प्रबल संभावना होती है कि उनमें और अधिक देर तक पढ़ने की इच्छाशक्ति बिल्कुल नहीं है और वे जल्दी ही हार मान लेंगे। एक बार उन्होंने उन तीन बातों पर अमल कर लिया और वह आपके पास आ गए, तो आप काफ़ी आसानी से तीन और सवाल हल करने को कह सकते हैं। आप चाहें तो परिस्थितियों पर आधारित इस तकनीक को अपने बच्चे की उम्र व क्षमताओं को ध्यान में रखते हुए एक और ज़्यादा या पांच और अधिक में तब्दील कर सकते हैं।

कई अभिभावक इस बात की शिकायत करते हैं कि उनके पास अपने बच्चों को मदद करने और उनके साथ पढ़ाई में मदद करने के लिए पर्याप्त समय नहीं होता है। यहां तक कि यदि आपके पास ज़्यादा समय नहीं है, तो कम ही सही पर एक पर्याप्त समय उन्हें देने का प्रयास करें। उदाहरण के लिए हर दिन के लिए एक निश्चित समय सीमा तय करें, ताकि आप अपने बच्चे की पढ़ाई और उसके व्यक्तिगत विकास की ओर ध्यान दे पाएं। हर दिन केवल 10 से 15 मिनट का समय उनके जीवन में एक अच्छा प्रभाव डाल सकता है, जिससे वह अपनी क्षमता प्राप्त कर पाएंगे। पर इस बात को लेकर निश्चिंत रहें कि उनकी रोज़ की डायरी की जांच की जाए, जिसमें

उनके होमवर्क परियोजनाएं दर्ज होती हैं और उन्हें वे पूरी करनी होती हैं। यह आपको समझने की कतई ज़रूरत नहीं होती कि आप विषय वस्तु को समझें, लेकिन यह महत्वपूर्ण होता है कि आप यह देखें कि वह स्कूल से मिला काम करते हों।

प्रतिपुष्टि लेने के बारे में बताएं!

जब कभी भी हम कोई उपलब्धि हासिल करने की तैयारी करते हैं, तो हम प्रतिपुष्टि की मदद से यह जानकारी हासिल करते हैं कि हम सही रास्ते पर हैं या नहीं। कई बार यह हमें दूसरों से मिलती है, मसलन एक शिक्षक, एक अभिभावक या दोस्त, या कई बार यह स्वतः मिल जाता है, जब हमें यह विश्वास हो जाता है कि हम सही राह पर हैं। यद्यपि दूसरों के द्वारा दिखाई गई दिशा या खुद तय किए गए रास्ते से मिली प्रतिपुष्टि सीखने की प्रक्रिया के लिए मुश्किल भी होती है।

बतौर अभिभावक आपको अपने बच्चे को सीखने की प्रक्रिया के दौरान प्रतिपुष्टि लेने के महत्व को बताने की आवश्यकता होती है और उसे जल्दी ही लेने का प्रयास करना चाहिए। इसका कारण यह है कि यदि आप कुछ ग़लत करते हैं और इसी पर आगे बढ़ जाते हैं, तो अगले आदेश तक मस्तिष्क के तंतु उस रास्ते या जानकारी को सही मानेंगे। आपके बच्चे ग़लत रास्ते पर बढ़ने में जितना वक्त लगाएंगे और जितना समय वह आगे बढ़ने या सोचने में लगाएंगे, आगे चलकर यह उतना ही अधिक कठिन होता जाएगा।

आप खुद ही इस बारे में अनुभवी होते जाते हैं। आरंभ से ही आप किसी का ग़लत नाम लेने लगते हैं। इसके बाद भले ही वह अपना सही नाम आपको बता दे, दुर्भाग्यवश आप बार-बार उन्हें उनके ग़लत नाम से पुकारते हैं। इसी तरह आपके बच्चे जो कुछ भी सीखते हैं, वह सही होता है। इसलिए एक बार फिर सबसे अच्छा नियम यह है कि आप जल्दी ही प्रतिपुष्टि लें।

जब आप अपने बच्चों को प्रतिपुष्टि दे रहे होते हैं, तो यह याद रखना महत्वपूर्ण होता है कि यह विभिन्न रूपों में सामने आए। ज़्यादातर अभिभावकों

को नकारात्मक प्रतिपुष्टि ही मिलती है, जिससे यह जानकारी मिलती है कि उनके बच्चों ने कब ग़लती की और उसे सुधार करने के लिए कुछ भी नहीं किया। यद्यपि सकारात्मक प्रतिपुष्टि भी होती है, जो आपके बच्चों को यह बताती है कि वह कब सही क़दम उठाएं। दोनों तरह की प्रतिपुष्टि का अपना महत्व है और भले ही ज़्यादातर अभिभावक अपने बच्चों द्वारा की गई ग़लतियों को लेकर पूर्वाग्रह से ग्रसित हों।

जब नकारात्मक प्रतिपुष्टि दी जाती है, तो कभी भी न तो क्रोधित हों और न ही भावनात्मक बनें। ऐसी बातों से बचने का प्रयास करें, जो अर्थ का अनर्थ करती हों जैसे, तुम क्यों नहीं इसे पा सकते हो? या मैं इसे दस बार पहले से ही दुहरा चुका हूं। या तुम इतने ढीले क्यों हो? इस तरह के हावभाव में बोलने से बच्चे सुरक्षात्मक, क्रोधित या परेशान हो जाते हैं। इससे उनमें तनाव बढ़ता है, वह अपना आत्म-विश्वास खो देते हैं और वह आपके द्वारा दी जाने वाली प्रतिपुष्टि से स्वयं को बचाने का प्रयास करने लगते हैं, जिससे उनका भला हो सकता था। इसके बाद जब नकारात्मक प्रतिपुष्टि को मना करना असंभव हो जाता है, तब मैं मज़बूती से आपको यह सलाह देता हूं कि पहले सकारात्मक बातें बताने का प्रयास करें, ताकि आपके बच्चे पहले की अपेक्षा अधिक कुशलता व भावनात्मक तौर पर स्वीकार्य रूप में दिखाई दें। तत्पश्चात उन्हें एक लक्षित एवं स्वाभाविक रूप में बेहतर प्रतिक्रिया दें। उदाहरण के लिए –

☞ आप दशमलव प्रणाली को समझने के लिए तैयार दिखाई देते हों, अच्छा कर रहे हों। यद्यपि तुम्हें सवालों को सही तरीक़े से उत्तर देने से पहले उन्हें अच्छी तरह जांच कर लेने की आवश्यकता है।

जब आप नकारात्मक प्रतिपुष्टि देते हैं, तो उन्हें सीधे जवाब बताने से बचें। कभी-कभार उन्हें हिंट दे दें और उन्हें गलती से बचाने के अवसर मुहैया करा दें तथा उन्हें ख़ुद से इसे सही करने का मौक़ा दें। उदाहरण के लिए –

☞ क्या तुम संतुष्ट हो कि वहां हर चीज़ सही है?

☞ मैंने देखा है कि तुम नियमित क्रिया का प्रयोग करने में सक्षम हो। यह ऐसा प्रतीत होता है कि यद्यपि तुमने वाकई इसे पा लिया है। फिर भी मैं कुछ अनियमित क्रियाओं के प्रयोग में कुछ ग़लतियां पाता हूं।

यदि वे ऐसे ही संघर्ष करती रहीं, तो ऐसे हिंट देने का प्रयास करें, जिनसे उत्तर दूर होने के बजाय संभावित हो –

☞ जिस शब्द को सिखाया गया है, उसके ग़लत होने के बारे में तुम क्या सोचते हो?

ऐसे कई बच्चे हैं, जो अपने शिक्षकों द्वारा उनकी सुधारी गई ग़लतियों को लेकर ज़्यादा चिंतित नहीं होते हैं। साधारण तौर पर वह अपनी सारी ग़लतियों को एक ही ग़लती के रूप में देखते हैं और आगे बढ़ जाते हैं। अपने बच्चों को यह महसूस कराने में मदद कीजिए कि ग़लतियां उनके लिए ऐसे अवसर के रूप में सामने आती हैं, जिससे वह कुछ सीख सकते हैं। जब कभी भी वह परीक्षा देकर आते हैं, तो उनकी ग़लतियों को देखने के लिए समय दें और उन्हीं पर उनसे चर्चा करें। आप उनकी ग़लतफहमियों और असमंजस को दूर करने में मदद कर सकते हैं, जो उनमें अभी भी मौजूद है। यदि आप ऐसा नहीं करते हैं, तो यह ठीक उसी तरह होगा कि ग़लतफहमियां और असमंजस की स्थिति बार-बार आती रहेंगी।

ग़लती की प्रकृति को भांपें, जो परेशानी को पहचानने और उसे सही करने में मदद मिलेगी।

संभावित दृश्य –

☞ आपका बच्चा न तो बात को जानता है और न ही समझता है।

☞ आपका बच्चा उस बात को ग़लत रूप में ही समझता है।

☞ आपका बच्चा उस बात को समझता है, लेकिन दुर्भाग्यवश दिशा में भटकाव, ध्यान केंद्रित करने में कमी, लापरवाही और अभ्यास में कमी के कारण ग़लती कर जाता है।

बतौर अभिभावक आपको हर मामले में अलग तरीक़े से पेश आने की ज़रूरत होती है। यदि आपका बच्चा उस विधि या बात को नहीं समझ पाता है, तो आपको शुरुआत से आरंभ करना और उसे विस्तार से बताना सही क़दम होगा। यदि वह उस बात को ग़लत रूप में समझ लेता है, जो आपको उसे उस विषय को विस्तार से समझाने को कहना चाहिए। उसे सही दिशा के बारे में भाषण न दें। ऐसा तभी करें, जब आप उसकी ग़लतफहमी को समझ सकें, तभी आप उसकी ग़लतफहमी को दूर करने में अच्छी तरह मदद कर पाएंगे। कभी-कभार होने वाली ग़लतियों को नजरअंदाज करने के साथ ही, उस शीर्षक के बारे में बात करने में कम-से-कम समय देने और अपने बच्चे को अभ्यास या ध्यान केंद्रित करने की दिशा में प्रोत्साहित करने पर ज़्यादा समय देकर आप ऐसा कर सकते हैं।

जबकि अपने बच्चों के लिए यह भी सुनिश्चित करना ज़रूरी है कि वे जितनी जल्दी हो सके, प्रतिपुष्टि प्राप्त करने का प्रयास करें और यह भी देखें कि वह अपने काम में आलसी न हो जाएं। अपने बच्चों के लिए सुनिश्चित करें कि वह बार-बार प्रतिपुष्टि प्राप्त करने के लिए बेवजह तनाव से न घिर जाएं। हालांकि बहुत छोटे बच्चों को हर समस्या के बाद आप कुछ सलाह देते रहें और उन्हें बिना मदद लिए कम-से-कम 2 से 3 समस्याओं को निपटाने के लिए प्रोत्साहित करें, इसके बाद धीरे-धीरे समस्याओं की संख्या को बढ़ाते रहें।

आप चाहें तो समस्याओं से धैर्यपूर्ण तरीक़े से जूझने की उनकी क्षमता को अगली समस्या को हल करने के बाद उस पर प्रश्न पूछकर बढ़ा सकते हैं, इसके बाद एक निश्चित अवधि के बाद, वे आ सकते हैं और अपने पशोपेश को दूर कर सकते हैं।

> प्रशिक्षण टिप्स : यदि आपके बच्चे ज़रूरत से ज़्यादा सवाल करते हैं, तो उन्हें प्रश्नों की सीमित संख्या हल करने के लिए दें। उन्हें काग़ज़ के टुकड़े दें और उनसे कहें कि हर प्रश्न के बाद वह आपको एक टुकड़ा देंगे और जब वह टुकड़े खत्म हो जाएंगे, तो वह आपसे प्रश्न भी

नहीं पूछेंगे। इससे उनमें पूछे जाने वाले प्रश्नों को लेकर जिम्मेदारी का अहसास आएगा। उन्हें ज़्यादा-से-ज़्यादा काग़ज़ के टुकड़े देने से शुरू करें। धीरे-धीरे इनकी संख्या कम करते रहें और जब उन्हें मदद की आवश्यकता होगी, तो वह ज़्यादा अच्छी तरह सीख पाएंगे।

अभ्यास की कला में निपुण कैसे बनें

मैं एक अंतिम बिंदु को शामिल करना चाहता हूं, जो अभ्यास के दौरान आपके हावभाव या व्यवहार के महत्व के बारे में है। केवल इतना ही काफ़ी नहीं है कि आपके बच्चे महज अभ्यास करने के लिए ही कड़ा परिश्रम करें। दरअसल सीखने की प्रक्रिया में उनका सर्वस्व शामिल होना आवश्यक होता है। वैदिक विधि में इस तरह किए जाने वाले अभ्यास को साधना कहते हैं, जो यह संकेत करती है कि केवल प्रक्रियाओं को दुहराना ही काफ़ी नहीं है, लेकिन इसके अलावा किसी के द्वारा एक संकल्प लेकर किया जाने वाला व्यक्तिगत अभ्यास का विकास है। वैसे लोग जिन्होंने अपने जीवन में महानतम उपलब्धियां प्राप्त की हैं, वे केवल भावनाओं के आधार पर चलने वाले लोग नहीं थे, जिन्होंने अपने दिल एवं दिमाग़ को अलग-अलग करके अपने काम किए, बल्कि ये ऐसे लोग थे जिन्होंने अपनी सारी क्षमता इसमें दे दी।

इस सेक्शन में हमने क्या सीखा?

- शारीरिक एवं मानसिक लर्निंग जोन बनाकर एक अच्छा वातावरण तैयार करें।
- एक ऐसा अध्ययन कार्यक्रम बनाएं, जो आपके बच्चों को अपने कार्य में सर्वश्रेष्ठ बनाने में मददगार साबित हो। इससे उन्हें अंतिम समय में तनाव को दूर करने में मदद मिलेगी।
- बच्चों को पढ़ाई की अवधि को नियंत्रित करने में मदद करें, जो सत्रों और टुकड़ों में बंटा हो, और जिसके बीच में आराम का सही समय भी हो।

- बच्चों को किए गए काम को दुहराने की बात बताएं, ताकि उन्होंने जो सीखा है, उसे मजबूत बना सकें। एक अभिभावक और प्रशिक्षक के रूप में आप महत्वपूर्ण भूमिका निभाएं।
- एक सकारात्मक व्यवहार और संपूर्ण संकल्प के साथ उन्हें अभ्यास करने के लिए प्रोत्साहित करें।

नियम - 8

अपने बच्चे को खेलना सिखाएं

जब मैं इस अध्याय को लिखने बैठा, तो मैं अपने कार्यालय के बाहर बिछी घास को खिड़की से देख रहा था, जो फरीदाबाद के जीवा पब्लिक स्कूल के खेल के मैदान में दिखाई दे रही थी। यह विश्राम का समय था और सैकड़ों बच्चे हर दिशा में दौड़ते दिखाई दे रहे थे, जैसे भौतिकी के किसी प्रयोग में इलेक्ट्रॉन हर दिशा में जाते दिखते हैं। बास्केटबॉल को पाने के लिए पांच बच्चों में लगभग जंग चल रही थी, तीन लड़कियां बिल्कुल सजे हुए तरीक़े में रस्सी कूद रही थीं, एक लड़का तेज गति से दूसरे बच्चे के पीछे भाग रहा था और वे काफ़ी जोर-जोर से हंस भी रहे थे, लड़कियों की दो टीम खो खो खेल रही थी, एक लड़का जो गिर पड़ा था, रो रहा था और उसका एक दोस्त उसे सांत्वना दे रहा था और उसे मैदान से बाहर ले जा रहा था।

उनकी क्रियाओं की इस उपस्थिति के बावजूद जो कुछ भी दिखा और उनकी उछल-कूद से जो वातावरण तैयार हुआ, खेल के इस भाग में भी सीखने के अप्रतिम अवसर थे। ध्यान से देखने पर ऐसा प्रतीत हुआ कि समय का यह पल पूरी तरह प्रतियोगिता, टीम भावना, सहयोग, शारीरिक सहयोग, समय की प्रतिबद्धता, नीति, सक्रियता और जोखिम उठाने की क्षमता, दोस्ती, स्नेह, महत्व आदि का परिचायक था। वास्तव में इन 30 मिनटों के सत्र में जो सबक मैंने सीखा, उसका प्रभाव नागरिक शास्त्र या ज्यामितीय अभ्यासों से अधिक था और उनमें केवल उपस्थित होने की आवश्यकता थी।

मनोचिकित्सक डॉ. स्टुअर्ट ब्राउन द्वारा किए गए शोध के अनुसार हर

बुद्धिमान व्यक्ति, कुत्ते, बिल्लियों, बंदरों, भालू और यहां तक की चींटियों में खेलने की इच्छा होना स्वाभाविक लक्षण है। ब्राउन विस्तार से बताते हैं कि खेलना कोई असंगत व्यवहार नहीं है, जिसका अर्थ केवल समय की बरबादी हो। इसके बजाय यह ऐसी प्रक्रिया है, जो किसी प्राणी को विकास करने के लिए क्षमतावान बनाती है और इस लायक बनाती है कि वह अपनी क्षमताओं के बारे में ज्ञान हासिल कर सके, हमारी दुनिया का शारीरिक नियम और सामाजिक संबंधों के विस्तार को जान सकें। इससे भी अधिक खेल तनाव कम करने के साथ ही शारीरिक एवं मानसिक स्वास्थ्य का भी विकास करता है। संक्षेप में खेल से मनुष्य सीखने, स्वीकार करने और शामिल होने के गुणों में माहिर होता है।

दुर्भाग्यवश इससे पहले पढ़ाई के दौरान हासिल की गई उपलब्धियों की वजह से अभिभावकों के खेल पर ध्यान देने के विचार पर पर्दा पड़ जाता है। जब बच्चे वीडियो गेम खेलने, डांस या तस्वीर में रंग भरने के लिए घर से बाहर समय बिताना चाहते हैं, तो उनके अभिभावक इस तरह के कार्यों को तुच्छ मानते हैं और इसे उनकी पढ़ाई में बाधा मानते हैं। इस अध्याय में मेरा ध्येय यह है कि मैं आपको खेल के बारे में कुछ अलग सोचने के लिए मजबूर करूं, ताकि आप इसे अपने बच्चों के लिए आवश्यकता के रूप में जान सकें और इसे खाने, सोने और पढ़ने से अलग नहीं समझें। यह मेरा विश्वास है कि शीघ्र ही ऐसा महसूस करेंगे कि जल्दी ही आप बच्चों की दिनचर्या में खेल को भी प्रमुखता से स्थान देंगे, ताकि वे अपनी क्षमता को और अधिक बढ़ा सकें तथा अपने अंदर के विजेता को सामने लाने में कामयाब हो सकें।

खेल क्या है?

साधारण तौर पर खेल से ऐसी सक्रियता का बोध होता है, जहां प्रतियोगी केवल मनोरंजन के उद्देश्य से पूरी तरह से किसी आयोजन में भाग लेता है। इस तरह की सक्रियताएं अकेले या समूह में पूरी होती हैं, जिसमें बच्चे और बड़े शामिल होते हैं और वह विभिन्न विधाओं या खिलौनों का अलग-अलग

रूप में उपयोग करते हैं। खेल को संरचनात्मक होना चाहिए, उसमें खास लक्ष्य और नियम होने चाहिए, कई बार खेल असंरचनात्मक या खुले विचारों के होते हैं। इस तरह की सक्रियताओं में इन बातों को शामिल किया जा सकता है –

- **वृहत मोटर खेल :** इसमें शरीर की सक्रियता के सारे प्रकार शामिल किए जाते हैं, मसलन दौड़, उछल-कूद, कूदना, फिसलना एवं घूमना।
- **छोटे-मोटे खेल :** छोटी चीज़ों से खेलना और विभिन्न सक्रियताओं में संलग्न होने के लिए शारीरिक एवं मानसिक रूप से मज़बूती चाहिए, मसलन पहेली सुलझाने, चित्रों को छांटना, गोटियां सजाना आदि।
- **संरचनात्मक खेल :** यह खेल ऐसे प्रकार का होता है, जिसमें बौद्धिक क्षमता और काल्पनिकता की आवश्यकता होती है, ताकि संरचनात्मक काम किया जा सके, जैसे घर, किले, जहाज आदि बनाना।
- **किरदार का खेल :** इस तरह का खेल आमतौर पर देखो कल्पना करो के साथ शुरू होते हैं और इनमें विभिन्न परिस्थितियों को शामिल किया जाता है, जिन्हें बच्चे अनुभव या कल्पना करते हैं।
- **भाषागत खेल :** ऐसा तब होता है, जब बच्चे शब्द बनाना या रचना जान जाते हैं, कविताएं, कहानियां और गाने शामिल किए जाते हैं।
- **कला का खेल :** बच्चे अपने खेल के दौरान हर तरह की कला सीखते हैं, जिसमें वह जब कभी भी ऐसी चीज़ें प्रयोग में लाते हैं, जो खींचने, संगीत रचने, कठपुतलियों के खेल की रचना करने आदि का उपयोग करते हैं। वह कला की बात करते हैं और अपनी बातों व विचारों का उपयोग करने के लिए उनका इस्तेमाल करते हैं।
- **पेचीदा एवं गैर ज़रूरी खेल :** इस तरह की भागीदारी में शारीरिक जोखिम के साथ-साथ घर बनाने जैसे काम भी हो सकते हैं, जहां प्रतियोगियों को एक सीमा में रहते हुए गुस्से का प्रदर्शन करना होता है, ताकि कोई दूसरा उससे प्रभावित न हो जाए।

हम खेलते क्यों हैं?

हम कई कारणों से खेलते हैं। सबसे पहली वजह है प्रतियोगिता करने की इच्छा। खेल के दौरान हम दोस्ती, अपनापन, समुदाय और विश्वास आदि भावनाओं की स्थापना करते हैं। दूसरे कारण का सबसे ज़्यादा हमारे बारे में जानने और कैसे दुनिया काम करती है, इसके बारे में जानने से है। खेल के माध्यम से हम यह जान पाते हैं कि हमारा शरीर कैसे काम करता है, कैसे वह बौद्धिक रूप से क्षमतावान हो सकते हैं और कैसे हम किसी तरह की प्रतियोगिता के प्रकार में महारत हासिल कर सकते हैं, यानी कैसे टहलना चाहिए, से पेड़ पर कैसे चढ़े तक की जानकारी हासिल कर सकते हैं। इस प्रक्रिया में हम खेल का इस्तेमाल पत्थरों से लेकर पानी में खेलने से संबंधित विभिन्न चीज़ों के बारे में जान पाते हैं, जिसमें खेल-खेल में ही प्रतियोगिता होती है, हम उन्हें नियंत्रित करने और परिवर्तित करने के बारे में जानकारी हासिल कर पाते हैं। हम नाटक में निभाए जाने वाले किरदार को लेकर भी अभ्यास करते हैं, ताकि वह किरदार अच्छी तरह निभा सकें। बच्चे कई बार अपने अभिभावकों को खाना बनाने, सफाई करने, मेहमानों का ख्याल रखने आदि के बारे में इच्छा जाहिर करते हैं। खेल हमें विभिन्न चमत्कार करने के लायक भी बनाता है, जो मात्र खुशी, मनोरंजन और विचारों के उद्‌गम के लिए होता है।

खेल के फायदे

खेल से कई फायदे हैं, अगर आप उनके शैक्षणिक आहार में इसका समावेश करते हैं –

- आंतरिक क्षमता बढ़ती है।
- स्पष्टता और बांटने का महत्व समझते हैं।
- भाषा की क्षमता बढ़ती है (जैसा कि शिक्षकों के साथ और कक्षा में बातचीत करते हुए बच्चों की भाषा काफ़ी जटिल होती है)
- उन्हें तेज बनाएं

☞ उन्हें और ज़्यादा कुशल एवं सक्रिय बनाएं।

☞ समस्याओं को सुलझाने की बुद्धि बढ़ाएं।

यह भी स्पष्ट रूप से बताया जा चुका है कि खेल और सफलता के बीच में संबंध होता है। डॉ. स्टुअर्ट ब्राउन स्पष्ट कर चुके हैं कि नोबल पुरस्कार विजेता, व्यवसाय की दुनिया के प्रतीक और दूसरे उपलब्धियां प्राप्त लोग अपने बचपन के दौरान और बड़े होने पर भी विभिन्न तरह के खेलों से जुड़े रहते हैं। उन्होंने यह भी कहा है कि वैसे लोग जो बचपन में खेल से वंचित रहे हों या ज़्यादा न खेलें हों, वह कम क्रियाशील, नई चीजों को सीखने के प्रति कम इच्छुक और नई तरह की सामाजिक एवं भावनात्मक समस्याओं का सामना करने में कमज़ोर रहते हैं।

बच्चों को ज़्यादा-से-ज़्यादा खेल की आवश्यकता होती है।

हम आज भी कम क्यों खेलते हैं? जब खेल इतना महत्वपूर्ण होता है कि जानवर भी इसमें संलग्न होते हैं, तो आख़िर क्यों बौद्धिक लोगों को अभिभावकों को यह बताने की ज़रूरत पड़ती है कि वह अपने बच्चे को ज़्यादा-से-ज़्यादा खेलने दें? इसके भी कई कारण हैं।

पहला, आधुनिक शैक्षणिक प्रणाली को इस तरह एक फैक्ट्री की तरह बनाया गया है कि जो बच्चों में ढेर सारी जानकारी और उनमें क्षमता प्रेषित करता है, जिसके परिणामस्वरुप बीस वर्ष या उससे अधिक वर्षों के बाद वह एक बुद्धिमान, क्षमतावान युवक बनते नजर आएंगे, जो औद्योगिक क्रांति में भागीदारी करेंगे। बच्चों के जीवन से कई सारी बुरी बातें बाहर निकल जाती हैं, जिनमें कला और खेल के प्रति उनकी रूचि भी होती है। इसके स्थान पर उन्हें केवल पढ़ाई में लगाए रखने से हर साल उन पर बोझ बढ़ता है और साथ ही आगे चलकर परीक्षा का बोझ भी सहना पड़ता है। दूसरे, भारत जैसे देशों में और खासकर शहरों में बच्चे घर में ही बंद रहने को मजबूर होते हैं। छोटे एवं बड़े शहरों में रह रहे बच्चों को बाहर खेलने का

एक मौक़ा तो मिल जाता है क्योंकि वहां न तो फुटपाथ होते हैं और न ही पार्क और सड़कें तो खतरनाक होती ही हैं। तीसरे संयुक्त परिवार की प्रथा हाशिए पर है और इसी वजह से यहां बच्चों के साथ खेलने के लिए साथी भी उपलब्ध नहीं होते हैं। अंत में, टेलीविजन ने बच्चों का काफ़ी सारा समय ले लिया है, जिससे वह खेल नहीं पाते हैं।

दुर्भाग्यवश, हम बच्चों के पाठ्यक्रम में बढ़ोतरी करके उन पर अधिक से अधिक तनाव डालते जा रहे हैं और इसी दौरान हम उन बातों को नजरअंदाज कर देते हैं, जिससे तनाव कम या दूर हो सकता है, वह है खेल।

अपने बच्चे के जीवन को ज़्यादा-से-ज़्यादा खेलपूर्ण कैसे बनाएं?

इसलिए आप अपने बच्चे के जीवन में खेल की भागीदारी बढ़ाने के लिए क्या कर सकते हैं? यहां कुछ सुझाव हैं, जिन्हें आप भली-भांति उपयोग में ला सकते हैं –

- ☞ यह सुनिश्चित करें कि बच्चे के प्रतिदिन खेलने का समय नियत हो।
- ☞ यह सुनिश्चित करें कि वह खेल के विभिन्न संस्करणों व्यक्तिगत, आंतरिक व्यक्तिगत, मुख्य भूमिका वाले, बड़े और छोटे खेलों आदि से जुड़े।
- ☞ घर में ही ऐसा वातावरण तैयार करें, जिसमें खेलने की संभावना हो। इसलिए किताबें, खिलौने, बोर्ड गेम्स, पजल्स, पेपर्स, कैंची, क्रेयॉन आदि जैसी सामग्रियां पहले से ही जुटाकर रख लें।
- ☞ ज़रूरत से ज़्यादा सुरक्षात्मक न हों जाएं और उन्हें किसी भी तरह के खतरनाक वातावरण से घिरने न दें। चीज़ों में संतुलन बिठाएं।
- ☞ अपने बच्चों को समय-समय पर वास्तविक कार्यों में संलग्न रखें, ताकि उनमें जिम्मेदारी का अहसास आ सके। इससे नए विचारों और किरदारों को निभाने के विचार के साथ उनके खेलने के समय में बढ़ोतरी होगी।

जब मैं अभिभावकों को यह बताता हूं कि वे अपने बच्चों को विभिन्न तरह के खेलों में जुटाकर रखें, तो कई बार वे शिकायत करते हैं कि उनके बच्चे टीवी छोड़कर किसी भी तरह के खेल में रूचि नहीं लेते हैं।

इसकी एक वजह यह है कि बच्चे एक निश्चित उम्र सीमा तक विभिन्न खेलों से परिचित नहीं हो पाते हैं और इसी वजह से उनमें इनके प्रति रूचि नहीं रह जाती है। इसलिए मेरा सुझाव यह है कि बच्चों को एक तय सीमा (प्रतिदिन एक से दो घंटे तक) तक ही टीवी देखने दें और खेल के लिए उनकी दिनचर्या में समय दें।

इसके बाद बच्चों को उन खेलों के विकल्प का सुझाव दें, जिसमें वह शामिल होना चाहें। इसी बीच उनमें खेल के प्रति रूचि अवश्य बढ़ेगी।

प्रशिक्षण टिप्स : अपने बच्चों में उन बातों की पहचान करने की क्षमता बढ़ाएं, जिससे वह प्रकृति के साथ सामंजस्य बैठा सकें और उन्हें इसमें सफलता एवं संतुष्टि प्राप्त हो सके।

क्रियात्मक खेलों की सूची

विज्ञान

ज्योतिष विज्ञान	पत्थर एकत्रित करना
इलेक्ट्रॉनिक किट	रोबोटिक्स
रेडियो से संचालित वाहन	

चीज़ें बनाना

संगीत के उपकरण बनाना	लकड़ी का काम या बढ़ईगिरि
शिल्पकला	मोमबत्ती बनाना
मूर्ति निर्माण	खाना पकाना
फिल्म निर्माण	जिगसॉ पजल्स (चित्र को छोटे-छोटे टुकड़ों में काटने की विधि)
गुड़िया निर्माण	सिलाई

दुर्लभ वस्तुओं को संभालकर रखना	स्क्रैप बुक का निर्माण
मिट्‌टी की मूर्तियां बनाना	मोमबत्ती निर्माण
चित्रकारी एवं रंग भरने की कला	ओरिगेमी
ब्रेसलेट	ज्वेलरी का निर्माण
साबुन निर्माण	कढ़ाई
काग़ज़ बनाना	कार्विंग यानी लकड़ी का काम
बीडवर्क एवं बीडिंग	खेल एवं आउटडोर
बागवानी	हाइकिंग
रॉक-क्लाइबिंग	माउंटेन क्लाइबिंग
बर्ड-वाचिंग	काइट-फ्लाइंग
क्रिकेट	फुटबॉल
टेनिस	टेबल टेनिस
बैडमिंटन	बास्केटबॉल
मार्शल आर्ट्स	हॉर्स-राइडिंग

एकत्रित करना

सिक्के	डाक टिकट
सीडी-रॉम	पोस्टर
किताबें	फिल्में
बोतल एवं केन	जीवाणु
कॉमिक किताबें	क्रिस्टल, पत्थर एवं खनिज
मुद्रा	फाउंटेन पेन
खिलौने	संगीत
गिटार	ड्रम
कीबोर्ड	तबला
सितार	रॉक बैंड से जुड़ना

सीडी एवं एल्बम जैसे संगीत के साधनों से जुड़ना,	काराओक (मनोरंजन का एक जरिया, जिसमें लोग पहले से रिकॉर्ड किए गए टेप पर गाते हैं)
संगीत का निर्माण	

कला का प्रदर्शन

जगलिंग	पपट्री
नृत्य	जादुई ट्रिक्स
गाना	एक्टिंग या नाटक
कविताएं लिखना	स्टोरी टेलिंग

अन्य

पढ़ना	फोटोग्राफी
कंप्यूटर प्रोग्रामिंग	वेबसाइट बनाना
एक्वेरियम रखना	पत्रकारिता या लेखन
ब्लॉगिंग	बॉडी बिल्डिंग
टाई एंड डाई	मेहंदी
बेकिंग	

आदतें – खेल को शौक के रूप में बदलने का दौर

जब बच्चे विभिन्न तरह की खेल स्पर्धाओं से परिचित होते हैं, तो अपरिहार्य कारणों से वह अपने लिए कुछ अच्छी बातें भी पाते हैं। जब किसी भी खेल या चीज़ को पसंद करने का उनका उत्साह काफ़ी अधिक बढ़ जाता है, तब यह आपके लिए संकेत है कि आप उनका उत्साहवर्द्धन करें और उसे उनके शौक में परिवर्तित कर दें। आप उनके शौक को ढूंढ़ने में उनकी मदद करके ऐसा कर सकते हैं और एक ऐसा खेल ढूंढ़ सकते हैं, जिसमें वे ज़्यादा-से-ज़्यादा समय दे सकें। अंत में आपके बच्चे हज़ारों शौक में से अपने पसंदीदा शौक को चुन सकते हैं, जिनमें से कई को आप पहले पन्ने

पर देख सकते हैं। यहां दस कारण हैं कि क्यों आपके बच्चे के पास एक आदत या शौक होना चाहिए –

1. **प्रोत्साहन बढ़ाएं** : जब कोई इच्छा, शौक के रूप में बढ़ती है, तो बच्चे अपने जीवन में एक नये उद्देश्य की खोज करते हैं।
2. **क्षमता बढ़ाएं** : बच्चे अपनी आदतों से क्षमताओं की एक बड़ी शृंखला का निर्माण कर सकते हैं, जैसे गाड़ी चलाने की क्षमता, भाषा जानने की क्षमता और दूसरी क्षमताएं जिनका संबंध उनकी ढेर सारी बौद्धिकता से हो।
3. **आत्मविश्वास मजबूत करना** : जब बच्चे अपनी आदत या शौक के साथ समय बिताते हैं और इसमें अच्छा मुकाम हासिल करते हैं, तो उनका आत्मविश्वास स्वतः ही बढ़ जाता है।
4. **अध्ययन को बढ़ाना** : अपनी आदतों के बारे में सीखने के दौरान बच्चे उसके बारे में जानकारी हासिल करने या पढ़ने के बारे में ज़्यादा नहीं सीख पाते हैं, जैसे निर्देश के बारे में जानना, उस खेल का इतिहास या उस क्षेत्र से जुड़े लोगों की जीवनी पढ़ना आदि।
5. **उनकी जानकारी और अध्ययन में रूचि को बढ़ाना** : जब बच्चे अपनी आदतों और स्कूल में पढ़ाए जाने वाले विषयों के बीच में संबंध देखते हैं, तो पढ़ाई के प्रति उनकी इच्छा का स्तर भी बढ़ता है।
6. **सक्रियता बढ़ाएं** : आदतें सक्रियता बढ़ाती हैं और सोचने की नई दिशा को प्रोत्साहित करती हैं।
7. **सावधानी और ध्यान केंद्रित करने की क्षमता को बढ़ाना** : जब बच्चे अपने शौक को लेकर किसी चीज़ को सीखने की ओर बढ़ते हैं, तो वे अपने शौक या रूचि के क्षेत्र पर ध्यान केंद्रित करने में एक लंबी अवधि गुजारते हैं, जिससे उनकी संपूर्ण क्षमता बढ़ती है।
8. **उनके टीवी देखने की अवधि घटाएं** : बच्चे किसी शौक या रूचि के विषय पर काम करने के लिए खुशी से टीवी देखना बंद करें, यह सुनिश्चित करें।

9. **तनाव कम करें :** यह सही है कि शौक से बच्चों को रोज मिलने वाला तनाव कम होता है और उनके दिमाग़ को इससे एक ताजातरीन ठहराव मिलता है।

10. **एक अच्छा कैरियर बन सकता है :** कई लोगों के साथ बातचीत के बाद यह निष्कर्ष निकला है कि एक पसंदीदा शौक के कारण अंततः उन्हें अपने काम में ऊंचाई हासिल करने में मदद मिलती है।

प्रशिक्षण टिप्स : इस बात के लिए तैयार रहें कि अपने बच्चे के पसंदीदा क्षेत्र के लिए कुछ स्थान रखा जाए। बच्चों को रचनात्मक कार्य करने के लिए कुछ चीजों की ज़रूरत होती है, जैसे गोंद, रंग, काटने का यंत्र और आरंभ में कुछ ग़लतियां भी हो जाती हैं। एक ऐसे क्षेत्र की पहचान करें, जहां आपके बच्चे इस बात से डरे बिना कि वह अपने शौक को पूरा करने के लिए पढ़ाई से कुछ देर के लिए अवकाश पर जा रहे हैं, जिसमें कुछ टूटेगा या बिगड़ेगा, पर उससे आप क्रोधित नहीं होंगे। आखिरकार प्रयोग और गंदगी किसी भी संरचनात्मक कार्य के ही पहलू होते हैं।

अब खेल शुरू होता है

आपको अपने बच्चे को यह सिखाने की ज़रूरत होती है कि कोई खेल कैसे खेला जाए, ताकि वह इसमें ज़्यादा-से-ज़्यादा मनोरंजन कर सके –

एक खेल भावना

इससे कोई फ़र्क़ नहीं पड़ता है कि आपका बच्चा किस तरह के खेल में अपना समय व्यतीत करता है, पर यह सुनिश्चित करें कि सबसे महत्वपूर्ण यह है कि वह खेल की भावना को नजरअंदाज न करें। यदि वे जीतना ही मुख्य काम समझते हैं, तो दूसरे क्या सोचते हैं या किसी और की क्षमता जो उनसे अच्छा प्रदर्शन करता है। ऐसे में उनमें खेल के प्रति समर्पण भावना लाना कठिन हो सकता है और वह उससे मिलने वाले लाभ के प्रति आकर्षित होंगे। कुछ मामलों में उनकी मदद करने के लिए कुछ समय लें

और उन्हें महसूस कराएं कि उनका लक्ष्य विकास करना और अपने आप का मनोरंजन करना है। यह ऐसा समय होता है, जहां पर आप उन्हें यह मुहावरा याद करा सकते हैं कि केवल जीत या हार ही मुख्य नहीं होती, बल्कि महत्वपूर्ण यह होता है कि आप खेलते कैसे हैं?

टीम भावना

जब आपके बच्चे दूसरों के साथ खेलते हैं, तो वे उन्हें महत्वपूर्ण सामाजिक क्षमताओं से रूबरू होने और उन्हें जानने का सुअवसर मिलता है। विशेषकर ऐसा जब सही होता है, जब बात टीम भावना की हो। उन्हें टीम के हर सदस्य के अंदर मौजूद विशेष गुणों को पहचानने का गुण सिखाएं और हर किसी की क्षमता का इस्तेमाल करने के लिए हर संभव रास्ता तलाशने का प्रयास करें। इस तरह की क्षमताएं वास्तव में आगे चलकर उनकी प्रोफ़ेशनल ज़िंदगी के लिए एक बड़ी परिसंपत्ति बन जाती है, जब वह बतौर प्रबंधक, व्यवस्थापक, कंपनी के मालिक आदि जैसे महत्वपूर्ण पदों पर काम करते हैं। आगे चलकर यह उन्हें कठिनतम पाठ भी पढ़ाता है, जिसमें इस बात का कोई मतलब नहीं होता कि किन परिस्थितियों में उन्होंने अपने लिए रास्ता बनाया है, वह अपने सर्वश्रेष्ठ को पाते हैं।

यहां दस महत्वपूर्ण पाठ दिए हुए हैं, जिनका संबंध बतौर एक टीम के खिलाड़ी आपके साथ होता है और जिन्हें आप अपने बच्चों के साथ बांट सकते हैं –

1. **नियमों के अनुसार खेलना :** नियमों का एक लक्ष्य होता है, ताकि हर कोई खेल का लुत्फ उठा सके।
2. **हर किसी को खेलने का मौक़ा दीजिए :** यह केवल मनोरंजन नहीं है कि केवल कुछ ही लोग खेल में भागीदारी करें और दूसरों को मौक़ा भी न मिले। चक दे इंडिया और पास दि बॉल जैसी फिल्मों को याद करें।
3. **यदि आप कुछ बाहर पाएं, तो इसे वापस करें :** अपने बच्चों को किसी भी खेल को संभालने और रखने की जिम्मेदारी की जानकारी दें। ऐसा

नहीं कि वह केवल खेल कर चीजों को बाहर छोड़ दें और आप उन्हें रखें।

4. **अपना क़द बढ़ाएं :** कभी भी दूसरों को सारा काम न करने दें, जिससे उनकी मेहनत का आप केवल लुत्फ ही उठाएं।
5. **यदि आप गंदगी फैलाते हैं, तो इसे साफ करें :** यदि आप कोई चीज़ गिराते हैं, कुछ तोड़ते हैं या उस जगह को अस्त-व्यस्त करते हैं, जबकि आप ही खेल रहे हैं, तो सारी सफाई आप ही करें। यह काम कोई और कर दे, इसका इंतजार न करें।
6. **दूसरों के समय का आदर करें :** सामूहिक प्रयास योजना बनाने और उसे अमल करना ज़रूरी होता है। समय के पाबंद बनें और जब भी ज़रूरत हो ऐसा करें।
7. **दूसरों की तारीफ़ करें :** दूसरों के सहयोग या भागीदारी की तारीफ़ करें, जो उन्होंने उस काम को करने में निभाई है।
8. **तारीफ़ के साथ जीतें :** आपकी सफलता में जिन लोगों का योगदान हो, उन्हें भी इसका अंश दीजिए और विपक्षी खिलाड़ियों की उपेक्षा कभी न करें।
9. **खुशी के साथ हारें :** कोई भी हारना नहीं चाहता है। हार को आदर के साथ स्वीकार करें और अगले समय में अपने आपको साबित करने का लक्ष्य बनाएं।
10. **खुशी मनाएं :** कभी भी न भूलें कि खेल का सबसे बेहतर भाग है – अपने आप का मनोरंजन करना।

प्रशिक्षण टिप्स : अपने बच्चों को बताएं कि जब कभी भी लोग खेलने के दौरान अनुचित तरीक़े से व्यवहार करते हैं, तो उन्हें इसमें भाग लेने का कोई अधिकार नहीं होता। यदि उन्हें कुछ ग़लत या अन्यायपूर्ण लगता है, तो उन्हें उसके लिए खड़े होना चाहिए और इसमें भाग लेने से मना कर देना चाहिए।

केस स्टडी

एक युवा मां ने अपने चार साल के बेटे के बारे में बात करने के लिए मुझसे संपर्क किया, जो हमेशा काफ़ी उत्तेजना एवं गुस्से में खेलता था और उसकी मां उसके इस तरह के व्यवहार को संभाल पाने में असमर्थ थी। मैंने उसे सलाह दी कि लड़ना बच्चों का प्राकृतिक स्वभाव होता है और शोधकर्ता मानते हैं कि यह उनके सामाजिक एवं भावनात्मक विकास में महत्वपूर्ण भूमिका निभाता है। इसी समय बच्चे किसी खेल में अलग तरह का व्यवहार प्रदर्शित करते हैं। कुछ देर के तर्क के बाद वह अपने बच्चे के खेल के दौरान लड़ने को खास समय सुनिश्चित करने के लिए तैयार हो गई और इस तरह के खेल के लिए कुछ खास स्पष्ट नियम बनाने को तैयार हो गई, जैसे दुख नहीं देना, संवेदनशील अंगों पर चोट नहीं करना, उस समय रूक जाना, जब दूसरा बच्चा कहे कि अब बहुत हो गया आदि। उन्होंने अपनी बात का अनुसरण किया और यह सुनिश्चित किया कि बच्चे केवल उसी समय उस तरह के खेल में हिस्सा लेने को इच्छुक रहते हैं और इसी वजह से वह खेल असली लड़ाई में परिवर्तित नहीं होता है। इसके परिणामस्वरूप उसने पाया कि उसका बेटा भी अपनी उत्तेजक ऊर्जा की ओर अपना ध्यान केंद्रित करने में ज़्यादा सक्षम हो गया है और बनी हुई सीमा के बाहर वह न तो ज़्यादा क्रोधित होता है और न ही उन सत्रों के बाद तनाव में रहता है।

अब आपकी बारी है

केवल यह महत्वपूर्ण नहीं है कि आपका बच्चा ज़्यादा-से-ज़्यादा खेले। आपको नियमित रूप से खेलते हुए उसके सामने एक अच्छे खेल का उदाहरण भी प्रस्तुत करना चाहिए। आप ऐसा उनके साथ खेल या प्रतिस्पर्धा में भाग लेकर या शौकिया तौर पर उनके साथ शामिल होकर कर सकते हैं। आपने भले ही जो भी करने का निश्चय किया हो, हमेशा यह याद रखें कि बच्चे

के साथ खेलने से उनके विकास के लिए मजबूत नींव तैयार होती है। इससे आपके अपने बच्चे के साथ शक्तिशाली भावनात्मक संबंध बनते हैं, जो आपको जीवन भर उनके करीब रखने में मददगार होते हैं।

कई अभिभावक यह शिकायत करते हैं कि वे अपने बच्चों के साथ जुड़ाव महसूस नहीं कर पाते हैं, जिससे उनमें कुछ भी समान नहीं है और उन्हें ऐसा प्रतीत होता है कि वे अलग ही दुनिया में रहते हैं। यह काफ़ी निराशजनक है कि जब आपको यह लगता है कि आप उनके साथ ज़्यादा लंबे समय तक जुड़े नहीं रह सकते हैं, क्योंकि जो तकनीक वह उपयोग में लाते हैं, जो बोली वह बोलते हैं, जो संगीत वह सुनते हैं, और जो कपड़े वह पहनते हैं, उनसे आपका दूर-दूर तक नाता नहीं है। दुर्भाग्यवश यदि आपके और आपके बच्चे के बीच में मौजूद फासला बढ़ता ही रहता है, तो आपको न सिर्फ़ बातचीत करने में परेशानी आएगी, बल्कि आपात समय में उन फासलों को भर पाना भी कठिन होगा। याद रखें कि संबंधों को समय के साथ मजबूत बनाने की आवश्यकता होती है और नियमित रूप से आपको उनके साथ खेलना होगा, यही एक आपके और आपके बच्चे के बीच में ज़िंदगी भर एवं लंबे व मजबूत संबंध का आधार होगा।

अंततः ख़ुद को खेल से जुड़े कार्यों में संलग्न करके आप अपने दिमाग़ को भी तंदरुस्त रख सकते हैं। शोध बताते हैं कि जो वयस्क खिलाड़ी बने रहते हैं और जो अपने दिमाग़ को पढ़ाई-लिखाई के कार्यों में लगाए रखते हैं, उनकी याददाश्त लंबे समय तक बनी रहती है। रोज खेलने के नियम का पालन करते हुए आपके बुढ़ापे में कई मामले सुलझ जाते हैं।

केस स्टडी

मुंबई से एक महिला ने मुझसे संपर्क किया, क्योंकि उसकी बेटी साक्षी, जिसने अभी-अभी किशारोवस्था में क़दम रखा था, उसके साथ बात नहीं कर रही थी। जब भी वह स्कूल से घर आती, तो वह तुरंत अपने कमरे में चली जाती और अपना दरवाजा बंद कर लेती,

केवल खाने या कुछ दूसरे कामों के लिए वह बाहर आती। मां काफ़ी चिंतित थी, क्योंकि उसकी बेटी काफ़ी ज़्यादा समय फ़ोन, संदेशों के आदान-प्रदान, फेसबुक के इस्तेमाल और टीवी देखने में बिता देती थी। और वह ऐसे कपड़े पहनती थी, जो उसकी मां को बिल्कुल भी पसंद नहीं आते थे।

मैंने उसे सलाह दी कि सीधे बेटी को कुछ बोलने के बजाय (जिसका कुछ ज़्यादा ही प्रभाव हो सकता था), उसे कुछ ऐसा काम खोजना चाहिए, जिसे मां-बेटी एक साथ कर सकें। वह महिला आभूषण डिजाइनिंग का काम करती थी, जिसे उसे शादी के बाद छोड़ दिया था। अब उसने अपने शौक को फिर से जीवंत करने का मन बनाया और अपनी बेटी को उसमें मदद करने के लिए बुलाया। अब वह लड़की अपने फैशन की चीजों में बढ़ोतरी करने का मौक़ा मिलने के ख्याल से काफ़ी खुश हो गई। उसने तुरंत हामी भर दी और उसने बीड्स, ग्लास और वायर आदि के साथ डिजाइनिंग का काम किया तथा धीरे-धीरे उसे अपनी मां की प्रतिभा का भी पता चल गया। समय के साथ मां और बेटी के बीच काफ़ी अच्छा रिश्ता बन गया और उन दोनों ने आपस में बातचीत की शुरुआत कर दी तथा खुले रूप में अपनी भावनाओं को एक-दूसरे के साथ व्यक्त करने लगे।

इस सेक्शन में हमने क्या सीखा?

- बच्चों को अपने दिन का पर्याप्त समय ऐसे कार्यों में खर्च करना चाहिए, जिससे उनका शरीर क्रियाशील हो सके, चीजों को समझ सकें, किरदार निभाने और अपनी कल्पना का उपयोग करने जैसे काम कर सकें।
- अगर आप अपने बच्चों को जबरदस्ती पढ़ाई पर ही ध्यान देने और खेल के मौकों को नजरअंदाज करने की बात करते हैं, तो ऐसा करके अनजाने में ही आप अपने बच्चे के भविष्य की सफलता के विरूद्ध काम करने लगते हैं।

- अपने बच्चों को उनकी दिनचर्या में ज़्यादा-से-ज़्यादा खेलने के अनुभवों को शामिल करने को कहें, ताकि वह अपनी सामाजिक क्षमताओं, क्रिएटीविटी और आत्मविश्वास जैसे गुणों के साथ न्याय कर सकें।
- चूंकि कई बार खेल में दूसरे बच्चे भी शामिल होते हैं, इसलिए एक टीम के खिलाड़ी की तरह और साफ खेल कैसे खेल सकते हैं, इस बात को बच्चे को सिखाएं। इस तरह की क्षमताएं बढ़ने से वह आगे चलकर व्यक्तिगत एवं व्यावसायिक स्तर पर ऊंचाईयां छूते हैं।
- बच्चों को यह समझने की आवश्यकता होती है कि हर काम जो वह करते हैं, उसमें इच्छा होनी चाहिए। एक मनोरंजक तरीक़े से काम करके, वह किसी भी काम को बेहतर अंजाम दे सकते हैं।

नियम - 9

अपने बच्चे को व्यापार करने के दांव-पेंच सिखाएं

मैं यह कभी नहीं भूल सकता कि मैंने पहली बार चपाती बनाने की कोशिश की थी। दूसरे नौसिखियों की तरह मैंने भी आटे की एक छोटी सी लोई उठाई और उसे एक निश्चित गोल आकार देने की कोशिश करने लगा। मैंने संघर्ष किया और कुछ इस तरह की आकृति बना पाया, जो बिल्कुल भारत का नक्शा दिखाई देती थी। मैंने बार-बार प्रयास किया, लेकिन कोई लाभ नहीं हुआ। साधारण तौर पर मैं एक गोल आकृति बनाने में असमर्थ रहा था, जो मेरे दोस्त की पत्नी के लिए एक नाकाफी प्रयास था।

उसने मुझे उपाय बताया, यदि आप अपनी कलाइयों को गोल आकार में ठीक तरह से मोड़ेंगे और चपाती बनाने का प्रयास करेंगे, तो चकले पर आप आटे की लोई के ऊपर भी ऐसा ही कर पाएंगे और आपकी रोटी बन जाएगी।

उसके द्वारा इस तकनीक के पीछे स्थित रहयोद्‌भेदन करने के बाद मैंने उसे रोटी बनाते हुए एक बार फिर ध्यान से देखा। इस बार मैं जान गया कि आटे की लोई को एक उचित गोल आकार देने में चक्राकार गति किस तरह प्रभावशाली ढंग से कार्य करती है। हालांकि इस दिशा में मेरे अगले कुछ काम भी उचित से काफ़ी अलग थे, लेकिन आठ या नौवीं कोशिश के बाद परिणाम बेहतर की ओर परिवर्तित हो गया। गोल रोटी बनाने में मुझे

ज़्यादा समय नहीं लगा, अब आटे की लोई ख़ुद ही चकले पर गोल-गोल घूमने लगी थी और आसानी से एक गोल आकार लेती थी। इस सारे प्रयास में एक ही बात सामने आई, केवल एक सुझाव, एक छोटी सी सलाह और रोटी बनाने का दरवाजा मेरे लिए ख़ुद ही खुल गया।

दरअसल एक उपाय कठिन होता है, जो आश्चर्यजनक, जादुई और उन लोगों के लिए प्रेरणादायी दिखाई देता है, जो इसकी ओर ध्यान से देखते हैं। हम ज़िंदगी के कई क्षेत्रों में, खेल, गणित, संगीत, बागवानी, सिलाई और कंप्यूटर ग्राफिक डिजाइन में समान उपायों को अपनाते हैं। सुखद आश्चर्य यह है कि कोई अध्याय याद करने के लिए भी उपाय मौजूद हैं, जिससे आप बड़ी संख्या में जानकारियों को जल्दी से याद कर सकते हैं और लंबे समय तक उस जानकारी को याद रख सकते हैं।

ट्रिक्स को याद करने के कई फायदे हैं, वे हैं –

☞ अपने प्रदर्शन को बेहतर बनाने के लिए ख़ुद को सक्षम बनाना।
☞ आपको समय और ऊर्जा बचाने में मदद करना।
☞ आपको एक मौक़ा प्राप्त करने में मदद करना, जब दूसरों के साथ प्रतियोगिता कर रहे हों।
☞ मनोरंजन करना।

चूंकि किसी भी क्षेत्र में महारत हासिल करने के लिए इस्तेमाल में लाए जाने वाले उपाय उसका आंतरिक भाग होते हैं और चूंकि इन दिनों बच्चों को व्यापक पैमाने पर विभिन्न जानकारियों से जूझना पड़ता है, इसलिए मैंने सीखने के नियमों के लिए एक अध्याय दिया है, जो मुख्य रूप से सीखने के उपायों के लिए समर्पित किया है। ये ऐसी तकनीकें हैं, जिन्हें आपके बच्चे अपने किसी भी विषय में उपयोग में ला सकते हैं। वे इन तकनीकों को अपनी दिनचर्या के दूसरे भागों में भी इस्तेमाल में ला सकते हैं जैसे नृत्य, नाटक, भाषण देने आदि। इस तरह की तकनीकों को सीखना बहुत अधिक कठिन नहीं होगा और वास्तव में काफ़ी आसानी से इनमें आकर्षण आ सकता है, जो इससे पहले नहीं थे।

एक्रोनिम्स यानी शुरुआती शब्द

किसी भी सूचना या जानकारी को याद करने का एक तरीका एक्रोनिम यानी उस शब्द का शुरुआती अक्षर हो सकता है। ये ऐसे शब्द होते हैं, जिनका निर्माण दूसरे शब्दों से किया जाता है, जिसमें हर शब्द के शुरुआती अक्षर होते हैं। उदाहरण के लिए संभवतः आपने अपने स्कूल में इंद्रधनुष के सातों रंगों को याद करने के लिए वीआईबीजीवाईओआर (VIBGYOR) यानी विबग्योर शब्द याद किया होगा, जिसमें व्यॉलेट, इंडिगो, ब्ल्यू, ग्रीन, येलो, ऑरेंज और रेड रंग होते हैं या फिर गणित का सूत्र बॉडमास यानी बीओडीएमएएस (BODMAS) याद किया होगा, जिसका अर्थ ब्रैकेट्स, ऑडर्स, डिवीजन, मल्टीप्लीकेशन, एडिशन और सब्सट्रैक्शन होता है। यदि आपके बच्चों को किसी खास शीर्षक की सूची या समूह को समझने में परेशानी आ रही है, तो उन्हें एक्रोनिम्स की सूची बनाने की सलाह दीजिए। यहां एक ऐसे छात्र का उदाहरण है, जो मेरे स्कूल का है और उसने मशीन के विभिन्न भागों को याद करने के लिए इस तरह एक्रोनिम बनाया – लिप्सवैक्स (एलआईपीएसडब्ल्यूएएक्स [LIPSWAX]) यानी लिवर, इन्क्लाइंड प्लेन, पुली, स्क्रीव, वेज, एक्सेल और व्हील।

वे चाहें तो एक्रोनिम की पंक्तियां भी बना सकते हैं, जिसमें वह याद रख सकने लायक पंक्ति बना सकते हैं, जिसमें हर शब्द का पहला अक्षर उपयोग का होगा। उदाहरण के लिए आठ ग्रहों को इस तरह आसानी से याद रखा जा सकता है, माई (मरकरी) वेरी (वीनस) एलीगेंट (अर्थ) मदर (मार्स) जस्ट (ज्यूपीटर) सर्व्ड (सैटर्न) अस (यूरेनस) नूडल्स (नेप्च्यून)।

दृश्य सहायता

आपके बच्चे एक दूसरा उपाय भी उपयोग में ला सकते हैं, जिसमें दृश्य रूप में चीज़ें होने के कारण उन्हें याद करने में अपेक्षाकृत ज़्यादा आसानी होगी। इसमें उस शब्द या शीर्षक से संबंधित चित्र बना दिए जाएंगे।

सफलतापूर्वक संबंध बनाए रखने के लिए इन बातों का ख्याल रखना चाहिए –

- ☞ स्पष्ट चित्र
- ☞ मनोरंजक
- ☞ चीजों को ज़्यादा बड़ा या छोटा बनाएं।

यदि आप तस्वीरों को ज़्यादा स्पष्ट, मनोरंजक नहीं बना सकते हैं, तो आप उन्हें जल्दी ही भूल जाएंगे, वे इतना आकर्षक नहीं होते।

> प्रशिक्षण टिप्स : यदि ढेर सारे शब्द याद करने के लिए हों, तो आप कहानियों के माध्यम से उन्हें याद करें, तो यह अच्छा होगा।

पिछले वर्ष मैं बच्चों के ऐसे समूह के साथ काम कर रहा था, जो अपनी याददाश्त तेज करने के लिए कुछ उपाय सीखना चाहता था। मैंने उनसे एक ऐसा अध्याय लाने को कहा, जो उनके अनुसार बहुत ज़्यादा कठिन था। कक्षा 9 का एक छात्र अपनी जीवविज्ञान की किताब उठा लाया और मुझे किडनी पर आधारित एक अध्याय दिखाया। उसके बाद उसने मुझे अलग से दिखने वाले पन्ने दिखाए, जिसमें काफ़ी विस्तार से बनाए गए चित्र और कठिन शब्दों से बने दर्जनों नाम थे, मसलन नेफ्रॉन ट्यूबुल्स, मालपिघियन ट्यूबुल्स, रेनल ट्यूबुल्स, कलेक्शन ट्यूबुल्स, बोमैंस कैप्सूल, ग्लोमेरूलस, हेनलेज लूप आदि। मैंने इनके आयाम पर नजर डाली, एक गहरी लंबी सांस ली, अपनी क्रियाशीलता को आवाज दी, उसे सहयोग के एक सत्र के लिए डाल दिया।

ओके, नेफ्रॉन। यह कैसा प्रतीत होता है? नेफ्यू के बारे में क्या ख्याल है। इसलिए अब हमें यह सोचना होगा कि किडनी नेफ्यू है। ए पिग वियरिंग ए माला (फ्लावर नेकलेस) – मालपिग्घीयन। अब रेनल से आपको क्या याद आता है? एक छात्र ने कहा, एक व्यक्ति जिसका नाम है रेनल। ठीक है, तो अब याद करो कि रेना चेजिंग ए पिग। अब हर किसी की समझ में आ गया होगा। और वह क्या कर रही है। शी इज चेजिंग दि पिग, क्योंकि वह उसके टेस्ट ट्यूब्स चोरी कर रहा है और एकत्रित कर रहा है। तो अब वह क्या करेगी? वह धनुष और तीर के साथ एक आदमी को बुलाती है, ताकि वह ट्रैंक्विलाइजर कैप्सूल्स से उस पिग को मार सके। वह

पिग को मारता है और यह एक फैशन शो में परिणत हो जाता है, जहां ये सारे ग्लैमरस लोग हैं और हर कोई वहां दिखना चाहता है। इसके बाद वह सुअर उस मनोरंजक पार्क में अपने साथियों से मिलने के लिए दौड़ता है और एक मुर्गी जो एक रोलरकॉस्टर चला रही है और एक गोल आकृति बनाती है और हर गोल आकृति के बाद वह एक अंडा देती है, इसी तरह बात आगे बढ़ती है।

इस बिंदु पर हर छात्र हंसते-हंसते थक जाता है। मैंने उनसे पूछा कि वे कैसा महसूस कर रहे हैं। थक गए हैं क्या? नहीं हो ही नहीं सकता, वे सारे ऊर्जा से भरे हुए हैं।

> प्रशिक्षण टिप्स : सुनिश्चित करें कि आपके बच्चे सारी बात समझ रहे हैं। मैं ऐसे उदाहरणों के बारे में जानता हूं, जहां बच्चों ने संबंधित शब्दों को परीक्षा में लिखा है। उन्हें ग्लैमरस के स्थान पर ग्लोमेरूलस लिखने के लिए किसी तरह की जानकारी नहीं दी गई थी अथवा इस पंक्ति को लिखने के लिए कि किडनी इज रिस्पॉन्सिबल फॉर हेल्पिंग हेंस ले एग्स, किसी तरह की जानकारी नहीं दी गई थी।

मानक वर्तनी यानी सही स्पेलिंग

अंग्रेज़ी बहुत जटिल भाषा है; इसमें लाफ (laugh) को लाफ (laff) लिखना चाहिए। और टॉट (taught) में एच क्यों है? क्या इसे टॉट (taut) नहीं होना चाहिए? बच्चों को किसी शब्द की स्पेलिंग याद करने में बहुत कठिनाई आती है क्योंकि अंग्रेज़ी भाषा खिचड़ी है, जो कई सारी भाषाओं सेल्ट्रिक, जर्मन, लैटिन और फ्रैंच से बनाई गई है। अपने बच्चों को अंग्रेज़ी के शब्दों की सही स्पेलिंग सिखाने के लिए यहां कुछ उपयोगी उपाय दिए गए हैं, जो आप उन्हें सिखा सकते हैं –

लिंगविस्टिक तकनीक (Linguistic technique)

यहां एक प्रसिद्ध कविता का सारांश है, जो आपको यह बताएगी कि कब आपको ie का उपयोग करना है और किस समय ei का उपयोग होगा।

i का उपयोग e से पहले होगा,

लेकिन

c के मामले में यह लागू नहीं होगा। या फिर जब पड़ोस और वजन की बात होगी।

यह कविता बच्चों को सिखाती है कि जब किसी शब्द में ing का प्रयोग किया जाएगा, तो वहां e को हटा देंगे।

जब ing आता है, तो छोटी e चली जाती है।

उदाहरण के लिए take, taking बन जाता है और make, making बन जाता है।

विजुअल तकनीक (Visual technique)

अब छोटे शब्दों से बने बड़े शब्द देखें। उदाहरण के लिए sat और fact जैसे शब्दों *से* sat-is-fact-or-y बन जाता है।

ऑडिटरी तकनीक (Auditory technique)

शब्दों को तोड़कर उनका टुकड़ों में उच्चारण करें। उदाहरण के लिए feb-ru-a-ry, Wed-nes-day, in-de-pen-dent

बॉडिलरी तकनीक (Bodily technique)

अपनी अंगुली का इस्तेमाल शब्दों की स्पेलिंग को हवा में या डेस्क पर ढूंढ़ने में करें।

साथ ही आप कागज के टुकड़ों पर भी शब्द को लिखकर ऐसा कर सकते हैं। इसके बाद उन टुकड़ों को सजाकर शब्द को बनाने का प्रयास कर सकते हैं।

> प्रशिक्षण टिप्स : कभी भी उपायों पर आश्रित न हों। आपके बच्चे के लिए यह ज़रूरी है कि वह सीखने के दौरान आधारभूत ज्ञान हासिल करने का प्रयास करें। इस तरह की ट्रिक्स उनकी बुद्धि का विकास करने में सहायक हो सकती है।

लंबे जवाबों और भाषणों को याद करना

यहां कुछ टिप्स दिए गए हैं, जिनकी मदद से आप अपने बच्चे को लंबे जवाब याद करवा सकते हैं। यह विधि लंबे भाषणों और नाटक की पंक्तियों को भी याद करने में मददगार हो सकती है।

रीढ़ को मजबूत बनाने की विधि (Backward build-up method)

- ☞ तेज आवाज में पहली पंक्ति से पढ़ना आरंभ कीजिए, जैसे To be or not to be, that is the question.
- ☞ सुनिश्चित करें कि पंक्ति की लय को आपने पकड़ लिया है।
- ☞ पंक्ति के अंतिम शब्द को बोलें उदाहरण (e.g....question).
- ☞ पंक्ति के अंतिम शब्द से पहले वाले शब्द को बोले, इसके बाद अंतिम शब्द को बोलें।(e.g....question).
- ☞ पंक्ति के अंतिम से पहले तीसरे शब्द को बोलें, फिर दूसरे शब्द को बोले और इसके बाद अंतिम शब्द को बोलें। (e.g....question).
- ☞ पंक्ति के अंतिम से पहले चौथे शब्द को बोलें, इसके बाद तीसरे शब्द, दूसरे शब्द और अंतः अंतिम शब्द को बोलें। (e.g....question).
- ☞ यह प्रक्रिया तब तक जारी रखें, जब तक कि आप पूरी पंक्ति याद न कर लें।

शब्दों को हटाने की विधि

- ☞ पूरी पंक्ति को लिखें (e.g.To be or not to be, that is the question).
- ☞ पंक्ति से एक शब्द हटा दें (पहले के बाद वाला)। आप चाहें तो इस शब्द को मार्कर से चिन्हित कर सकते हैं। इसके बाद पंक्ति का उच्चारण करें, जिसमें हटाया गया शब्द भी शामिल हो। (e.g.To be or not to be, that is the question).

☞ अब एक और शब्द को हटा दें। इसके बाद पंक्ति को दुहराएं, इसमें हटाए गए दोनों शब्द शामिल करें। (e.g.To be or not to be, that is the question).

☞ इस प्रक्रिया को तब तक जारी रखें, जब तक कि सारे शब्द न हटा दिए जाएं।

पहले अक्षर की विधि

☞ पंक्ति में हर शब्द के पहले अक्षर को लिखें। जैसे (e.g. T b o n t b, t i t q).

☞ अब उन अक्षरों को देखें, जिनसे हल मिलता हो, हर शब्द को बोलें तथा हर हटाए गए शब्द को बोलें।

☞ पंक्ति के अंतिम अक्षर को मिटा दें और अब पंक्ति को बोलें (e.g. T b o n t b, t i t...).

☞ अब अंतिम के पहले वाला अक्षर मिटा दें और पंक्ति को दुहराएं। (e.g. T b o n t b, t i...).

☞ इस प्रक्रिया को तब तक जारी रखें, जब तक कि सारे अक्षर न मिटा दिए जाएं।

बुद्धि का संचालन (Mind Mapping)

आपके बच्चे को याद करने के लिए सबसे बेहतर रास्ता यह है कि उनकी बुद्धि को संचालित करने में मदद करें। यह दरअसल जानकारियों को चित्रों के माध्यम से दिमाग़ में बिठाने की विधि है। आमतौर पर बच्चे किसी एक चीज़ के प्रति केंद्रित होते हैं और उनमें शब्दों, उपायों और दूसरी बातों की जानकारी होती है, जिनका संबंध वास्तविक जवाबों से होता है। यह एक आकर्षक दृश्य उपाय है, जो न सिर्फ़ बच्चों को उपायों में संबंध देखने में मदद करता है, बल्कि यह उन्हें जानकारी को भी चुनने, चीजों को याद करने, समस्याओं को सुलझाने, दिमाग़ को बढ़ाने और निर्णय लेने जैसे

कार्यों में सक्षम बनाता है। नीचे प्रदूषण से संबंधित माइंड मैप करने का उदाहरण है –

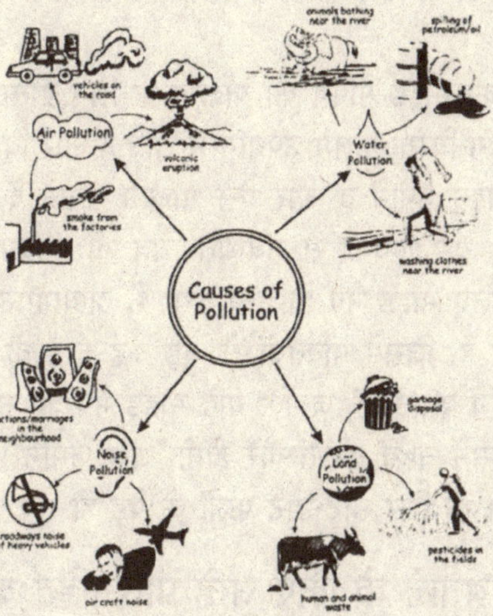

माइंड मैप्स किसी भी विषय और शीर्षक को दृश्य बनाता है, जिसमें सामाजिक अध्ययन, विज्ञान, भूगोल, कंप्यूटर, भाषा, गणित आदि शामिल हों।

माइंड मैप्स बनाने के लिए, एक सादा काग़ज़ लें और इसके बीच में उपयोगी विचार लिखना आरंभ करें। इसके बाद बच्चे को उस बिंदु से संबंधित शब्दों की पहचान करनी चाहिए, उसकी शाखाएं बनानी चाहिए, जो केंद्र से निकले और उन शाखाओं के अंतिम छोर पर संबंधित शब्दों को लिखें। वह इस प्रक्रिया को लगातार जारी रख सकता है, नई शाखाएं बना सकता है और उन शाखाओं के छोर पर शब्द लिख सकता है। माइंड मैप्स न सिर्फ़ शिक्षण का प्रभावी स्रोत है, बल्कि इससे पुनरभ्यास भी भली-भांति किया जा सकता है। यदि आपके बच्चे को किसी विषय याद करने में काफ़ी

कठिनाई आ रही हो, तो माइंड मैप का उपयोग कर सकते हैं, ताकि वह उस विषय को स्पष्ट रूप से समझ सके। या फिर एक बार वह किताब से मिली जानकारी भूल जाते हैं, तो उनके पास दृश्य मॉडल यह माध्यम मौजूद रहेगा, जिससे वह अपने विचारों को प्रदर्शित कर सकते हैं और किस तरह वे सटीक होंगी।

अपने बच्चे को माइंड मैपिंग की प्रक्रिया के लिए प्रोत्साहित करने का प्रयास करें। उसे रंग-बिरंगी कलम उपयोग में लाने दें और विचारों को बनाने में आकर्षक डिजाइन बनाने दें और ऐसे माध्यम बनाने दें, जो दृश्य रूप में आकर्षित करें। वह शीर्षकों से संबंधित चित्र भी उपयोग में ला सकते हैं। उदाहरण के लिए माइंड मैप विभिन्न तरह के आवागमन के साधनों के बारे में हो सकता है, जिसमें पंक्तियों से जुड़े कई तरह के वाहन होते हैं, जो सड़कों का बोध कराती हैं, जबकि यदि माइंड मैप का संबंध कृषि और खेती से है, तो इसमें नहरों की तस्वीरें होंगी, जहां जमीन पर कई बिंदुओं पर छोटे बिंदु होंगे या फिर छोटे-छोटे फलों के पेड़ हो सकते हैं।

अपने विचार बनाने के लिए उन्हें प्रोत्साहित करें

अपने बच्चों को यह बताएं कि ज़िंदगी में खाना बनाने, खेलने, संगीत, स्केटिंग और ऐसे ही कार्यक्रमों के लिए ट्रिक्स होती हैं। एक बार आपका बच्चा इन ट्रिक्स का उपयोग करने में सक्षम हो जाएगा, तो वह अपनी जानकारी को बढ़ा सकता है और साथ ही वह किसी विषय को याद करने के लिए ख़ुद के नियम या विधि बना सकता है। वास्तव में मैंने कई बच्चों में ऐसे गुण देखें हैं, जो ख़ुद ऐसे गुण विकसित कर लेते हैं। फिर भी पहले आपको चाहिए कि ज़्यादा-से-ज़्यादा तकनीकों को बनाएं और उसके बाद ही बच्चों को उनके अपने मॉडल बनाने के लिए प्रोत्साहित करें।

प्रशिक्षण टिप्स : यदि गुप्त शब्द बनाते हैं, तो यह लाभप्रद हो सकता है, पर उन्हें मनोरंजक, संक्षिप्त और विषय से संबंधित होना चाहिए।

इस सेक्शन में हमने क्या सीखा?

- ऐसी कई ट्रिक्स हैं, जिन्हें आपके बच्चे चीजों को आसानी से सीखने में उपयोग में ला सकते हैं और उन्हें लंबे समय तक याद रख सकते हैं।
- एक्रोनिम्स से शब्दों की सूची याद करने में आसानी होती है, जबकि साथ रहने से वह नए शब्दों को भी याद कर सकते हैं।
- हमारे चारों ओर कई तकनीकें मौजूद हैं, जिससे शब्दों की स्पेलिंग से लेकर कई तरह की बौद्धिक मदद मिलती है।
- व्यापक बौद्धिकता और नजरिए से पता चलता है कि आपके बच्चे को क्या पढ़ने की ज़रूरत है, ताकि ज्ञान पाने की उनकी प्रक्रिया पूरी हो सके।
- अपने बच्चे को आसानी से पढ़ाने के लिए आप चाहें तो कई और ट्रिक्स भी बना सकते हैं। इसके साथ ही बच्चों को उनके अपने ट्रिक्स बनाने के लिए भी प्रोत्साहित करते रहें। एक बार आपके बच्चे को इन ट्रिक्स पर महारत हासिल हो गई, तो वह सीखने की नई विधि को ईजाद करने में कामयाब हो जाएंगे।

नियम - 10

अपने बच्चे को चैंपियन की तरह प्रदर्शन करना सिखाएं

विश्व में कई महान क्रिकेटर हुए हैं, जिनमें सचिन तेंदुलकर को ही चैंपियन माना जाता है। दर्जनों कलाकार हुए हैं, जिन्होंने अविश्वसनीय प्रसिद्धि हासिल की है, लेकिन अमिताभ बच्चन को अपने आपमें महान कलाकार के रूप में जाना जाता है। हालांकि कुछ लोग इन्हें व्यक्तिगत रूप से विजेता कहते हैं, पर असल में ये विजेता से भी अधिक हैं। वे चैंपियन हैं।

चैंपियन ऐसे लोग होते हैं, जो अपने लक्ष्य को पाने के लिए काफ़ी गहराई से तल्लीन हो जाते हैं। ऐसे लोग केवल प्रसिद्धि, पैसा या ताक़त पाने के लिए अपनी प्रतिभा प्रदर्शित नहीं करते हैं। वे ऊंचाइयां छूते हैं, क्योंकि वे हमेशा बेहतर प्रदर्शन करने पर ध्यान देते हैं। यदि आप कलाकारों के बारे में बात करें, तो जिन लोगों ने अमिताभ बच्चन के साथ काम किया है, वे आपको बता पाएंगे कि उसकी अदम्य सफलता के अलावा, वे फिल्म की शूटिंग करने के लिए हमेशा समय पर आते थे और उन्हें हमेशा अपने संवाद याद रहते थे। वह किसी सस्ते सेलिब्रिटी की तरह व्यवहार नहीं करते थे, न तो कोई विशेष सुविधा चाहते थे, जबकि इससे उलट कुछ दूसरे कलाकार उस समय भी क्रोधित हो जाते थे, जब उन्हें उनके पसंदीदा ब्रांड की पानी की बोतल नहीं मिलती थी। और इसी तरह जिस किसी ने भी सचिन तेंदुलकर को बरसों तक देखा है, वह स्वीकार करेगा कि उसमें केवल

महान बल्लेबाज होने की क्षमता ही नहीं है, जो उसे खास बनाती है, बल्कि उसमें एक खिलाड़ी, अपनापन और सरलता है।

यदि आपके बच्चे इस किताब के पहले नौ नियमों का पालन करते हैं, तो वे अपने जीवन में अविश्वसनीय प्रगति करने लायक बन जाएंगे। इस अंतिम अध्याय में हम ऐसी विशेषताओं की ओर देखेंगे, जो एक चैंपियन और विजेता में अंतर बताएंगी।

> प्रशिक्षण टिप्स : सुनिश्चित करें कि अपने बच्चे को यह विस्तार से बताएं कि चैंपियन के लिए केवल अच्छा एथलीट या परफॉर्मर होना ही आवश्यक नहीं है। उन्हें ऐसी माता-पिता की संतान होना चाहिए, जो अपने बच्चों को लगातार विकास की ओर पूरी तरह ध्यान देते हैं, ऐसे शिक्षकों का शिष्य होना चाहिए, जो अपने छात्रों की प्रगति को देखते हैं और ऐसे लोग भी होने चाहिए, जो इस परिवार, समुदाय और कार्य के प्रति श्रद्धा रखते हों।

चैंपियन अनुशासित होते हैं

आपके बच्चे के पास परीक्षा उत्तीर्ण करने, साइकिल चलाना सीखने जैसे छोटी अवधि में पाने लायक लक्ष्य होते हैं या फिर एक रॉक बैंड बनाने, एक बेहतर शेफ बनने, मैराथन में दौड़ने, कैंसर के लिए एक दवा बनाने, एक सफल स्वरोजगारी बनने आदि जैसी लंबी अवधि के लक्ष्य होते हैं। वे अपनी आत्मसंतुष्टि, दूसरों की स्वीकारोक्ति या चुनौती का लुत्फ उठाने के लिए इन लक्ष्यों को प्राप्त कर लेते हैं। लेकिन उन्हें विशेष लाभ लेना भी काफ़ी ज़्यादा पसंद है, ताकि वह भी प्रसिद्ध हो सकें, स्वस्थ और ज़्यादा आकर्षक हो सकें, उन्हें भी दूसरों की मदद की खुशी मिल सके, बेसहारे लोगों की मदद करने के मौक़े से जुड़ सकें और अंत में खुद को वित्तीय स्त्रोतों से परिपूर्ण कर सकें, ताकि वह भी भौतिक सुविधाओं का लाभ उठा सकें।

ज़्यादातर बच्चे सफल लोगों की ओर देखते हैं और उनकी तरह बनना चाहते हैं, बिना यह जाने कि उनके स्तर (लेविल) तक पहुंचने के लिए किन विशेषताओं की आवश्यकता होती है? वह अभ्यास के लिए अतिरिक्त

समय देने के लिए तैयार नहीं होते हैं, ताकि आधारभूत गुणों को विकसित कर सकें, उच्चतम गुणों को छोड़ देते हैं। जब वे कभी-कभार मिलने वाली सफलता के सपने देखते हैं, तो टीवी देखना, दोस्तों के साथ घूमने, सप्ताहांत में देर तक सोने, या हर दिन फास्ट फूड खाने जैसे कार्यक्रमों का त्याग करने के लिए तैयार नहीं होते हैं। संक्षेप में वे स्वयं को अनुशासन में बांधने को तैयार नहीं होते।

जबकि ऐसी कई बातें किसी को सफलता प्राप्त करने में मदद कर सकती हैं, जो आपके बच्चे के नियंत्रण में नहीं होती (उदाहरण के लिए उनकी आनुवांशिक क्षमता या अपने स्कूल में बेहतर प्रशिक्षक की उपलब्धता), पर एक बात निश्चित रूप से होती है, उनमें समय के साथ नियमित रहने की क्षमता, दिनचर्या और व्यवहार। जब आप अपने बच्चों के साथ उनकी अकादमिक या जीवन की सक्रियता के बारे में बातचीत करते हैं, तो उन्हें उनके लक्ष्य के बारे में अच्छी तरह समझा दें, कि उनके पास प्रभावशाली योजना है और वे ऐसा वातावरण तैयार कर सकते हैं, जिसमें वह लक्ष्य की ओर ध्यान केंद्रित कर सकते हैं। लेकिन इससे भी ज़्यादा महत्वपूर्ण यह है कि लक्ष्यों का चुनाव सही कारणों के लिए किया जाए, यह सुनिश्चित करें, न कि केवल पुरस्कार पाने के लिए जो उन्हें खुश करे।

एक बार आपने बच्चे के पसंदीदा क्षेत्र, उसकी क्षमताओं और लक्ष्यों को जान लिया, तो उनके पीछे सहायक की तरह खड़े हो जाएं और उन्हें हर क़दम पर मदद करें।

एक प्रशिक्षक और प्रशंसक बनें और अभ्यास के दौरान उन्हें प्यार, सहायता, मार्गदर्शन और प्रोत्साहन दें। जब आप उनमें यह देखें कि वह अपना धैर्य खो रहे हैं, तो उनमें जोश का संचार करें और उन्हें उनके लक्ष्य की याद दिलाएं। (और यह मत भूलें कि मैल्कम ग्लैडवेल के दस हजार घंटे के सिद्धांत उनके लिए हैं, कि जो लोग किसी खास क्षेत्र में महारत हासिल करना चाहते हैं, वे केवल दस हज़ार घंटे अपने क्षेत्र में काम करें।)

चैंपियन शौकिया होते हैं

यदि आपका बच्चा क्रिकेट पसंद करता है, तो उस पर क्रिकेट की ताजातरीन खबरों को पढ़ने के लिए दबाव न डालें, विश्व कप फाइनल मैच देखने के लिए न कहें या दोपहर में कुछ ओवर अपने दोस्तों के साथ खेलने के लिए न कहें। असल में इसका विपरीत कार्य करना ठीक रहेगा कि आप संभवतः रिमोट या उसका बल्ला रख दें और उसके स्कूल कार्य और दूसरी जिम्मेदारियों की ओर ध्यान दें। जैसा कि हमने अध्याय 3 में देखा है कि हर व्यक्ति की विकास करने या आगे बढ़ने की अपनी इच्छा होती है। और जब वे किसी चीज़ पर ध्यान देते हैं, तो यह उनकी पसंद और स्वभाव से मिलता है और यहां से कुछ करने की उनकी इच्छा बढ़ती जाती है।

ऐसी बातों पर ध्यान देने के लिए अपनी आंखें खोलें, जिसमें आपके बच्चे की इच्छा हो और उसकी ऊर्जा का इस्तेमाल विकास करने और अपने लक्ष्य को पाने के लिए करना सिखाएं, ताकि वह आगे बढ़ सके। जब उनमें किसी चीज़ के प्रति आकर्षण आ जाएगा या वे किसी लक्ष्य के प्रति जाग्रत हो जाएंगे, तो वे अपनी भावनाओं को किसी दूसरे कार्य में लगाने लगेंगे। आप कभी भी यह तय नहीं कर सकते हैं कि आपके बच्चे कहां ध्यान केंद्रित करेंगे, पर बड़े पैमाने पर आप उन विकल्पों को नियंत्रित कर सकते हैं, जो उन मौक़ों में बढ़ोतरी करते हैं, जिनमें आपके बच्चे एक बहुमूल्य, संरचनात्मक और सरल सकारात्मक विकास कर सकते हैं।

चैंपियनों की पहचान होती है

पहचान लोगों की एक विशेषता होती है। जो व्यक्ति न सिर्फ़ ईमानदार होता है, बल्कि इसमें मूल्य और काम को भी जोड़ता है, उसकी पहचान बनती है। जब लोगों में परिवर्तन नहीं होता है, वे विश्वसनीय प्रदर्शन करते हैं, और दूसरे लोगों को उन पर आश्रित होना पड़ता है और उन्हें ढूंढते हैं। लोग ऐसे लोगों को चालक बनाते हैं, जो बेहतर तरीक़े से बिना दुर्घटना किए गाड़ी चलाते हैं, अस्पतालों में वैसे सर्जन को रखा जाता है, जिनके पास सफलता का उच्चतम पैमाना और योग्यता हो, परिवार वैसे वेडिंग प्लानर्स के पास

जाते हैं, जो उनके अनुसार उनके बच्चे की ज़िंदगी को बिना गड़बड़ किए हुए उनके लिए रिश्ते लाते हैं, क्योंकि परिवार के फोटो सत्र के दौरान ही मंच टूट गया था।

दुर्भाग्यवश ज़्यादातर अभिभावकों को यह पहचान की अनुभूति नहीं होती है और वे यह भी नहीं जान पाते हैं कि कैसे इसके अभाव में उनके बच्चों की ज़िदगी प्रभावित हो सकती है। कल्पना कीजिए कि आपके बच्चे का लक्ष्य है गिटार बजाना सीखना। हालांकि यदि वह कुछ सप्ताह तक अभ्यास करता है और उसके बाद छोड़ देता है, फिर कुछ दिनों के बाद अभ्यास करने लगता है और फिर छोड़ देता है, तो उसके गिटार बजाने की योग्यता बिल्कुल खराब होगी। अब कल्पना करें कि वह बैंड के साथ जुड़ गया है और कई बार समय पर आता है और कई बार नहीं। बैंड के सदस्य उससे परेशान हो जाते हैं, बिना यह जाने कि उस दिन शाम को उसने काफ़ी अच्छी तरह काम किया था या वह अब भी प्रदर्शन करने के लिए तैयार है। यह परिस्थिति दूसरे तरह के कार्यों पर लागू होती है, गणित विषय की पढ़ाई करना, परीक्षा में अच्छे अंक लाने, नाटक में काम करने और यहां तक कि अपने रिश्ते बनाने में। अपने बच्चे को उसकी पहचान बनाने के महत्व के बारे में बताइए, ताकि वह जो सोचते हैं उस पर अमल कर सकें, कि वे क्या कहते हैं और वे क्या करते हैं? असल में सच तो यह है कि जितनी एकरूपता उनके सोचने की प्रक्रिया और कार्यों में होगी, उतना ही अधिक उनकी ज़िंदगी में सफलता पाने की उम्मीद भी होगी।

केस स्टडी

जीवा पब्लिक स्कूल में पाठ्यक्रम के दौरान मैंने पाया कि कई छात्र सुबह में स्कूल लगातार देरी से आते हैं।

हमने देरी करने वाले छात्रों के लिए एक माफ़ न करने वाली नीति बनाई। अगर कोई छात्र एक सेकंड भी देरी से आता है, तो उसे वापस घर भेज दिया जाए। आरंभ में अभिभावक अपने बच्चों के साथ देरी

से स्कूल आते थे, खासकर आठ बजे के स्थान पर 8:00:22 पर। लेकिन हम अपनी नीति पर अड़े रहे और अभिभावकों को प्रोत्साहित किया कि वे अपने बच्चों को 22 सेकंड देरी से भेजने के स्थान पर 10 मिनट जल्दी भेजें। आज कुछ ही छात्र बचे हैं, जो 8 बजे के समय से देर करते हों और मुझे विश्वास है कि बारह साल तक इस बात को सीखने के बाद, उनका अपनी ज़िंदगी में हर जगह नियमित रूप से समय से पहुंचना जारी होगा।

अपने मार्ग में असफल होना

पहचान बनाने से आपके बच्चे की एक छवि बनती है और वह अपनी अनिश्चितताओं से उबरते हैं। ऐसा करने में एक चुनौती यह है कि कुछ बच्चे तब संवेदनशील हो जाते हैं, जब ऐसी परिस्थिति से उनका सामना होता है। कुछ परिस्थितियों को कई बार असफलता कहा जाता है, जो प्रदर्शन करने के दौरान आम होती हैं।

जब कभी भी असफलता आती है, तो अपने बच्चे को बताएं कि कैसे वह अपने औसत प्रदर्शन को स्वीकार करें, जो एक अस्थायी परिस्थिति है और उसमें विकास हो सकता है, इसलिए इसे अपने व्यक्तित्व के लिए एक स्थायी परिस्थिति के तौर पर स्वीकार न करें। उन्हें यह कहकर याद दिलाएं कि आप ही वह व्यक्ति हैं, न कि वह काम। काम करना सफलता का पैमाना नहीं होता है। इसका यह कतई अर्थ नहीं है कि आप सफल नहीं हो सकते हैं।

अब अपने बच्चे को यह समझने में मदद करें कि किन कारणों से वह सफलता नहीं प्राप्त कर सके। समस्या की पहचान करने में उनका सहयोग करें और एक योजना के साथ ही उन समस्याओं को दूर करने में मदद करें, ताकि अगले चरण में वह अपने प्रदर्शन को सुधार सकें।

उनसे इस तरह के प्रश्न पूछे –

- क्या ग़लत हो गया?
- अध्ययन में कहां कमी रह गई?
- क्या तुमने पहले अच्छी तरह तैयारी की थी?
- तुम निराश कहां हुए?
- तुम कहां पर किसी दूसरी चीज़ से पथ से भ्रमित हुए?

इस तरह का स्वमूल्यांकन उन्हें तुरंत प्रतिक्रिया देने में सहायक होता है, जिससे वे अपनी क्षमता को बढ़ा पाते हैं। साथ ही यह उन बच्चों के खिलाफ भी काम करता है, जो बहाने ढूंढ़ते हैं या बाहरी ताक़तों जैसे मौसम की वजह से काम रूक जाने की बात करते हैं या दूसरों को अपने काम में रूकावट डालने का दोषी ठहराते हैं।

केस स्टडी

जब मैं हरियाणा के दमदमा झील में एक अभिभावक के लिए वर्कशॉप आयोजित कर रहा था, तब एक युवा माता और पिता अपनी पांचवीं कक्षा में पढ़ रही बेटी से संबंधित बातें करने मेरे पास आए। उन्होंने बताया कि वह काफ़ी ज़्यादा अनुशासित है और जिम्मेदार है। वह काफ़ी प्रतियोगी भी है और उसने पेंटिंग, नृत्य और कई स्कूली प्रतियोगिताओं में ढेरों पुरस्कार जीते हैं। फिर भी वह किसी भी क्षेत्र में अपने प्रदर्शन के बारे में बुराई से संबंधित एक भी शब्द बर्दाश्त नहीं कर पाती है।

मैंने उन्हें कहा कि उसे खुद को ही बार-बार अपने काम का मूल्यांकन करने को कहें और उसे यह भी बताएं कि वह उस क्षेत्र में ऐसे रास्तों की तलाश करे, जिसमें उसे अभी काम करना शेष है। उसके बाद मैंने उसे सलाह दी कि उसे बिना किसी प्रतिक्रिया के अपनी बुराई सुनना चाहिए, उसके बाद उसे किसी कमरे में 10 या 15 मिनट तक अकेले जाना चाहिए और अपने आप से पूछना चाहिए कि वह अपनी बुराई के बारे में किस स्तर तक सोचती है।

चैंपियन निडर होते हैं

अपने जीवन में आपके बच्चे को भी दुखदायी, डरावनी, जोखिम भरी, खतरनाक या अनिश्चित परिस्थितियों का सामना करना पड़ता है। संभव है कि स्कूल की ट्रिप के दौरान वह अपने समूह से बिछुड़ जाए, या बिना किसी तैयारी के उन्हें एक बड़ी भीड़ के सामने बोलने को कह दिया जाएगा, या फिर डॉक्टर की लंबी सी सुई लेनी पड़ सकती है। यह ऐसा समय होता है, जिसमें आप उम्मीद करते हैं कि आपका बच्चा ऐसी परिस्थितियों का सामना करने के लिए निडर हो।

कई अभिभावक अपने बच्चों को काफ़ी ज़्यादा प्यार करते हैं, जिससे वे उसकी हर हानि के सामने दीवार बन जाते हैं और उन्हें बचाने या उनके लिए खड़े होने का प्रयास करते हैं। लेकिन आप अपने बच्चे की रक्षा के लिए हमेशा खड़े नहीं रह सकते हैं। इसलिए महत्वपूर्ण यह होगा कि आप अपने बच्चे को निडर बनाने वाली भावनाएं उसमें प्रेषित करें। अपने बच्चे को निडरता से हर परिस्थिति का सामना करने के लिए इन बातों की शिक्षा दें –

☞ **अपने आप पर विश्वास करना सिखाएं** – उनके स्वभाव की पहचान करें, निर्णय लेने की क्षमता को परखें और आत्मसम्मान की भावना बढ़ाएं।

☞ **उन्हें अपनी लड़ाई खुद लड़ने दें** – लंबे समय तक उन्हें गंभीर रूप में भावनात्मक या शारीरिक तकलीफ नहीं हो पाती है, उन्हें अपने लिए खड़े होने, बहस और निर्णय करने दीजिए।

☞ **वह कर सकते हैं, उन्हें यह सिखाएं** – उन्हें याद दिलाएं कि यदि तुम सोचते हो कि तुम कर सकते हो, तो तुम सही हो और अगर तुम सोचते हो कि तुम नहीं कर सकते हो, तो भी तुम सही हो।

☞ **उन्हें प्रतियोगिता से नहीं शर्माने के लिए प्रोत्साहित करें** – यह तय करें कि वे अपना कुछ समय किसी प्रतियोगात्मक खेल में भाग लें।

- ☞ **अपने घर के वातावरण को अति सुरक्षात्मक न बनाएं** – यदि आपके बच्चे चाकू, दियासलाई, बिजली के तार आदि से वाकिफ नहीं हैं, तो उनके घायल होने की आशंका ज़्यादा रहती है, जब वह इनसे जुड़े काम करते हैं। ऐसा ख़ासकर उस समय होता है, जब आप आसपास न हों।
- ☞ **समय हो, तो निडर लोगों को बुलाएं** – उन्हें इस बात के लिए प्रोत्साहित करें कि वे या दूसरे निडर लोग मुश्किल परिस्थिति में क्या कर सकते हैं।
- ☞ **नकारात्मक बातों को प्रोत्साहन न दें** – यह देखें कि वह अपने आप से हतोत्साहित करने वाली बातें तो नहीं कर रहे हैं, मसलन ओह, तुम बेवकूफ हो, तुम कैसे वह काम करना भूल गए या मैं जानता हूं कि मैं काफ़ी खराब प्रदर्शन कर रहा हूं, मैं हमेशा ऐसा करता हूं। उन्हें ऐसे वाक्यों के स्थान पर सकारात्मक बातें बोलना या सोचना सिखाएं, जैसे तुम यह लक्ष्य अगली बार प्राप्त कर सकते हो। तुम चैंपियन हो आदि।

आपके बच्चे का प्रतीक कौन हो सकता है?

बच्चे के प्रोत्साहन में रोल मॉडल महत्वपूर्ण भूमिका निभाते हैं। अपने बच्चे को उन लोगों की पहचान कराएं, जिन्होंने अपने क्षेत्र में बेहतर मुकाम हासिल किया है। इसके बाद उनके कमरे की दीवारों पर उनके चित्र लगाएं, उनकी जीवनी पढ़ने को दें, उन पर बनी फिल्म देखें आदि। इसके अलावा यह भी सुनिश्चित करें कि वे हीरो उन प्रसिद्ध लोगों में से न हों, जिनका संबंध टेलीविजन से हो। वे साधारण व्यक्ति भी हो सकते हैं, जिन्होंने अद्वितीय कार्य किया हो। वह दादी मां हो सकती है, जिसने अपने पति को खोने के बाद भी परिवार की गाड़ी खींची। या वह पड़ोसी हो सकता है, जो देख नहीं सकता, पर उसने अपनी स्कूल और कॉलेज की शिक्षा पूरी कर ली हो। इसके बाद उन्हें यह भी बताएं कि हीरो बनने में प्रशिक्षण की आवश्यकता होने के साथ ही विभिन्न परिस्थितियों में सतत प्रयास करने की

आवश्यकता होती है। जब कभी वह अपने प्रदर्शन से निराश होने लगे, तो उन्हें यह याद दिलाने का प्रयास करें कि उनके हीरो यानी रोल मॉडल ऐसी परिस्थिति आने पर साहस के साथ मुकाबला करते थे और अपनी क्षमताएं बढ़ाते हैं। अपने बच्चों से विभिन्न महापुरुषों के बारे में बातें करें। उनसे इस तरह के प्रश्न पूछें, जैसे उनमें किस तरह की विशेषताएं थी? तुम उन्हें क्यों पसंद या नापसंद करते हो? बड़े-बुजुर्गों और परिवार के सदस्यों को इस तर्क में शामिल करें। क्या आपके बच्चे ने इन लोगों से बातचीत की है और उनसे उन मुश्किल परिस्थितियों के विषय में पूछा है, जिनसे वह अपने जीवन में उबरे हैं।

> प्रशिक्षण टिप्स : संगीत काफ़ी बड़ा पर्थ प्रदर्शक है, खासकर चुनौती के समय। क्या आपके बच्चे ने कोई प्रोत्साहक गीत चुना है, जिससे उसे प्रेरणा मिलती हो। इसके बाद जब कभी भी उन्हें निराशा महसूस हो, वे इस गाने को गाकर अपना तनाव कम कर सकते हैं। उदाहरणस्वरूप जय हो का नाम लिया जा सकता है, जो स्लमडॉग मिलियेनर फिल्म का है या फिर कैलाश खरे का गीत अल्लाह के बंदे और हम होंगे कामयाब जैसे गाने हो सकते हैं। या फिर जॉनी कैश का आई वॉन्ट बैक डाउन अथवा फिल्म रॉकी से थिम सॉन्ग का चुनाव किया जा सकता है। प्रोत्साहन देने वाले गीतों की एक सूची बनाएं और उन्हें सीडी-रॉम, कैसेट या एक डिजिटल प्ले लिस्ट में परिवर्तित कर दें।

केस स्टडी

एक मां ने अपने नौ वर्ष के बेटे राजहंस के लिए मुझसे संपर्क किया, जिसे क्लास के एक छात्र ने सताया था। उसने अपने बेटे के शिक्षक के साथ-साथ प्रधानाध्यापक से इस बारे में बात की, लेकिन कोई भी कार्रवाई नहीं की। वह अपने बेटे के विद्यालय को बदले या नहीं, इस बात को लेकर असमंजस में थी।

मैंने उनसे कहा कि वह कुछ मुश्किल परिस्थितियों में ही अपने बेटे के

स्कूल को बदलने के बारे में विचार करे, मसलन यदि बच्चे पर कोई बड़ा खतरा हो। मैंने विस्तार से बताया कि सबसे पहले वह अपने बेटे को समझाने का प्रयास करे कि वह किसी भी सूरत में गुनहगार नहीं है, इसलिए उसे भी आदर पाने का पूरा अधिकार है। मैंने उनसे कहा कि अपने बेटे के लिए एक किरदार अदा करें और इस बात का अभ्यास कराएं कि यदि वह लड़का फिर से उसे डराए, तो उसे किस तरह का जवाब देना चाहिए। उस महिला ने मुझे ईमेल किया और बताया कि वह अपने बेटे के परिपक्व रूप से सोचने को लेकर काफ़ी अचंभित है और आश्चर्यचकित है कि उसके बेटे के साहस को देखकर, यह उसकी अपेक्षा से भी ज़्यादा है। इससे अधिक डर तो उसका अपना था। इस तरह की कार्रवाई के दो सप्ताह के अंदर ही, उसका बेटा उस लड़के के मुकाबले स्वयं को ज़्यादा क्षमतावान बनाने में प्रयासरत हो गया था, जिसने बीच में ही आश्चर्यजनक रूप से अपना अड़ियल रवैया छोड़ दिया था।

चैंपियन सभी को स्वीकार्य होते हैं

एक्वेरियम में तैर रही रंग-बिरंगी मछलियों को देखकर काफ़ी अच्छा लगता है। तब तक वे काफ़ी सुंदर दिखाई देती हैं और वह पानी के तापमान में परिवर्तन या उसके पीएच स्तर में हो रहे परिवर्तन के कारण मर सकती हैं। इसके विपरीत नदियों, समुद्र और महासागरों में पानी में होने वाले लगातार परिवर्तन की वजह से मछलियां आसानी से जीवित रहती हैं। इसका कारण यह है कि टैंक में रहने वाली मछलियों के लिए वातावरण काफ़ी नियंत्रित होता है, जिससे वे किसी भी तरह के होने वाले छोटे से परिवर्तन के साथ सामंजस्य नहीं बिठा पाती हैं। इस स्थिति से चार्ल्स डार्विन के प्रसिद्ध सिद्धांत सर्वाइवल ऑफ दि फिटेस्ट की पुष्टि हो जाती है। ज़्यादातर लोग यह महसूस नहीं कर पाते हैं कि डार्विन के सिद्धांत में प्रयुक्त हुआ शब्द फिट, उन लोगों के लिए सही नहीं बैठता है, जो मजबूत हैं या फिर तेज

हैं। यह उन अंगों की ओर इशारा करता है, जो ज़्यादातर स्वीकार्य हैं, जिन्हें कोई व्यक्ति काफ़ी जल्दी परिवर्तित कर सकता है।

अनुशासन पर ध्यान देने के साथ ही एक चैंपियन के प्रशिक्षण कार्यक्रम में कार्य करने की इच्छा, पहचान और उत्साह के अलावा स्वीकार्यता से संबंधित कुछ अध्याय भी शामिल करने चाहिए। अपने बच्चे को उनके अनुकूल क्षेत्र में जाने के रास्ते को ढूंढ़ने की दिशा में प्रोत्साहन दीजिए और साथ ही उन क्षेत्रों से बचने के लिए तैयार करें, जो उनके लिए प्रतिकूल हैं। इससे कठिन समय में उनकी क्षमता बढ़ने के साथ ही, उनमें नए वातावरण में ढलने की क्षमता बढ़ेगी, जबकि वहीं दूसरी ओर उनमें परिवार की धन हानि, परिवार में मृत्यु, अचानक किसी दूसरे स्थान पर स्थानांतरण आदि परिस्थितियों से लड़ने की क्षमता का भी विकास होता है। नीचे दस बातें दी गई हैं, जिनसे आप अपने बच्चे को ज़्यादा-से-ज़्यादा परिस्थिति के मुताबिक ढलने योग्य बना सकते हैं –

1. उन्हें कैंप में भेजें या फिर ट्रिप के लिए जाने दें, ताकि उनमें बाहरी परिस्थिति को समझने की क्षमता का विकास हो।
2. ऐसे दिन निश्चित करें, जिस दिन टीवी बिल्कुल नहीं देखा जाएगा।
3. अपने बच्चे को साइकिल या बस से यात्रा करना सिखाएं और यदि आप कार का खर्च उठा सकते हैं, तभी उन्हें कार से भेजें।
4. उन्हें शारीरिक रूप से चुनौतीपूर्ण खेल आयोजनों में हिस्सा लेने को कहें।
5. उन्हें नियंत्रित मात्रा में पर न्यूनतम खर्च दें।
6. उन्हें बटन टांकने, फटे हुए कपड़े की सिलाई करने जैसे काम करने का प्रशिक्षण दें।
7. उन्हें बाजार में मोल-भाव करना सिखाएं कि केवल उपलब्धता के आधार पर चीज़ को न खरीदें, बल्कि सुविधा के अनुसार उनकी खरीदारी करना ठीक रहता है।
8. काग़ज़ी कामों के लिए जिम्मेदार बनने के लिए उन्हें प्रोत्साहित करें,

खासकर दाखिला आवेदन प्रपत्र, स्कूल लोन आवेदन प्रपत्र आदि भरना।

9. उन्हें सामुदायिक कार्यों में शामिल होना सिखाएं। किसी स्थानीय मंदिर में खाना बनाने और परोसना, किसी रक्तदान शिविर में सहायता करना या स्थानीय रोटरी या लायंस क्लब के साथ किसी परियोजना पर काम करने का प्रशिक्षण दें।
10. किसी तरह के खाद्य पदार्थ का उत्पादन करना सिखाएं। आप चाहें तो इसके लिए पुश्तैनी गांव को चुन सकते हैं या बागवानी सिखा सकते हैं।

आश्चर्यजनक रूप से बच्चों में किसी परिस्थिति की स्वीकार्यता का सीधा संबंध कुछ सीखने से होता है। दूसरे शब्दों में कहा जाए तो, वैसे बच्चे जो काफ़ी तेजी से कुछ सीखने में सक्षम होते हैं, वे उसे ग्रहण भी उतनी ही तेजी से करते हैं। इसलिए अपने बच्चे को प्रशिक्षण के दस नियमों का अनुसरण करने की जानकारी दें, जिससे वे स्वतः ही तेजी से सीख सकें और इसी तरह उसे ग्रहण भी तेजी से कर लें।

चैंपियन अलग होते हैं

भगवत् गीता में उस समय अर्जुन असमंजस की स्थिति में पड़ जाते हैं, जब उन पर उन शत्रुओं को मारने का दबाव होता है, जिनमें अधिकतर उनके रिश्तेदार और यहां तक कि उनके गुरु होते हैं। भगवान कृष्ण जो एक सलाहकार और सारथी थे, ने सच्चाई से रूबरू कराया, जो पिछले पांच हज़ार वर्षों से हमारे चारों ओर है कि किसी भी व्यक्ति को बिना परिणाम की चिंता किए, कर्म पर ध्यान देना चाहिए।

यह महत्वपूर्ण है कि हम अपने बच्चों को सिखाएं कि हर चीज़ उनके हाथ में नहीं होती। साधारणतया आप किसी पर शासन नहीं चला सकते हैं। और कई बार तो परिस्थितियां ऐसी हो जाती हैं कि आपका उन पर नियंत्रण नहीं रहता है। उदाहरण के लिए थकावट उन्हें उस टेनिस मैच में जाने से रोक सकती है, जिसे वे जीतने की इच्छा करते थे या किसी कला

प्रतियोगिता में वह नहीं जा सकते हैं, क्योंकि उसकी जज किसी प्रतियोगी की रिश्तेदार है, जो निश्चित रूप से अपने रिश्तेदार को ही पुरस्कार देगी, भले ही उसने लचर प्रदर्शन किया हो। अपने बच्चों को बताएं कि हम सभी लोगों के पास अलग-अलग स्वभाव है, हमारे कर्तव्य और जिम्मेदारियां अलग हैं। और जब हमारे प्रयास की बात आती है, तो हमें तन-मन-धन से अपने लक्ष्य को पाने की दिशा में कार्य करना होगा, क्योंकि वह हम सभी कर सकते हैं। शेष भाग्य के हाथ में होता है।

मैंने देखा है कि जब लोग अपने लक्ष्य के परिणाम को जानते हैं, तो इसका उन पर काफ़ी दबाव पड़ता है, जब उन्हें इच्छा अनुरूप परिणाम नहीं मिल पाता है। मैं ऐसे बच्चों को जानता हूं जो शतरंज के माहिर हैं, पर वह किसी भी तरह का पुरस्कार जीत पाने में असफल रहे हैं, क्योंकि उन्होंने इस खेल को पूरी तरह छोड़ दिया। मैं एक ऐसे व्यक्ति को जानता हूं, जिसका बेटा भावनात्मक रूप से कमज़ोर है, क्योंकि आईआईटी में दाखिला पाने का अपना सपना वह पूरा नहीं कर सका, जिसके लिए उसने कई वर्षों तक मेहनत की थी। लेकिन चूंकि इससे भी बुरा उन लोगों के साथ हुआ था, जो बोर्ड की परीक्षा में असफल हो गए और वे काफ़ी दुखी भी थे, क्योंकि उन्होंने अपने अनुसार कार्य किया। जब मैं यह संख्या पढ़ता हूं कि 16 बच्चे हर दिन आत्महत्या कर लेते हैं, तो अभिभावकों तक पहुंचने की मेरी इच्छा और बलवती हो जाती, ताकि उनके बच्चों के लिए सही दिशा में जाने के लिए कुछ मदद कर सकूं।

> प्रशिक्षण टिप्स : जब बात पढ़ाई की आए, तो अपने बच्चे पर ज़्यादा दबाव न डालें। हर वह कार्य जो वे करते हैं, उसमें उन्हें बेहतर करने की शिक्षा दें। सफलता और असफलता जिंदगी के भाग हैं, उन शिक्षकों की भांति जो हमारे विकास के लिए हमारे साथ लगातार काम करते हैं।

पुरस्कारों के प्रति ज़्यादा इच्छुक न रहें

वर्ष 2003 में, मुझे भारत में इंटरनेट लाने के लिए जिम्मेदार तथा तत्कालीन सूचना एवं प्रसारण मंत्रालय के निदेशक एस. रामाकृष्णन से मिलने का मौक़ा

मिला। रामकी, जैसा वह दोस्तों एवं परिचितों में इसी नाम से जाने जाते थे, से पहले मैं इतने कुशाग्र एवं तीक्ष्ण बुद्धि वाले व्यक्ति से नहीं मिला था। हमारी बातचीत के दौरान वह मेरे द्वारा वहां ले गए मेरे कुछ नए प्रशिक्षण की सामग्री को देख रहे थे, तभी मैंने उनसे कहा कि मैं और मेरे साथियों को अभी ई-हेल्थ की दिशा में सराहनीय कार्य करने के लिए वर्ल्ड समिट अवॉर्ड मिला है। बिना मेरी ओर देखे, उन्होंने प्रत्युत्तर दिया, पुरस्कारों के प्रति सजग रहें और फिर से पन्ने पलटने लगे।

निश्चित रूप से इस तरह की प्रतिक्रिया के लिए मैं तैयार नहीं था। लेकिन उसी समय यह ऐसी प्रतिक्रिया थी, जिस पर सोचने के लिए मैं कुछ देर ठहर गया। इस घटना से मैंने महसूस किया कि लोग वास्तविक कार्य को छोड़कर पहचान और प्रसिद्धि को लेकर कितनी गहराई से संबंधित हो जाते हैं।

मैंने यह देखना आरंभ किया कि कुछ लोग किस तरह केवल पुरस्कार जीतने के उद्देश्य से स्वयं को कार्य में व्यस्त रखते हैं। इसमें प्रोफेशनल्स भी शामिल हैं, लेकिन साथ ही छात्र भी। इस प्रक्रिया में मैंने यह देखा है कि कुछ अभिभावक केवल इसलिए जज को रिझाने का प्रयास करते हैं, ताकि उनका बच्चा प्रतियोगिता में पुरस्कार जीत ले। मैं उन बच्चों से भी मिला हूं, जो काफ़ी तेज थे, लेकिन प्रतियोगिता में हार गए।

मैं यह सलाह नहीं दे रहा हूं कि आप अपने बच्चे को प्रतियोगिता में भाग लेने और पुरस्कार जीतने के लिए प्रोत्साहित न करें। मैं केवल यह कह रहा हूं कि कुछ भी काम करने के लिए पुरस्कार ही आपके बच्चे के लिए एकमात्र लक्ष्य नहीं होना चाहिए। यह असल में काफ़ी बुरी बात है, क्योंकि बाहरी मार्गदर्शक काफ़ी खराब किस्म के मार्गदर्शक हो सकते हैं। उनकी वजह से लोग उस स्थान की सुंदरता से वंचित हो सकते हैं, मनोरंजन और मस्ती भूल सकते हैं और यह आपके बच्चे को केवल पुरस्कार जीतने के लिए अनुपयोगी प्रयास करने पर दबाव दे सकता है। इसका बुरा परिणाम यह होगा कि वे भविष्य में ऐसा कोई काम नहीं करेंगे, जिसके साथ पुरस्कार न जुड़ा हुआ हो। इसलिए उन्हें यह समझाने का प्रयास करें कि वे

अपना हर कार्य सही दिशा में करें और तब सफलता स्वतः ही उनके पीछे आएगी। संक्षेप में अपने बच्चों को रामकी के ये शब्द कि पुरस्कारों के प्रति सजग मत रहो, जरूर सिखाएं।

चैंपियन आत्मसंतुष्ट होते हैं

चूंकि मैं अमेरिका में पला-बढ़ा, इसलिए मेरी जिंदगी के पहले 22 वर्ष ऐसे माहौल में गुजरे हैं, जिससे हर क्षेत्र में प्रोत्साहन मिला है। जब पुरानी चीज़ें सही सलामत हों, तब भी नई चीज़ें खरीदना, बड़े आकार का शीतल पेय या फ्रेंच फ्राइज खरीदना, तब भी जब आपको पता हो कि आप उसे समाप्त नहीं कर सकेंगे, एक काफ़ी बड़ा घर खरीदना, जिसमें केवल एक या दो लोग ही रहने वाले हों, जिसमें रहने पर ऐसा महसूस हो कि किसी बड़े होटल के देखरेख करने वाले हों। किसी भी व्यक्ति के पास कितनी भी सुविधा हो जाए, वह संतुष्ट नहीं होता। यहां पर यह महसूस होता है कि किसी भी तरह आपको बड़ा और बेहतर बनना है, फिर भले ही आप उस लायक हो या न हों। अक्तूबर 2008 में जब अमेरिकी अर्थव्यवस्था चरमरा गई, तो भविष्यवक्ता भी सहमत थे कि इस घटना की बड़ी वजह है – अव्यवस्था और बड़े पैमाने पर अयोग्यता।

जब मैं भारत आया, तो आत्म संतुष्ट होने के महत्व को समझने के लिए जिन विशेषताओं की जानकारी चाहिए थी, उन्हें जान गया। मैंने देखा कि लोग साधारण जीवन जीने को इच्छुक थे और उन्हें केवल इस बात से मतलब होता था कि उनके पास क्या है और कितने की आवश्यकता उन्हें है? कार में हमेशा किसी व्यक्ति के लिए ज़्यादा-से-ज़्यादा जगह होती है और इसी तरह खाना खाने के लिए किसी टेबल पर जगह की कमी नहीं होती।

यदि आप अपने बच्चे में चैंपियन के किसी खास गुण को डालना चाहते हैं, तो उसे आत्मसंतुष्टि का गुण सिखाएं। उन्हें ज़िंदगी में छोटे-छोटे कामों जैसे काम करना, खाना पकाना, सफाई करना, पढ़ने, परिवार के साथ समय बिताने, बटन टांकने या यहां तक कि टूटी हुई इस्त्री को ठीक करने जैसे कामों का लुत्फ उठाना सिखाएं। इससे न केवल आपके बच्चे और परिवार

को एक संतुलित और मजेदार जीवन जीने की प्रेरणा मिलेगी, बल्कि इससे आपके बच्चे को दिमाग़ को शांत बनाए रखने की विधि के रहस्य का भी पता चलेगा।

> प्रशिक्षण टिप्स : यह सुनिश्चित करें कि आपके बच्चे रोज प्रार्थना करें। जब कभी भी वे उठें या जब कभी बिस्तर पर सोने के लिए जाएं, वह अपने दोनों हाथों को आंखों के सामने रखकर प्रार्थना करें। वह अपने हाथों को स्क्रीन की तरह इस्तेमाल करें और अपनी जिंदगी में मिलने वाली सारी चीजों को देखकर भगवान का धन्यवाद करें। इसके बाद वे हाथों को मोड़ लें और भगवान को धन्यवाद देते हुए प्रार्थना करें।

चैंपियन विनम्र होते हैं

एक बार जब मैं मुंबई में था, तो मेरा परिचय एक धनाढ्य पति-पत्नी से हुआ, जिसमें पति किसी आईटी कंपनी का मालिक था, जो साफ्टवेयर बनाकर बेचती थी।

एक महंगे होटल में दोपहर का खाना खाने के बाद जैसे ही हम बाहर निकले, हमारे सामने एक विकलांग भिखारी आ गया। वह हमसे पैसे मांग रहा था और वह खड़ा होने में असमर्थ होने की वजह से दोनों पैरों और हाथों का इस्तेमाल चलने के लिए कर रहा था। मेरे पुरुष साथी ने उस विकलांग पर व्यंग्य कसना आरंभ कर दिया और उन्होंने उसे कुत्ता कहते हुए, उसे दूर जाने को कहा। भिखारी हमारा पीछा करने लगा, वह अपने हाथों और घुटनों को फुटपाथ पर रगड़ रहा था। फिर वह जितनी तेजी से चलता, उतनी ही तेज आवाज में वह व्यक्ति उसे गाली देता था। अचानक उसने अपने पर्स से पचास रुपये का नोट निकाला और हाथ को हवा में इतना ऊपर रखा कि वह भिखारी आसानी से उस तक नहीं पहुंच पाए और जब वह कुत्ते की तरह उछले तभी उसे नोट मिल सके। कुछ सेकंड के बाद उसने बिल नीचे गिरा दिया। काफ़ी बुझे मन से मैंने उससे विदा ली और यह मेरी उनसे आखिरी बातचीत थी, मैंने फिर उनसे कभी बात नहीं की। कुछ दिनों के बाद मुझे पता चला कि उसके 26 साल के बेटे ने दो महीने

पहले आत्महत्या कर ली। इस खबर से मैं जरा भी आश्चर्यचकित नहीं हुआ क्योंकि मैंने देखा था कि वह आदमी कितना निर्दयी और छोटे दिल का था। इसलिए अपने बच्चों को हमेशा यह शिक्षा दीजिए कि वह किस तरह सफल बने हैं और उनका धन भी उस समय बेकार है, यदि वह दूसरों की पीड़ा और दर्द नहीं समझते हैं। उन्हें सिखाएं कि यह कुछ भी नहीं है, उन्हें एक बार इसे आरंभ करना चाहिए, जब वह अमीर या कम व्यस्त हो जाएं, क्योंकि न तो कभी ज़्यादा धन होता है और न ही ज़्यादा खाली समय। यह एक आदत होनी चाहिए, जिसे उन्हें सिंचित और लगातार आजमाते रहना चाहिए। यहां दस बातें दी जा रही हैं, जिससे आप अपने बच्चे को दयालु और विनम्र बना सकते हैं –

1. जब कभी भी आपके बच्चे के पास नए खिलौने या चीज़ें आ जाएं, तो पुराने को दान कर दें।
2. उन्हें नियमित रूप से समाज सेवा करने की शिक्षा दें, जैसे पड़ोस के बच्चे को पढ़ाना, भूखों को भोजन देना या किसी घायल पक्षी अथवा पशु की मरहम पट्टी करना।
3. वह अपनी कमाई का दस फीसदी हिस्सा दान में दे दें, इस बात को सुनिश्चित करें।
4. उन्हें उस व्यक्ति को माफ़ करने की कला सिखाएं, जिसने उनके साथ ग़लत किया है।
5. शाकाहारियों को प्रोत्साहित करें।
6. उन्हें ध्यान लगाने की आदत विकसित करें, ताकि वह अपने चाहने वाले पर ध्यान केंद्रित कर सकें और उनके अच्छा होने तथा हर दुख से निजात पाने की कामना कर सके।
7. उन्हें अनाथों, पीड़ित बच्चों, विधवाओं, शारीरिक या मानसिक विकलांगों आदि की मदद करने के बारे में बताएं।
8. उन्हें विनम्र रहने और गाली-गलौज या धमकी वाली भाषा का इस्तेमाल करने से बचने की सलाह दें।

9. उन्हें यह बात समझाएं कि दूसरों के साथ आदर के साथ पेश आने पर उन्हें भी हर जगह सम्मान मिलेगा।

10. प्रयास करना केवल लोगों का स्वभाव नहीं है, बल्कि इस धरती के सारे जीवों का स्वभाव है। संभव हो तो कीटों और दूसरे जीवों को मारने से बचना चाहिए। किसी बंधे जानवर पर पत्थर नहीं फेंको।

केस स्टडी

उत्तर प्रदेश का युवा जोड़ा दूसरी कक्षा में पढ़ने वाले अपने बेटे के साथ मेरे पास आया। उनके एक और तेरह वर्ष का बेटा था, जो सिरोसिस नामक बीमारी से गंभीर रूप से पीड़ित था, यह काफ़ी बुरा था क्योंकि वह लड़का न तो बोल पाता था, न चल पाता था और यहां तक कि वह खुद खाना भी नहीं खा सकता था। अभिभावक अपने छोटे बेटे के लिए काफ़ी सुरक्षात्मक थे और प्रयास करते थे कि वह अपने बड़े भाई से दूर रहे, क्योंकि उन्हें डर था कि बड़े भाई की तरह वह भी किसी बीमारी से पीड़ित न हो जाए। अंततोगत्वा उन्होंने अपने छोटे बेटे को बोर्डिंग स्कूल भेजने का निश्चय कर लिया। कुछ देर तक अभिभावकों के साथ रहने के बाद, मैं छोटे बेटे के साथ घूमने और बातचीत करने के लिए निकल गया, ताकि पता चल सके कि इन सारी परिस्थितियों के बारे में वह क्या सोचता है? मैं यह सुनकर आश्चर्यचकित रह गया कि वह अपने बड़े भाई के मामले को ज़्यादा गंभीर नहीं मानता है। यहां तक कि उसने मुझे बताया कि कई बार वह उसे व्यायाम कराने का प्रयास करता है और उसका भाई उसे कितना प्यार करता है? जब हम अपने दफ़्तर वापस आए, तो मैंने अभिभावकों को कहा कि उन्हें अपने बच्चे को घर पर ही रखना चाहिए। इसके स्थान पर वह अपने भाई की हर दिन एक ख़ास तरह की सेवा करेगा। यह मेरा सुझाव है कि उसे कहीं बाहर भेजकर उसके दिल को कठोर कर देंगे और संभव है कि अपने भाई एवं परिवार से उसका नाता ही टूट जाए। उसके बाद मैंने पूछा कि उनके बाद उनके बड़े लड़के की देखभाल

कौन करेगा? अब छोटा बेटा अपने परिवार के साथ लगातार रह रहा है और वह अपने बड़े भाई के साथ रहकर काफ़ी खुश है।

चैंपियन सम्मानीय होते हैं

हिंदी फिल्म लगे रहो मुन्नाभाई में संजय दत्त ने मुन्ना भाई का किरदार निभाया है, जो एक अंडरवर्ल्ड डॉन है, जो एक रेडियो जॉकी जाह्नवी के प्यार में पड़ जाता है और महात्मा गांधी के किरदार की कल्पना करते हुए उसके नजदीक जाता है। फिल्म के एक दृश्य में मुन्नाभाई जाह्नवी के साथ उसके शो में जाता है और श्रोताओं को रिश्तों में आने वाली परेशानियों के बारे में सलाह देता है। जब एक लड़की उससे फ़ोन करके यह सवाल पूछती है कि वह कैसे जान सकती है कि कोई लड़का उसके लिए सही साबित होगा? तो इसके जवाब में मुन्नाभाई कहता है कि यह देखें कि कर्मचारियों के साथ उस लड़के का व्यवहार कैसा है? यह दृश्य अब बदल जाता है और एक रेस्टोरेंट का दृश्य दिखाई देता है, जहां वह लड़का उस लड़की के साथ काफ़ी प्यार से पेश आता है, लेकिन जब बात वेटर को बुलाने की आती है, तो वह अपनी सारी विनम्रता भूल जाता है और उन्हें काफ़ी तिरस्कार भरे भाव में बुलाता है। जब वह वापस गर्दन घुमाता है, तो लड़की जा चुकी होती है।

आपको अपने बच्चे को यह बताने की आवश्यकता होती है कि हर कोई आदर का पात्र होता है, भले ही वह किसी नीचे के वर्ग का हो। परिवार के सदस्यों, शिक्षकों, यहां तक कि दूसरों काम को, इससे कोई फ़र्क़ नहीं पड़ता कि वह कितना छोटा है, से लंबे समय तक आदर एवं अच्छी प्रतिष्ठा प्राप्त की जा सकती है। दूसरे नियम में हमने इस मुद्दे पर चर्चा की थी कि आदर के साथ अपने बच्चे के साथ कैसा व्यवहार करना कितना महत्वपूर्ण है, जो शुरू करने के लिए काफ़ी अच्छा स्थान है।

आदर को एक बड़ा रूप है किसी कार्य के लिए धन्यवाद देना। जब कभी भी आपका बच्चा अच्छे अंक प्राप्त करे, ताइक्वांडो के लिए ट्रॉफी प्राप्त करे या स्कूल के नाटक में काफ़ी प्रशंसा पाए, तो उन्हें यह महसूस

करने की ज़रूरत होती है कि उन्हें मिलने वाली सफलता में दूसरों की मदद का बहुत बड़ा हाथ है। आप उन्हें सर आइजक न्यूटन के बारे में याद दिला सकते हैं, जिन्हें एक बार उन्हें विज्ञान के क्षेत्र में उल्लेखनीय कार्य के लिए प्रशंसा मिली थी, जिसके जवाब में उन्होंने कहा था –

हम हमेशा एक विशाल आकृति वाले व्यक्ति के कंधे पर खड़े रहते हैं।

प्रशिक्षण टिप्स : जब कभी भी आपको आपके बेहतरीन प्रदर्शन, नौकरी में पदोन्नति, अच्छा खाना बनाने, अच्छी तरह आयोजित एक पारिवारिक समारोह के लिए प्रशंसा मिले, तो यह सुनिश्चित कर लें कि आप इसे अपने बच्चों के साथ भी बाटेंगे।

चैंपियन हल्के मूड के होते हैं

अपने बच्चों को यह समझने में मदद करें कि जिंदगी के उद्देश्य काफ़ी बड़े हैं, जो किसी परीक्षा में बेहतर करने या कॉलेज में उच्च स्थान पाने के मुकाबले काफ़ी महत्वपूर्ण हैं। यह एक अच्छा व्यक्ति बनने के लिए आवश्यक है। उन्हें यह देखने में लगाएं कि ज़िंदगी के विभिन्न पड़ावों में हममें में हर कोई एक किरदार निभा रहा है, कई बार बच्चे के रूप में, अभिभावक बनकर, शिक्षक आदि बनकर। बतौर एक चैंपियन आपके बच्चे को ज़िंदगी में बड़ी तस्वीर समझने की ज़रूरत होती है और उसे उस खेल या लीला में अपना सर्वश्रेष्ठ देने की भी आवश्यकता होती है।

उन्हें बुद्धिमान बनने के लिए प्रोत्साहित करें

अध्यात्म से संबंधित शीर्षक काफ़ी कम लोग ही समझ पाते हैं, जो मन को हल्का करने का प्रयोगात्मक कोण है और इसी अवस्था को बुद्धिमान होना कहा जाता है। बुद्धिमत्ता का संबंध पूरी तरह जानकारीलब्ध होने से होता है, यानी यह जानकारी कि आप कौन हैं, आपके दूसरों के साथ रिश्ते, आपके आस-पास की दुनिया में क्या हो रहा है, किसी परिस्थिति में आपको क्या करना चाहिए आदि। यह भी संभव है कि कई बार बच्चे अपने प्रयास में

सफल नहीं हो पाते हैं, क्योंकि उनका दिमाग़ बंटा हुआ होता है। जब वे परीक्षा के लिए पढ़ाई करते हैं, तो उन्हें भविष्य की चिंता होने लगती है और क्या होगा जब वह असफल हो जाएंगे? या नृत्य के खराब प्रदर्शन के बाद, हो सकता है कि वे इस घटना पर गंभीरता से विचार करें, या उनके इतिहास के शिक्षक द्वारा दिए जा रहे व्याख्यान पर ध्यान केंद्रित करने पर ध्यान देना। जब वे खा रहे होते हैं, हो सकता है कि उनका दिमाग़ पूरी तरह किसी एक्शन फिल्म में लगा हो और क्योंकि कहानी के साथ उनका संबंध पहले से रहा हो, तब वे अपनी ज़रूरत के हिसाब का आधा ही खा पाते हैं अथवा दुगुना खाते हैं। यहां कुछ टिप्स हैं, जिनका अनुसरण करके आप अपने बच्चे को ज़्यादा बुद्धिमान बना सकते हैं –

☞ **ध्यान केंद्रित करना :** जब वे खाते हैं, उन्हें खाने पर ही ध्यान केंद्रित करना चाहिए।

☞ **ध्यान लगाकर सुनना :** जब कोई दूसरा व्यक्ति बोल रहा हो, तो उन्हें अपने सारे कार्य रोक देने चाहिए और वक्ता को ध्यानपूर्वक सुनने का प्रयास करना चाहिए।

☞ **अपने दिमाग़ का इस्तेमाल :** अगर वे भूखे हैं, उन्हें प्यास लगी हो, वे थके हों, गर्मी लग रही हो आदि तो इस बात की जानकारी उन्हें स्वयं ही करने दीजिए।

☞ **एक से अधिक कार्यों से बचें :** एक समय में एक से ज़्यादा काम करने का प्रयास न करें। हर काम को उचित सम्मान दें।

☞ **धीमे जाएं :** किसी भी काम को जल्दबाजी में करने की चेष्टा न करें। समय लें और उन्हें अच्छी तरह से करें।

☞ **रूकें :** यदि कोई काम या परिस्थिति आपसे नहीं संभल रही है, तो आप थोड़ी देर के लिए रूक जाएं, एक गहरी सांस लें और परिस्थिति से ताजातरीन होकर संघर्ष करें।

☞ **जब भी आप कोई काम करें, तो उसमें ध्यान लगाएं :** यदि आपको दिमाग़ इधर-उधर भटक रहा है, तो ऐसा न होने दें; किसी भी काम को करते समय उसमें ध्यान लगाएं।

इस सेक्शन में हमने क्या सीखा?

- चैंपियनों और विजेताओं में अंतर होता है। विजेता कुछ देर के लिए बेहतर प्रदर्शन कर सकते हैं, लेकिन चैंपियंस लगातार बेहतर प्रदर्शन करने में सक्षम होते हैं।
- एक बार अपने बच्चे को योजनाएं बना लेने दीजिए या लक्ष्य तय करने दें, उनके साथ अनुशासन की स्थापना के लिए काम करें और उन्हें उनके लक्ष्य तक पहुंचने में मदद करें। उन्हें उनके शौक को पूरा करने के लिए मदद करें और एक प्रशिक्षक की भांति उनका उत्साहवर्द्धन करें।
- अपने बच्चे को उनके कार्यों में नियमित रूप से अच्छा प्रदर्शन करने के लिए प्रोत्साहित करें, ताकि उनके प्रयास को एक मुकाम मिल सके। उनके विचारों, शब्दों और कार्यों को सफल बनाने के लिए उन्हें अपने भविष्य में आने वाले मौकों की पहचान करना सिखाएं, ताकि वे एक भरोसेमंद और आश्रित होने लायक प्रतिष्ठा प्राप्त कर सकें।
- चैंपियनों को उत्साहवर्द्धन की आवश्यकता होती है। इसलिए उनकी बहादुरी की प्रशंसा के लिए कदम बढ़ाएं। जब आप उन्हें सकारात्मक सोच की शिक्षा देते हैं और कर सकते हैं का विचार, तो आपको उन्हें आगे चलकर स्वयं के बल पर संघर्ष करने की सीख देने की भी ज़रूरत होती है।
- यह सुनिश्चित करें कि आपके बच्चे स्वीकार्यता, भावनात्मकता की कमी और आत्म संतुष्टि जैसी बातों से पूरी तरह वाकिफ हों।
- उन्हें इस बात का अहसास कराएं कि चैंपियनों को दाता होना चाहिए। उन्हें दूसरों का आदर करना चाहिए, सारे जीवों के लिए आदर भाव रखना चाहिए और बुद्धिमान होने के मूल्यों की पहचान करनी चाहिए।

•••

प्रश्नोत्तरी

प्रश्न : हमारी बेटी हरी सब्जियां नहीं खाती है?

उत्तर : आपको अपनी बेटी के हरी सब्जियों के साथ रिश्ते स्थापित करने की दिशा में काम करना चाहिए। बाजार जाते समय उसे भी साथ ले जाएं और खुद उसे हरी सब्जियां चुनने दें। उसे सब्जियों की खरीदारी करने दें। अपने साथ उसे भी भोजन की सूची बनाने की योजना में शामिल करें और साथ ही ऐसी व्यवस्था करें कि वह आपको भोजन पकाने में मदद करे। यहां तक कि प्लेट में सलाद सजाने जैसे छोटे काम करने का अवसर भी उसे दें। ज़्यादा जानकारी के लिए देखें, नियम : 1

प्रश्न : मेरा छह साल का बेटा काफ़ी बहुत ज़्यादा चिड़चिड़ा रहता है। वह हमेशा भुलक्कड़ रहता है और ज़्यादातर समय थका हुआ रहता है?

उत्तर : उसे समय के साथ आराम नहीं मिल पा रहा है। यह सुनिश्चित करें कि वह हर रात को कम-से-कम 8.5 से 10 घंटे की नींद ले सके। ज़्यादा जानकारी के लिए देखें, नियम : 1

प्रश्न : मेरी युवा बेटी का वजन काफ़ी ज़्यादा है। मैं उसे जंक फूड खाने से कैसे रोक सकता हूं?

उत्तर : यह सुनिश्चित करें कि वह परिष्कृत चीनी और मैदे से बनी चीज़ें न खाए। यह देखें कि वह धीरे-धीरे खाना खाती हो, खाने के दौरान टीवी नहीं देखती हो, और साथ ही खाने के दौरान उसी पर ध्यान देती हो। साथ ही उसे हर दिन कम-से-कम 20 मिनट तक व्यायाम करने के लिए प्रोत्साहित करें। ज़्यादा जानकारी के लिए देखें, नियम : 1

प्रश्न : मेरे बेटे के लिए कौन-सा कैरियर विकल्प उचित है, मैं कैसे जान सकता हूं?

उत्तर : अपने बच्चे का एक मल्टीपल इंटेलीजेंस और मल्टीपल नेचर्स टेस्ट लीजिए। इससे आपको उसकी इच्छा के बारे में पता चल पाएगा और साथ ही उसके व्यक्तित्व के अनुसार उसके लिए सही नौकरी की सलाह भी दें। ऐसे टेस्ट आप www.jiva.com/careertest पर भी देख सकते हैं। ज़्यादा जानकारी के लिए देख सकते हैं : नियम 2

प्रश्न : मेरी छोटी बेटी, बड़ी बेटी की तरह गणित विषय में अच्छी नहीं है?

उत्तर : हर बच्चे के पास आठ तरह की बुद्धिमत्ता होती है। इनमें से कुछ दूसरों से मजबूत होते हैं और उनमें एक-दूसरे से भिन्नता पाई जाती है। यहां तक कि जुड़वां बच्चों में भी यह बात होती है। इसलिए कृपया करके अपनी बेटियों में तुलना न करें। इसके बजाय, आप अपनी छोटी बेटी के लिए मजबूत एमआई की तलाश कर सकते हैं और उसे उनके फायदों का उपयोग करना सिखा सकते हैं। ज़्यादा जानकारी के लिए देखें, नियम : 2

प्रश्न : मेरा बेटा काफ़ी गैर-जिम्मेवार है। वह कभी भी ख़ुद से काम नहीं करता है और हमेशा दूसरों पर निर्भर रहता है।

उत्तर : उसमें स्वयं काम करने की आदत विकसित करने का प्रयास करें। उसे ख़ुद खाने का चुनाव करने दें, जो वह खाना चाहता है। उसे वह पहनने दें, जो वह पहनना चाहता है साथ ही उसकी दिनचर्या में उसके मुताबिक काम करने की आजादी दें। ज़्यादा टिप्स के लिए देखें, अध्याय : 2

प्रश्न : मेरी बेटी को पढ़ना नहीं भाता है। मैं किस तरह उसकी पढ़ाई में इच्छा जगा सकता हूं?

उत्तर : यह सुनिश्चित करें कि वह अपनी पसंद के शीर्षकों को पढ़े। यह पता करें कि उसे क्या अच्छा लगता है और उसके बाद उसे एक किताब

की दुकान या पुस्तकालय ले जाएं और उसे उन शीर्षकों से संबंधित किताबें चुनने दें। और ज़्यादा टिप्स के लिए देखें, अध्याय : 3

प्रश्न : मेरा बेटा वास्तविक तौर पर नहीं सोचता है। उसे उस समय घबराहट होती है, जब वह लिखता या चित्र बनाता है, जबकि वह स्पष्ट रूप से बताता है कि वह क्या लिखना या बनाना चाहता है।

उत्तर : उसकी कल्पना और क्रिएटिविटी को विकसित करने के लिए उसके साथ मनोरंजक वातावरण तैयार करें। आप उसके साथ व्हाट इफ... जैसे खेल खेल सकते हैं, उससे इस तरह के प्रश्न पूछकर, जैसे क्या होगा, अगर गुरूत्वाकर्षण नहीं होगा? या तुमने क्या पाया.... जैसे खेल में, यह प्रश्न पूछकर कि तुमने एक पेड़ और तीन जोड़ी पतलूनों को पार किया, तो तुम्हें क्या मिला? ज़्यादा टिप्स के लिए देखें, अध्याय : 3

प्रश्न : मुझे लगता है कि मेरी बेटी आलसी है और काफ़ी हद तक वह लक्ष्यरहित भी है?

उत्तर : यह सुनिश्चित करें कि उसके पास लक्ष्यों की सूची हो। उसके साथ लक्ष्य निर्धारित करने का सत्र करें और उन क्षेत्रों का चुनाव करें, जिनमें वह कार्य करने को इच्छुक हो। यह सूची उसके शयनकक्ष की दीवार पर चिपका दें, जहां वह इसे एक दिन में दो बार देख सके, पहली बार जब वह उठेगी और दूसरी बार जब वह बिस्तर पर जाएगी।

प्रश्न : मेरा बेटा कई चीजें पाने का प्रयास करता है। लेकिन वह उनमें से अधिकतर को पूरा नहीं कर पाता है, जिनमें से अधिकतर के लिए वह कहता है।

उत्तर : कई बार बच्चे लक्ष्य पाने में असफल रह जाते हैं, क्योंकि उनके लक्ष्य स्पष्ट नहीं होते हैं। यह जांच करें कि उनके लक्ष्य स्पष्ट हों, खास हो, पैमाने के अनुसार हो, सटीक हों, वास्तविक हों और निश्चित अवधि के हों।

प्रश्न : मैं नियमित रूप से अपने बच्चे को समय पर गृहकार्य पूरा करवाता हूं, लेकिन पर उन्हें लगातार ध्यान देने की ज़रूरत होती है। मैं किस तरह यह व्यवस्था कर सकता हूं कि वह ख़ुद ही गृहकार्य पूरा कर लें

उत्तर : उन्हें प्रतिदिन की एक योजना बनाकर दें। इसे एक समय-सारिणी के रूप में पेश करें, जिसमें समय और वे सारे काम जो वह सुबह उठने से लेकर रात को सोने तक का जिक्र हो। और यह आप उनके लिए न बनाएं, बल्कि उन्हें ख़ुद ही अपनी दिनचर्या बनाने का मौक़ा दें, ताकि उनमें जिम्मेदारी का अहसास भी हो। ज़्यादा टिप्स के लिए देखें, अध्याय : 5

प्रश्न : मेरा बेटा काफ़ी लापरवाह है। यदि आप उसे तीन काम कहेंगे, तो वह एक ही करेगा और अगले दो भूल जाएगा।

उत्तर : उसे कार्यों की सूची दें। वह एक डायरी और एक सूची भी रख सकता है, जिसमें वह सारे काम लिखे, जिन्हें उसे पूरा करना है। जैसे ही एक काम पूरा हो जाए, उसे अगले काम की ओर बढ़ा दें। जो काम पूरा नहीं हो सके, उसे अगले दिन के लिए टाला जा सकता है। सुनिश्चित करें कि वह हर दिन उठने के बाद और सोने से पहले कम-से-कम दो बार डायरी जरूर देखे।

प्रश्न : मेरे बच्चे हमेशा टीवी से चिपके रहते हैं। मैं क्या कर सकता हूं?

उत्तर : अपने घर में टीवी देखने का नियम बनाएं। यह समय सीमा बना दें कि हर दिन दो घंटे से अधिक टीवी कोई नहीं देखेगा। यह भी सुनिश्चित कर दें कि आपके बच्चे टीवी देखने के दौरान न तो होमवर्क करें और न ही खाना खाएं। अगर नियमों को तोड़ा गया, तो उन्हें कड़ाई से लागू किया जाएगा, यह बात भी स्पष्ट रूप से समझा दें। अधिक जानकारी के लिए देखें, अध्याय : 6

प्रश्न : क्या मेरे लिए उचित होगा कि मैं अपनी बेटी को होमवर्क पूरा करने के लिए कुछ दूं और कुछ और इच्छा पूरी करूं, क्योंकि मैं चाहता हूं कि वह अपना काम करे?

उत्तर : नहीं इस तरह का काम करने का मतलब होगा, रिश्वत देना। आगे चलकर आपके बच्चे इसके लिए पूछना शुरू कर देंगे, अगर मैं यह काम कर दूं, तो आप मुझे क्या दोगे? आप उसे उसके काम पूरा करने पर पुरस्कार जरूर दें, पर आप यह पंक्ति बोलें, जब तुम काम पूरा करोगी, ..., तुम्हें ....मिल सकता है, इसके साथ ही अगर तुम वह भी करती हो..........., मैं तुम्हें ....दूंगा। अधिक जानकारी के लिए देखें, अध्याय : 6

प्रश्न : मैं अपने बच्चे को दुर्व्यवहार करने के लिए कई बार पीटता हूं, क्या यह सही क़दम है?

उत्तर : नहीं, यदि वह काफ़ी बुरे तरीक़े से दुर्व्यवहार करता है, तो ऐसा आपके द्वारा बनाए गए वातावरण के कारण है। दंड देना सही क़दम हो सकता है, लेकिन आपको इन बातों पर ध्यान देना चाहिए, ए. अपने बच्चे को यह समझाना कि उसने ग़लत क्या किया है? और बी. ग़लती को सही बनाना, माफ़ी मांगना, यदि कुछ तोड़ दिया है, तो उसे जोड़ना, टूट-फूट की मूल्य के साथ भरपाई करना आदि। यह जान लें कि दंड देना एक तरह का अपराध है और उनमें नियमित रूप से बदलाव करते रहें। अधिक जानकारी के लिए देखें, अध्याय : 6 :

प्रश्न : जब मेरी बेटी पढ़ाई करती है, तो उस पर ध्यान देने में अक्षम है। काफ़ी आसानी से उसका ध्यान बंट जाता है।

उत्तर : उसके साथ प्रभावशाली लर्निंग जोन बनाने में मदद करें। टीवी, कंप्यूटर, रेडियो आदि बंद करके उसके ध्यान बंटने की सारी संभावनाओं को रोकने का प्रयास करें। साथ ही यह भी सुनिश्चित करें कि जहां वह बैठी हो, वहां एक पानी की बोतल भी हो। ज़्यादा जानकारी के लिए देखें, अध्याय : 7

प्रश्न : मेरा बेटा हमेशा घूमता रहता है और वह पढ़ने के लिए एक घंटे से भी अधिक समय तक नहीं बैठता है।

उत्तर : अपने बेटे को घंटों तक पढ़ने के लिए मत कहें, उसका कोई फायदा नहीं होगा। पढ़ाई का सत्र बनाएं और अपने बेटे के साथ पढ़ाई के ब्लॉक भी बनाएं। उदाहरण के लिए उसके लिए एक घंटे का पढ़ाई का सत्र बनाएं, जिसमें 15-15 मिनट के तीन ब्लॉक हों। उसे हर ब्लॉक के बीच में 3 से 5 मिनट का ब्रेक भी देना चाहिए। धीरे-धीरे वह अपने पढ़ाई के ब्लॉक को बढ़ाकर 20 मिनट तक या इससे ज़्यादा कर सकता है, यह उसकी क्षमता पर निर्भर करता है। अधिक जानकारी के लिए देखें, नियम : 7

प्रश्न : जब कभी भी मेरा बेटा कुछ नया सीखता है, वह अगले दिन ही सबकुछ भूल जाता है।

उत्तर : सीखने की प्रक्रिया में एकाग्रता ज़रूरी होती है। सुनिश्चित करें कि आपका बेटा 24 घंटे की पढ़ाई में एक अध्याय को दुहराता हो। साथ ही यह भी सुनिश्चित करें कि वह अपनी पढ़ाई का 50 फीसदी भाग दुहराने पर खर्च करता हो। और अधिक जानकारी के लिए देखें, नियम : 7

प्रश्न : मेरी बेटी काफ़ी ज़्यादा तनाव में रहती है। उसे कई बार महसूस होता है कि वह अपने सिलेबस से परेशान है और वह तब अवसादग्रस्त हो जाती है, जब सिलेबस के साथ तालमेल नहीं बिठा पाती।

उत्तर : सुनिश्चित करें कि उसे खेलने का पर्याप्त समय मिलता हो। खेल से बच्चों को सुकून होता है और वे खुश होते हैं। यह उन्हें शारीरिक, बौद्धिक और सामाजिक रूप से क्षमतावान बनाता है, ताकि वह अपने जीवन में सफल हो सकें। और ज़्यादा जानकारी के लिए देखें, नियम : 8

प्रश्न : मैं अपने बच्चों में टीवी देखने के स्थान पर कोई दूसरा शौक देखना चाहता हूं, पर मैं उनमें किसी दूसरी चीज़ के लिए इच्छा नहीं देख पाता हूं।

उत्तर : ऐसी कई एक्टिविटी के उपाय हैं, जिन्हें आप और आपके बच्चे मुफ़्त या काफ़ी कम पैसे चुकाकर अपने लिए चुन सकते हैं। इसमें संगीत के उपकरण बजाना सीखना, जादुई ट्रिक्स, पढ़ाई, क्रिएटिव राइटिंग, वर्ड-वाचिंग, बागवानी, खाना बनाना, ओरिगेमी यानी काग़ज़ को मोड़ने की जापानी कला, क्ले-मॉडलिंग और कई ऐसे काम शामिल हैं। ज़्यादा जानकारी के लिए देखें, अध्याय : 8

प्रश्न : मेरे बेटे को उसके विज्ञान और इतिहास के पाठ्यक्रम में शामिल कई तथ्य और नियम याद नहीं हो पाते हैं।

उत्तर : उसे याद करने की तकनीक का इस्तेमाल करना सिखाएं, जैसे एक्रोनिम्स और उनका संबंध। एक्रोनिम्स के माध्यम से वह कई शब्दों की सूची जैसे इंद्रधनुष के लिए वीआईबीजीवाईओआर यानी विबग्योर याद कर सकते हैं। इसी तरह संबंधों से वह किसी खास विषय पर चित्र बना सकते हैं, मसलन हेनले लूप यानी किडनी के एक भाग को hen doing loops on a roller coaster and laying eggs (Hen lays Loop) से याद कर सकते हैं। ज़्यादा जानकारी के लिए देखें, नियम : 9

प्रश्न : मेरी बेटी अंग्रेजी, खासकर शब्दों की स्पेलिंग के साथ संघर्ष कर रही है।

उत्तर : उसे शब्दों को टुकड़ों में बांटकर याद करना सिखाएं, (जैसे Feb-ru-ary, Sat-is-fact-ion.) वह चाहें तो अपनी अंगुलियों से हवा में शब्दों की स्पेलिंग लिखकर याद करने जैसी तकनीक का इस्तेमाल कर सकती है या काग़ज़ के टुकड़ों में लिखकर उन्हें याद कर सकती है। ज़्यादा जानकारी के लिए देखें, नियम : 9

प्रश्न : मैं कैसे अपने बेटे के अल्प आत्म–विश्वास को नियंत्रित कर सकता हूं?

उत्तर : वास्तव में आप उसे तब मदद कर सकते हैं, जब उसे मदद की ज़रूरत हो। जहां तक संभव हो, उसे अपनी लड़ाई ख़ुद लड़ने दीजिए। उसे

नकारात्मक बातों को नकार देने का स्वभाव अपनाने की शिक्षा दें। साथ ही जब कभी भी वह खराब महसूस करे, उसे उत्साही लोगों की याद दिलाएं और उनके बारे में विचार करने को कहें कि उन्होंने ऐसी ही परिस्थिति में क्या कर दिखाया था? ज़्यादा जानकारी के लिए देखें, नियम : 10

प्रश्न : मेरा बेटा दूसरों की भावनाओं को नहीं समझता है और कई बार वह निर्दयता से पेश आता है। वह अपनी ही दुनिया में जीता है और अपने नजरिए से दुनिया को देखता है।

उत्तर : उसे संतुलन स्थापित करने की दिशा में प्रोत्साहित करें। उसे सामाजिक कार्यों में भी शामिल होने दें, जहां भूखे को भोजन देने और आवारा जानवरों की देखरेख का काम होता हो। उसे अपने खर्च का दस प्रतिशत हिस्सा सामाजिक कार्य के लिए दान देने को कहें। आप उसे शाकाहारी बनने के लिए भी प्रोत्साहित कर सकते हैं या उस व्यक्ति को क्षमा करने की शिक्षा दे सकते हैं, जो उसके अनुसार ग़लत है। और ज़्यादा जानकारी के लिए देखें, नियम : 10

प्रश्न : मेरी बेटी कई बार मंच पर या परीक्षा में अच्छा प्रदर्शन करने में असफल हो गई है, क्योंकि अंतिम समय पर, वह अपना धैर्य खो बैठती है।

उत्तर : उसे शांत दिमाग़ से काम लेने को कहें। उसे बताएं कि एक समय में ज़्यादा काम करने से बचे और उन्हीं कार्यों पर ध्यान दे, जो उसे अभी करने हैं। यदि उसे लगता है कि उस पर ज़रूरत से ज़्यादा बोझ है, तो उसे धीरे-धीरे काम करने या रूककर एक गहरी सांस लेकर उसके बाद वापस काम शुरू करने को कह सकते हैं। ज़्यादा जानकारी के लिए देखें, नियम : 10